인생 수업
제법
한 나이가
되었습니다만

인생 수업 제법 한 나이가 되었습니다만

초판 인쇄 2024년 11월 20일
초판 발행 2024년 11월 30일

지은이 강사라, 차민경, 박수진, 이미영, 이미라, 이미란
발행인 조현수
펴낸곳 도서출판 더로드
기획 조영재
디자인 정의도
주소 경기도 파주시 광인사길 68. 201-4호
전화 031) 942-5364, 5366
팩스 031-942-5368
이메일 provence70@naver.com
등록번호 제2015-000135호
등록 2015년 6월 18일
ISBN 979-11-6338-470-0 (03800)

정가 17,800원

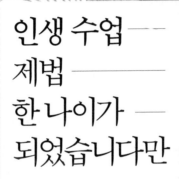

인생을 바꾸는 삶 속에서 깨달은 51가지 지혜

인생 수업
제법
한 나이가
되었습니다만

강사라 · 차민경 · 박수진
이미영 · 이미라 · 이미란 지음

도서출판 **더로드**
The Road Books

프롤로그

인생이란 것이 그런 게 아닌가요?

사람들은 말한다. 보기에는 온실 속에서 곱게 자란 것처럼, 힘든 것 하나 없이 자란 사람 같은데 어떻게 이런 많은 어려움을 살았느냐고 말이다. 실컷 이야기할 시간과 아무 말 없이 가만히 들어줄 귀를 내준다면 작정하고 이야깃주머니를 풀어볼 의향이 있다. 하지만 그런 기회는 좀처럼 만나기가 어렵다는 것을 알기에 오늘도 내 인생 이야기를 아낀다. 누군가에게는 짧고, 또 누군가에게는 긴 인생이지만, 결코 얇지만은 않은 인생이다.

참 재미있게도 나와 일점일획도 다르지 않은 생각을 하는 사람들이 많을 것 같다. 가장 가까운 곳에서 찾아봐도, '나도 저런 모습일까?' 친정엄마의 모습을 보며 가끔 그런 생각을 하기 때문이다. 그런 사람들이 모였다. 정말 평범한 인생 이야기지만 절대 평범하지 않은 경험을 가진 사람들, 그들의 이야기.

여섯 명의 저자들이 모였다. 각기 다른 시각과 경험으로 인생을 통찰한다. 개인적인 생각이지만 결코 개인적인 깨달음이 아닌 인생의 다양한 측면을 여섯 장으로 풀어내고 있다.

하나, 꿈과 도전에 대한 아주 개인적인 생각

꿈을 꾸고 도전하는 자리에 있는가? 저자의 꿈과 도전에 대한 깊은 고민과 깨달음을 통해 자신이 서 있는 여정에서 의미를 발견하게 된다.

둘, '혹'해야 할 것과 '혹'하지 말아야 할 것들에 관하여

인생의 중반 길에서 저자는 '혹'하는 마음이 우리를 어디로 이끄는지, 그리고 어떤 것들에 '혹'하지 말아야 하는지에 대해 함께 고민해본다.

셋, 인생 굽잇길에서 비로소 보이기 시작하는 것들

삶의 굽이진 길에서 우리는 새로운 교훈과 통찰을 얻게 된다. 이 장에서는 지나온 길에서 발견한 중요한 것들과 그로 인해 얻어진 교훈을 함께 공유하게 될 것이다.

넷, 일보다 관계가 버거워 지친 우리

일과 관계는 우리의 삶에서 중요한 두 축이지만, 때로는 관계의 복잡함이 더 큰 부담이 되기도 한다. 저자의 인간관계에서의 갈등과 해결해가는 과정을 통해 자신의 내면과 대면하는 시간이 된다.

다섯, 잘하려는 '야망'과 하고 싶어 하는 '욕망' 그 사이

야망과 욕망은 우리의 목표와 열망을 정의한다. 두 가지 개념 사이에서의 갈등과 균형, 어떻게 맞추어 갈 것인가에 대해 생각해보자.

여섯, 눈에 보이지 않는 것들의 쓸모

눈에 보이지 않는 것들이 어떻게 우리의 삶과 가치에 영향을 미치는가? 이 장은 우리가 종종 놓치게 되는 실재의 중요성을 재조명하게 될 것

이다.

　남들이 모르는 내 삶을 그들도 살고 있다. 자신만의 특별한 경험이라
고 여겼던 순간들이 사실은 누구에게나 있을 법한 일들이라는 깨달음을
알게 된 독자라면 아마 여섯 명의 저자들이 말하고 있는 인생 중반 어딘
가를 지나고 있는 것일 테다. 이 이야기는 나의 이야기이자 우리의 이야
기다. 각자의 인생이 다르지만, 그 속에는 공통된 감정과 경험이 숨어 있
다. 이 책을 통해 숨겨진 공감의 순간들을 발견하고, 서로의 이야기에 깊
이 공감하게 되기를 기대한다.

　결과라는 가치도 중요하지만, 과정이라는 의미를 되새기며 즐거움을
선사해준 작가님들에 감사 인사를 전한다.

　차민경, 박수진, 이미영, 이미란, 이미라 작가님, 함께 작업하게 되어
영광이었습니다.

기획과 공동저자 강사라

1장

꿈과 도전에 대한 아주 개인적인 생각
— 성장 (차민경)

일보다 관계가 버거워 지친 우리

─ 관계 (이미라)

꿈과 도전에 대한
아주 개인적인 생각

- 성장 -

차민경

❶
자신의 인생에 대한
예의를 갖추라

"제가 당신에게 100억을 준다고 한다면 받을 건가요?"

"네, 받죠!"

"만약 100억을 받는 대신 내일 아침, 눈을 뜨지 못한다면요?

그래도 100억을 받을 건가요?"

"아니요."

유튜브 채널 [Sigma Notions]의 영상 중 'What if I give You 10 Million dollars!'라는 제목에 나오는 내용이다.

그렇다. 내가 내일 아침, 일어날 수 있는 것이 100억 보다 훨씬 더 가치 있다. 그런 내 하루를, 그런 내 인생을 얼마나 진지하게 대하고 있는가! 한 번뿐인 인생, 어떻게 사는 것이 내 인생에 대한 바른 자세일까? 세상을 다 알고 죽을 순 없어도 자신이 어떤 사람인지는 알고 죽어야 하지 않을까? 적어도 어떤 재능을 가지고 태어났는지는 알아야 하지 않을까? 억 만분의 1의 확률 그 이상을 뚫고 태어난 우리는 존재 자체로 기적인 셈이다. 그렇다면 그런 희소가치를 가진 자신에 대해 어떻게 해야 더 많이 알아낼 수 있을까? 가만히 있으면 절로 알게 되는 것이 아니라는 걸 우리는 너무도 잘 알고 있다.

세상에서 내가 제일 잘난 줄 아는 부모님 말씀에 의하면 6살 무렵부터 만화책에 있는 그림과 놀랄 만큼 똑같이 그렸다고 한다. 그림 그리는 게 행복했다. 초등학교 미술부에서 친구들과 깔깔거리며 그림을 그리고 각종 미술대회에 참가해서 상도 많이 탔다. 미술부 담당 선생님께서 어머니를 따로 불러 "공부도 잘해서 고민되시겠지만, 꼭 예고로 진학했으면 좋겠습니다."라고 할 정도였다고 한다.

어느 날은 피아노와 주산이 배우고 싶어졌다. 당시 부모님은 일이 바빠 교육에 앞장서는 분들이 아니었다. 가만히 있어도 떠 먹여주는 부모님이 아니었기에 나는 스스로 알아서 내가 원하는 것을 챙겨야 했다. 그래야 학원도 다닐 수 있었다.

피아노 학원을 다닌 덕에 초등학교 6학년 때 반 대표 반주자를 했다. 다른 친구들은 책상에 앉아 있는데, 나는 풍금 앞에 앉아 선생님과 나란히 반 친구들을 바라보고 있으니, 꼬마 선생님이라도 된 거 같았다. 내 반주에 맞춰 부르는 친구들의 노랫소리가 참 듣기 좋았다.

하지만 시간이 흐르면서 나는 피아노에 재능이 없다는 것을 점점 깨닫기 시작했다. 비록 그럴듯하게 반주를 해냈지만, 그 과정은 너무 힘들었다. 실수를 하지 않기 위해 많은 노력을 기울여야 했다. 나를 지치게 했다. 어느새 나는 피아노 연주에 점점 더 피로를 느끼고 있었다.

주산 암산은 피아노 연주와는 달랐다. 처음부터 쉽고 재미있었다. 어느 날은 슈퍼에 갔더니, 슈퍼 아주머니께서 "네가 그렇게 암산을 잘한다며~ 어디 한 번 얼마나 잘하나 보자꾸나!" 하시고는 계산기를 두드리며 문제를 내셨다. "123 더하기 456 더하기 789 더하기 234 더하기 567은 뭐냐?"라는 말이 떨어지기가 무섭게 나는 답인 2169를 말했다. 그저 이렇게 주산 암산을 곧잘 한다는 이유로 수학 문제집도 별로 안 풀어 본 아이가 전국 수학 경시대회에 참가했다. 은상을 탔다. 몰랐던 재능의 발견이었다.

만약 주산을 배우겠다고 하지 않았다면, 전국 수학 경시대회에 나가지 않았다면 몰랐을 재능이다. 피아노 학원을 떼를 써서라도 다녀보지 않았다면, 반주자로 적극적인 활동을 해보지 않았다면 깨닫지 못했을 일이다. 일반적으로 내가 좋아하고 싫어하는 것, 잘하는 것과 하고 싶어 하는 것이 무엇인지 잘 모르겠을 때 부모님의 재능을 살펴보거나 성장 시기의 자신에게서 그것을 찾아보곤 한다. 그러나 우리는 그보다 더 적극적으로 자기 삶에 개입해야 하며 다양한 상황과 환경에 자신을 던져봐야 한다. 새로운 것들을 오감으로 느끼며 세상을 경험함으로써 자신을 알아갈 수 있다.

물론 그냥 부모님이 하라는 대로 학교를 다니고, 공부를 하고, 학원을 다녀도 어렴풋하게나마 자신을 알아간다. 하지만 그것은 흐르는 물에 나를 띄워 놓은 것과 같이 주어진 환경에 그저 나를 맡겨버리는 수동적이고 소극적인 자세이다. 깊은 곳에 숨겨진 진정한 자신을 발굴해 내기엔 부족하다. 진짜 자신을 발견해 가는 지혜로운 방법은 새로운 것에 도전하는 적극적 자세이다. 해보지 않은 것, 생각조차 안 해 봤던 것들은 우리를 두렵게 하지만, 경험하지 않은 것들에 대한 접촉면을 넓혀갈수록 더 다채로운 자신을 발견하게 된다. 없던 꿈도 생기고, 또 다른 꿈도 꾸고 말이다.

나 역시 직접 나서서 다양한 것들을 해보지 않았다면 나를 다채롭게 발견하지 못하고 재능을 펼치며 살지 못했을 것이다. 자신을 알아간다는 것과 자신을 발견해 내기 위한 모험은 두려움이 아니라 어떤 것이 발현될지 모르는 설렘이다.

오츠 슈이치는 천 명의 죽음을 지켜본 호스피스 전문의이다. 그의 저서 《죽을 때 후회하는 스물다섯 가지》 중 두 가지를 소개하고 싶다.

하나, '진짜 하고 싶은 일을 했더라면'

둘, '꿈을 꾸고 그 꿈을 이루려고 노력했더라면'

그는 지금 이 순간 자기 자신이 누구인지, 어떤 사람인지, 그리고 진정 원하는 것이 무엇인지 들여다보자고 말한다. 시간은 영원할 것 같아도 영원하지 않으니, 하고 싶은 일은 내일로 미루지 말고 지금 하자고 말이다.

짧기도 한 인생이지만, 단 한 번뿐인 인생이기도 하다. '왜 열정적으로 원하는 삶을 살지 않았을까, 왜 최선으로 마음과 기회를 다하지 않았을까'하고 후회하고 싶지 않다면 하루를 허투루 살 수가 없다.

100억 원보다 훨씬 더 가치 있는 한 번뿐인 인생이라는 데 동의하는가? 끊임없이 꿈을 꾸고 그 꿈에 도전하며 열정적으로 사는 것이 후회를 줄이는 삶이라는 걸 죽음을 앞둔 사람들을 통해 다시 한번 생각하게 된다.

늘 새로운 것을 시도해 보고 도전하며 다채로운 인생을 살아왔지만, 아직도 나에 대해 다 모를 일이다. 지금도 나는 내 인생에 최선을 다하기 위해 끊임없이 나 자신을 발굴 중이다. 나를 알아가는 것은 참으로 재미있고 설레는 과정이다. 그냥저냥 사는 것이 아닌, 온전히 살아있다고 느끼게 한다. 설사 성공과 성취의 결과가 있지 않더라도 나를 발견해 가는 것이 내 인생에 대한 책임이지 않을까.

우리는 남이 자신을 예의 없이 대하면 기분이 나쁘고 화가 난다. 마찬가지로, 우리도 자신을 무심하게 대하거나 별것 아닌 존재로 대하고 있지는 않은지 먼저 살펴봐야 한다. 자신을 대하는 올바른 태도를 갖추면 어떨까? 하나뿐인 당신과 당신 인생에 정중한 예의를 갖추는 일 말이다. 재능의 방을 하나씩 열어보고 당신의 잠재능력을 끌어내 빛을 보게 해주는 예의를 갖추어 주기를. 되도록 아주 아주 찬란하게.

❷
깊게 뿌리내린
자기 인식을 가져라

우리는 스스로 긍정적인 자아상을 갖기를 바란다. 하지만 자아라고 하는 것은 그냥 자라나는 게 아니다. 수많은 기억 중에서 장기 기억으로 남는 중요한 경험들이 '나는 이런 사람이야!', '나는 이런 걸 할 수 있는 사람이야!'와 같은 신념을 형성한다. 자아는 이러한 신념들이 모여 만들어지는 것이다.

영화 〈인사이드 아웃2〉를 보면 신념들이 자아를 만드는 과정을 잘 표현해 놓았다. 추상적인 개념인 기억은 형형색색의 구슬 모양으로, 신념은 하프의 현을 튕기는 듯한 소리로 시청각화했다. 나무가 자라나는 것처럼, 기억들로부터 신념들이 자라나서 '자아'라고 하는 꽃을 피우는 과정을 아름답게 보여준다.

주인공 라일리의 감정을 기쁨이, 버럭이, 소심이, 까칠이, 슬픔이, 불안이, 부럽이, 당황이, 따분이라는 아홉 개의 캐릭터로 등장시켜 의인화하여 잘 묘사하고 있다. 이들이 라일리의 기억 구슬들을 선별하여 장기 기억 저장소로 보내면 엉뚱 섬, 가족 섬, 우정 섬 등의 성격 섬이 만들어진다. 하지만 기억은 성격 섬만 만드는 게 아니었다. 저 아래 깊은 곳에서 신념도 만들고 있었다. 그 신념들이 모여 최고로 멋진 게 만들어지는데, 그것이 바로 '자아'이다.

가장 아름답고 인상적이었던 것은 기쁨이가 슬픔이를 데리고 내려가서 보여준 라일리의 신념 저장소였다. 그곳은 마치 호수 위에 수백 개의 빛나는 줄기를 가진 나무가 자라고 있는 듯했다. 그 나무의 끝에 자아라는 아름다운 꽃이 빛나고 있었다. 신비롭고 환상적이었다. 기쁨이가 그 빛줄기 하나를 현을 튕기듯 건드리자 "난 엄마 아빠의 자랑이야."라는 소리가 울렸다. 슬픔이가 다른 빛줄기 하나를 건드리자 "난 친절해."라는 소리가 울렸다. 기쁨이가 호수 위의 돌들을 뛰어 건너며 빛줄기 하나하나를 하프를 연주하듯 건드리니 "난 강해.", "난 용감해.", "난 정말 좋은 친구야."라는 소리가 음률처럼 울려 퍼졌다. 이 모든 신념이 모여 라일리를 만든다.

기쁨이가 그날 하키 경기에서 우승한 기억 구슬을 신념 저장소 호수 위에 살포시 띄우니 물 위에서 한 줄이 빛줄기가 아름답게 위로 뻗어나가며 "난 이길 수 있어."라고 울렸다. 그러자 자아의 꽃이 "난 좋은 사람이야." 하며 빛을 내뿜는다. 난 좋은 사람이라는 자아상은 라일리가 옳은 선택을 하게 해준다. 이렇듯 사춘기가 되기 전부터 우리의 신념들은 자라고 자아가 형성된다.

이 장면은 굉장히 인상적이었다. 나 역시 어릴 때 형성된 나의 신념의 소리와 자아상이 지금의 나를 있게 만들었다는 걸 안다. 내게는 "난 혼자서도 잘할 수 있어.", "난 용기 있고 똑똑해." 등의 신념의 울림이 있다. 어릴 때 형성되는 신념의 소리와 자아상은 중요하다. 어른이 되어서까지 행동과 선택에 지대한 영향을 끼치기 때문이다.

6학년 때 만들어진 아주 선명한 기억 구슬 하나를 꺼내 보겠다. 초등기간 내내 미술부 활동을 했지만, 한 번도 미술학원을 다녀보지 않았던 나는 6학년 무렵 방학 때만이라도 입시 미술학원이라는 데를 가서 배워보고 싶었다. 우리 동네 근처에는 없었고, 버스를 타고 나가야 있었다. 부모님께서는 내게 직접 알아보라고 하셨다. 친구들은 다들 부모님이 알아봐주시는데, 아직 초등학생인 나보고 알아보라니!

입시 미술학원 세 군데 정도가 몰려 있는 곳으로 버스를 타고 나가 학원장님들을 만나보고 학원들을 꼼꼼히 둘러봤다. 원장님들도 부모님 없이 혼자 상담하러 온 꼬맹이는 처음 만나보시는 눈치였다. 나의 이 경험은 "난 혼자서도 잘할 수 있어!"라는 신념을 심어주었다. 자립심과 독립심이 강한 나의 모습은 그때 만들어진 신념의 줄기에 근간이 있다.

이때 학원에서 배운 정물화로 방학 미술숙제를 제출했다. 지금과 달리 내가 초등학교 다니던 시절엔 방학 일기 쓰기부터 만들기, 그리기 등 각종 숙제가 있었다. 개학과 동시에 방학숙제를 제출하면 잘한 아이들에게 상을 주고 복도에 전시를 했다.

교내 아나운서이면서 반장이었던 나는 선생님들의 심부름을 하거나 잔일을 도와드릴 때가 많았다. 한번은 아이들의 방학숙제 중 잘한 것을 모아놓았으니, 심사하기 좋게 정리를 해 놓으라고 하셨다. 한참을 정리하고 있자, 심사 담당 선생님이 들어오셔서 작품을 쭉 훑어보시더니, 내게 말을 거셨다. "민경아, 늘 네가 방학 숙제 최우수상을 받지 않았니. 이번에도 제일 잘했지만, 매번 니가 받았으니 이번엔 양보해야겠다." 옆에서 방학숙제들을 보기 좋게 정리하고 있던 나는 심장이 쿵쾅쿵쾅 뛰었다.

선생님은 저런 말을 나한테 왜 하시는 걸까. 그냥 조용히 내게 최우수상을 안 주면 되지. 왜 굳이 입 밖에 내뱉으실까. 싫었다. 선생님이 아니라 내가 말도 안 되는 이유로 최고상을 빼앗기는 것이 말이다. 모르면 몰랐지 안 이상 그냥 넘어가 지지가 않았다. 상을 못 받더라도 내가 옳다고 생각하는 바는 말하고 싶었다. 최대한 감정을 빼고 말씀드렸다.

"선생님, 매번 제가 최우수상을 받은 건 제가 젤 잘했기 때문이잖아요. 이번에도 누가 봐도 제가 젤 잘했다면 저를 주는 것이 공정한 것이라고 생각합니다. 단지 상을 계속 받았다는 이유로, 더 잘했지만 우수상을 준다면 그것이 잘못된 거라고 생각합니다." 워낙 오래전이라 정확한 표현은 기억 나지 않지만, 이런 내용을 담은 의견을 일목요연하게 말씀드렸다. 선생님은 당했다는 표정을 지으시며 "그래그래. 듣고 보니 니 말이 맞구나" 하며 웃으셨다.

상을 받은 아이들의 작품이 복도에 전시되었을 때, 내 그림 아래에 이렇게 적혀 있었다. '최우수상'. 내 입가엔 미소가 지어졌다. 이때 생긴 신념의 현을 건드리면 "난 용기 있고 똑똑한 아이야." 하고 울린다. 그 외에도 "난 다재다능해.", "난 예뻐." 등과 같은 신념들이 모여 "난 남달라." 라는 자아가 완성되었다.

이런 긍정적인 자아상은 매우 중요하다. 어릴 적부터 형성되거나 이후의 경험과 지식을 통해 깊이 뿌리내린 긍정적인 자기 인식은 앞으로의 삶에서 끊임없이 자신을 일으켜 세우는 힘이 되기 때문이다. 누가 뭐라 해도 '나는 할 수 있는 사람이다.', '난 괜찮은 사람이다.'라고 생각하는 것은 강력한 무기가 된다. 또한 새로운 꿈을 꾸고, 도전하며, 실패해도 다시 일어서고, 시련을 극복하며, 방향을 전환하는 힘을 주기도 한다. 순간의 이기적인 마음 앞에서도 결국 옳은 선택을 하게 만들어 우리를 바로 세우는 역할을 하게 되는 것이다.

비록 어린 시절 불우하고, 상처 많고, 자신감도 없고, 자존감도 낮고, 자아상조차 없었다고 해도 괜찮다. 어른이 되어서도 그 신념과 자아상이 고정값이 되는 것은 아니기 때문이다. 몇 배의 노력과 피드백이 필요하겠지만, 충분히 새로운 긍정적인 경험을 통해 자기 인식을 새롭게 할 수 있다. 이렇게 새로이 생긴 신념은 자신의 경험에 대한 부정적인 기억마저 새로운 프레임을 통해 재해석하고 판단하게 하며, 그에 따른 결과들을 만들어낸다. 긍정적인 자기 인식을 깊게 뿌리내려야 하는 이유가 바로 여기에 있다.

그 대표적인 예가 미국의 방송진행자 오프라 윈프리이다. 오프라는 가난한 흑인 마을에서 태어나 자신에게 무관심한 어머니와 자신을 학대하는 친척들 사이에서 불행한 어린 시절을 보냈다. 우여곡절 끝에 토크쇼를 진행하게 된 오프라는 진솔한 모습으로 방송을 하며 인기를 얻어 나갔다. 어느 날은 아무에게도 공개하지 못했던 자신의 성폭력 피해 경험을 말함으로써 오히려 많은 사람의 응원을 받았다. 이를 계기로 아동 학대 문제를 세상에 적극적으로 알려 마침내 국가 아동 보호법까지 만들어지게 했다. 그녀는 다양한 분야에 도전하며 세계에서 가장 영향력 있는 100인에

선정되었다. 오프라는 상처 많고 불우한 어린 시절을 극복하고 긍정적인 자아상을 이룬 아름다운 모습을 보여준다.

단순한 자기 위안을 위한 긍정적인 자아상은 순간적인 안심이나 기분 전환을 목적으로 한다. 그러나 깊이 있는 긍정적인 자아상은 자신에 대한 진지한 이해와 성찰을 기반으로 한다. 이는 실제로 삶의 방향을 제시하고, 현실적인 기반 위에서 자신을 격려하며 성장할 수 있도록 돕는다.

'당신은 자신을 스스로 어떤 사람이라고 생각하는가?'

③
To do list가 아닌
My dream list

우리는 매일 쳇바퀴처럼 굴러가는 일상을 쳐내느라 쫓기듯 살아간다. 이 모든 것들은 즉각적인 반응과 처리를 요구하며 우리의 시간을 집어삼킨다. 그러나 아무리 To do list를 완벽하게 해내도 우리의 삶은 크게 바뀌지 않는다. 왜 그럴까? 난 분명 바쁘게 정말 열심히 사는데 말이다! 이처럼 긴급한 일들에 쫓기는 삶은 자신에게 진정으로 중요한 것들을 놓치게 만들기 때문이다. 인생의 질을 높이기 위해서는 우리가 매일 겪는 수많은 긴급한 일들에 매몰되지 않고, 장기적으로 우리에게 진정한 가치를 주는 활동에 시간을 투자해야 한다. 이러한 전환이야말로 우리의 삶을 보다 풍요롭고 만족스럽게 변화시킬 수 있다.

미국 아이젠하워 대통령의 '시간 관리 테이블'은 효과적인 시간 관리와 우선순위 설정의 원칙을 반영한 방법이다. 이 방법은 '아이젠하워 매트릭스' 또는 '긴급-중요 매트릭스'로도 알려져 있다. 이 테이블은 주로 중요성과 긴급성이라는 두 가지 차원을 기반으로 하여 업무와 활동을 네 가지로 분류한다. 그 네 가지는 중요하고 긴급한 일, 중요하지만 긴급하지 않은 일, 긴급하지만 중요하지 않은 일, 긴급하지도 중요하지도 않은 일이다.

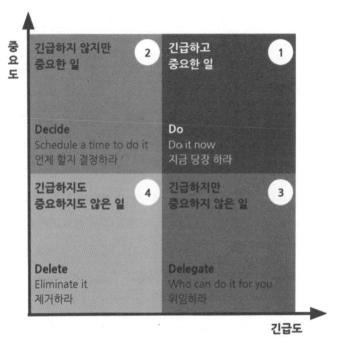

〈아이젠하워 시간 관리 매트릭스〉

　사람들은 일반적으로 '긴급하지만 중요하지 않은 일'에 가장 많은 시간을 쓰는 경향이 있다. 하지만 우리의 인생이 더 좋아지기 위해서는 이 네 가지 영역 중에서 '중요하지만 긴급하지 않은 일'에 반드시 시간을 할애

하여야 한다. 이 영역의 활동은 장기적인 목표와 개인적인 성장에 중요한 영향을 미친다. 긴급하지만 중요하지 않은 일은 다른 사람에게 위임하거나, 긴급하지도 중요하지도 않은 일은 최소화하여, 중요하지만 긴급하지 않은 일에 더 많은 시간과 노력을 투자하는 것이 필요하다. 매일 일정 시간을 배정하여 장기적인 목표를 달성할 수 있도록 해야 한다.

우리는 매일의 할 일을 놓치지 않고 하루를 허투루 살지 않기 위해 열심히 To do list를 쓰곤 한다. 그것을 가만히 들여다보면 급한 일부터 처리하기 위한 리스트이다. 아침부터 밤까지 To do list에 있는 할 일들을 해치우느라 정말 내가 하고 싶은 일은 엄두도 못 낸다. 정작 진짜 내가 하고 싶은 일은 그렇게 하루하루 미루게 된다. 물론 To do list는 실용적이고 필수적이며 일상적인 삶의 세부 사항을 관리하는 데 중요하다. 하지만 종종 우리의 초점을 즉각적인 작업과 단기 목표에 한정시킬 수 있다. 그렇기에 'My dream list'라는 개념이 필요하다. 급하진 않지만 중요한 일이다.

My dream list는 개인이 이루고자 하는 목표나 꿈을 목록으로 작성한 것이다. 단순한 할 일 목록이 아닌, 우리의 가장 깊은 열망과 목표를 중심으로 구성된다. 이 리스트는 장기적인 목표와 꿈을 구체화하고 시각화하는 데 도움이 되는 도구이다. 우리가 되고 싶은 모습과 이루고 싶은 큰 목표를 생각하게 한다. My dream list를 작성하는 과정은 자기 성찰을 필요로 하며, 이는 우리에게 진정한 기쁨과 만족을 주는 목표를 명확히 하는 데 도움을 줄 뿐만 아니라 꿈에 가까이 가는 일상을 살게 해준다.

《김미경의 딥마인드》외 수많은 베스트셀러를 펴낸 자기계발 전문가 김미경 강사의 말을 빌리자면, 내 꿈이 안 들어가는 To do list만 있는 다이어리는 일을 쳐내는 '노동자 다이어리'다. 내 인생의 방향, 행복에 큰 영향을 끼치는 My dream list가 내 스케줄 안에 반드시 들어가야 한다.

양자역학의 동시성 원리는 두 개의 입자가 서로 멀리 떨어져 있어도, 이들이 서로의 상태에 즉각적으로 영향을 미친다는 개념을 말한다. 이를 김미경 강사는 오늘 자신이 한 행동이 미래의 어떤 시점의 자신과 연결되어 동시에 탄생한다고 표현했다. 그러므로 My dream list를 작성하고 행동한다는 것은 미래의 나에게 줄 선물을 오늘 내가 준비하는 아주 중요한 행동이다. 내 꿈 때문에 바쁜 게 세상에서 제일 행복하다고 강조하는 김미경 강사는 아침에 일어나자마자 다이어리를 쓰면서, 급하진 않지만 중요한 일을 가장 이른 아침 시간에 배치한다고 한다. 그것은 하이라이트고, 그렇게 매일 아침 인생에 하이라이트를 치는데 어떻게 인생이 바뀌지 않겠냐고 말했다. 계속 성장하는 사람은 이렇게 To do list가 아니라 My dream list에 집중한다는 것을 보여주는 좋은 예이다.

우리가 30대, 40대, 50대에 To do list만 쓰면 60대 이후 적어도 40년은 더 살아야 하는 시기에 My dream list뿐만 아니라 To do list마저 쓸 게 없어질 수도 있다. 뭘 해야 할지 막막해지기 때문이다. My dream list를 쓰고 매일의 일상에 그 시간을 배치해야 하는 이유가 여기에 또 있다.

My dream list를 작성하고 그것을 실행하는 방법으로 '만다라트 꿈 지도'를 활용하는 것을 추천한다. 일본의 야구 선수로, 메이저 리그에서 최고의 투수와 타자로 동시에 활약하며 역대 최초로 50홈런-50도루를 기록하기도 한 오타니 쇼헤이(大谷翔平)의 만다라트 꿈 지도는 My dream list를 실행하는 방법을 잘 보여주는 사례이다. 만다라트는 그가 목표를 설정하고 성취하는 데 도움을 준 도구로 널리 알려져 있다.

만다라트를 통해 우리는 목표를 명확히 하고, 그 목표를 이루기 위한 세부적인 계획을 시각화할 수 있다. 만다라트는 중심 목표를 설정하고, 이를 달성하기 위해 필요한 하위 목표와 세부 계획을 시각적으로 배열하는 도구이다. 오타니 쇼헤이는 이 구조를 통해 자신의 꿈과 비전을 구체화하고, 이를 실현하기 위한 단계적 접근 방식을 세웠다. 만다라트는 단순히 할 일을 나열하는 것이 아니라 장기적인 목표를 명확히 하고, 그 목표를 이루기 위한 상세한 계획을 시각적으로 표현하니 많은 도움이 될 것이다.

몸관리	영양제 먹기	FSQ 90kg	인스텝 개선	몸통 강화	축 흔들지 않기	각도를 만든다	위에서부터 공을 던진다	손목 강화
유연성	몸 만들기	RSQ 130kg	릴리즈 포인트 안정	제구	불안정 없애기	힘 모으기	구위	하반신 주도
스테미너	가동역	식사 저녁7술갈 아침3술갈	하체 강화	몸을 열지 않기	멘탈을 컨트롤	볼을 앞에서 릴리즈	회전수 증가	가동력
뚜렷한 목표·목적	일희일비 하지 않기	머리는 차갑게 심장은 뜨겁게	몸 만들기	제구	구위	축을 돌리기	하체 강화	체중 증가
핀치에 강하게	멘탈	분위기에 휩쓸리지 않기	멘탈	8구단 드래프트 1순위	스피드 160km/h	몸통 강화	스피드 160km/h	어깨주변 강화
마음의 파도를 안만들기	승리에 대한 집념	동료를 배려하는 마음	인간성	운	변화구	가동력	라이너 캐치볼	피칭 늘리기
감성	사랑받는 사람	계획성	인사하기	쓰레기 줍기	부실 청소	카운트볼 늘리기	포크볼 완성	슬라이더 구위
배려	인간성	감사	물건을 소중히 쓰자	운	심판을 대하는 태도	늦게 낙차가 있는 커브	변화구	좌타자 결정구
예의	신뢰받는 사람	지속력	긍정적 사고	응원받는 사람	책읽기	직구와 같은 폼으로 던지기	스트라이크 볼을 던질 때 제구	거리를 상상하기

〈오타니 쇼헤이의 만다라트〉

결론적으로, To do list가 일상적인 작업을 관리하는 데 필수적이라면 My dream list는 우리를 일상의 단조로움을 넘어 보다 넓은 미래 비전을 품도록 초대한다. My dream list는 우리가 대담하게 꿈꾸고 진정으로 흥미로운 것을 추구하며, 목적과 열정이 가득한 삶을 살 수 있도록 돕는다.

우리 집 냉장고 문에는 My dream list가 붙어 있다. 해야 할 일로 아무리 일상이 바빠도 냉장고 문을 열 때마다 그것을 보며 꿈을 시각화한다. 이 습관은 아주 짧은 순간이지만 내가 원하는 삶의 방향을 잃지 않도록 나를 이끌어 준다. '해야 할 일만 하다 내 꿈을 놓쳤구나!' 하고 후회하지 말자. 후회해 봤자 돌이킬 수가 없지 않은가. 끊임없이 반복되는 '나의 하루', 매일 똑같고 특별한 것도 없는 '나의 일상', 그 안에 답이 있다. 거기에 답이 없으면 답은 없다. 나의 일상에 나의 꿈을 향해 가는 시간이 반드시 포함되어야 한다.

광고 기획자 박웅현 대표가 인생의 목표라며 자주 하는 말 중에 이런 말이 있다.

"찬란한 순간을 기다리지 않는다. 매 순간을 찬란하게 만든다."

우리도 기회를 기다리지 말고, 매 순간을 기회로 만들자. 꿈을 향해 다가가는 순간을 기다리지 말고 스스로 만들어 나가자.

❹
열차는 당신이 타지 않으면
출발하지 않는다

'내가 그 열차에서 내리지 않았다면, 그 열차는 나를 태우고 어디까지 갈 수 있었을까?'

혹시 어떤 일의 끝까지 가 보지 않아 후회하는 것이 있는가? 아쉬움이 끝끝내 사라지지 않고 자신을 붙잡고 있는 것이 있는가? 나는 있다. 아마 당신도 있을 것이다. 포기하지 않고 계속하는 사람을 우리는 대단하다고도 하고, 때로는 어리석다고도 한다.

누군가는 물이 나오지 않을 땅을 '여기서 반드시 물이 나올 거야!'라며 평생을 파기도 하고, 누군가는 한 번만 더 곡괭이질을 하면 물이 나오는데, 물이 나오기 직전에 '여기까지 팠으면 많이 팠다.'며 멈추기도 한다. 멈추고 다른 곳을 파야 할지, 조금만 더 파면 될지 알기가 참 어렵다.

여기가 정확히 물이 나오는 곳이라는 것만 알면 힘들어도 계속 파는 일이야 뭐 그리 못할 일이겠냐마는 그렇지 못한 불확실성이 우리를 지치고 괴롭게 한다. 땅속을 훤히 내려다볼 수 있다면 좋겠지만, 눈에 보이지 않는 땅속을 알기란 쉬운 일이 아니다. 하지만 적어도 '물이 어디에 있는 줄 알고!? 저기 물이 과연 있겠어!?'라며 시도조차 해보지 않거나, 제대로 깊이 파 내려가 보지도 않고 포기하는 인생은 살지 말아야 할 것이다.

초등학교 시절 전교 회장이 되어보고 싶었었다. 그 당시, 전교 회장, 부회장 선출 방식은 각반 학급 반장과 부반장이 된 아이들이 모여서 투표를 통해 선출했다. 당시 나는 전교 부회장으로 선출됐지만 즉시 사퇴했다. 전교 임원은 학급 임원을 할 수 없다는 말에 의해서다. 지금 생각하면 어이가 없어서 웃음이 나온다. 그때 당시 나는 전교 부회장을 이인자라고 생각했고, 이인자가 되는 게 싫었다. 그럴 바엔 차라리 반의 리더인 반장이 낫다고 생각했다. 권력욕이 있는 성향도 아닌데 그 순간 왜 그런 마음이 든 건지 알 수가 없다. 뭘 몰라도 너무 몰랐다. 하지만 그 사건을 통해 나의 기질 한 가지는 분명히 드러났다.

남들 보기에 좋아 보이는 것도 내가 아니라는 생각이 들면 아주 과감한 결정을 해버리는 결단력이었다. 이것은 나에게 약이 되기도 했지만, 독이 되기도 했다. 빠르게 결정하고 추진하여 좋은 성과를 내기도 했지만, 이게 아니다 싶을 땐 미련 없이 내려놓기도 했다. 여기서 물이 나올 것 같아 열심히 파다가, 아니다 싶으면 여태 판 건 아까워하지 않고 다른 곳을 파 내려 가는 거다.

배우가 되고 싶었던 적이 있었다. 고3 때부터 준비해서 대학을 졸업할 무렵 MBC 공채 탤런트 시험을 봤다. 시험은 1차부터 4차까지 있었고, 상당한 경쟁률을 뚫고 최종 심사인 4차까지 올라갔다. 그러나 최종 합격을 하지는 못했다. 그 길로 배우의 길을 접었다.

따로 오디션 한 번 본 적도 없고, 그 공채 시험이 처음이자 마지막으로 본 시험이었다. 너무 웃기지 않나. 배우나 가수로 성공한 분들의 이야기를 들어보면 오디션에 수도 없이 떨어졌다고 하는데, 어떻게 딱 한 번 떨어졌다고 포기할 수가 있을까? 지금 생각해 보면, 그때 4차까지 올라간 것은 분명 가능성이 있었기에 올라간 것일 텐데 말이다. 하지만 그때의 나는 그런 생각을 하지 못했다.

내가 정말 잠재력이 있거나, 실력이 있거나, 아니면 스타성이라도 보였다면 떨어질 리가 없다고만 생각했다. '떨어지는 걸 보니 나는 배우로서 떡잎부터 다른 사람은 아닌가 보다. 이쪽에서 대성하긴 어렵겠다.'고 생각하고 마음을 접은 것이다. 타임머신이라도 타고 그때의 나에게로 잠시 다녀올 수만 있다면, 가서 이렇게 말해주고 싶다.

"이제 겨우 한 번 해봤잖아. 포기하기엔 너무 이르고 섣부른 결정이야. 뭐 얼마나 시도하고 노력해 봤다고 그러니? 여러 번의 오디션 탈락 후 배우가 된 선배들이 많아. 포기하지만 않으면 돼. 정말이야. 내 말을 믿어. 제발!"

정말이지 그렇게 쉽게 결정을 내리면 안 되는 거였다. 배우가 되려고 했던 초심을 잃은 것이다. 스타가 되려 했던 게 아닌데, 연기파 배우가 되어 연기하는 삶을 살고 싶었던 건데 말이다. 그때 내가 포기하지 않았다면 여러분은 지금 드라마나 영화에서 열연하는 내 얼굴을 보고 있을지도 모를 일이다.

그런 의미에서 오랜 무명 생활 끝에 진정한 배우가 되는 분들을 보면 귀감이 된다.

연봉 이십만 원으로 살아가던 가난한 사십 대 연극 배우였던 이정은 배우는 요즘 드라마 〈눈이 부시게〉, 〈미스터 션샤인〉, 〈아무도 없는 숲속에서〉 등 30여 편 이상의 드라마에, 그리고 영화 〈택시 운전사〉, 〈기생충〉 등 30여 편 이상의 영화에 출연하며 폭발적인 러브콜을 받고 있는 신스틸러 배우가 되었다. '어디서 갑자기 이런 배우가 나타났지?'라고 할 만큼 그녀의 연기는 관객을 매료시킨다.

하지만 마흔다섯 살에 방송 데뷔를 하기 전까지 계속 아르바이트로 생활했다고 한다. 그도 그럴 것이 극단에 있을 시절, 심할 때는 일 년에 이십만 원 정도밖에 벌지 못해서 부업으로 연기를 가르쳐보기도 하고, 마트에서 일해보기도 하고, 간장을 팔아보기도 하고, 녹즙을 팔아보기도 했다고 한다. 이 길은 내 길이 아닌가 보다 하고 그만둬도 누구 하나 뭐라 하지 않을만한데도 이정은 배우는 각종 아르바이트를 하며 배우로서의 길을 계속 걸어갔다.

그녀는 그 시절을 떠올리며 "고생했다. 힘들었다."라고 말하기보단 "지나고 보니 하나도 버릴 게 없다."라고 말한다. 덧붙여 "배우로서의 얼굴이 만들어지는 데 필요한 시간이었다."라고 덤덤히 말하는 그녀의 모습에서 진짜 배우의 모습을 엿볼 수 있었다. 그 결과, 지금은 시대의 사랑을 받는 배우이자, 후배들에게 롤모델이 되는 배우가 되었다.

KBS2 프로그램 〈대화의 희열 2〉에 출연한 이정은 배우는 "그런 시간을 먼저 지나온 사람으로서 후배들에게 해주고 싶은 이야기가 있다면 무엇이냐"는 질문에 이렇게 말한다.

"무엇이 되는 것보다 연기하는 순간이 좋았다면, 네가 원래 생각했었던 것처럼 너의 재능을 믿으라고 얘기해 주고 싶어요. 기회는 계속하다 보면 생긴다고. 그런 원초적인 생각을 계속 발전시켜야 한다고 생각해요. 그 순간이 좋았기 때문에 시작됐잖아요. 그리고 그 순간은 재능이 있다고 믿었던 거거든요."

혹시 요즘 자신의 한계를 느끼는가? 내가 가고 있는 이 길이 맞는지 물음표가 생기는가? 그렇다면 신중해지자. 마침표는 내가 찍는 것이다. 성취는 수많은 고난과 역경을 이겨내야만 만날 수 있다. 성취의 과실을 쉽게 얻는 사람은 없다. 인고의 시간을 견뎌내어야만 값진 열매를 얻을 수 있다. 그러니 '한 번만 더' 해보자.

그런데 만약 이미 꿈의 열차에서 내려 '그때 그걸 계속할걸…', '그걸 그만두지 않았더라면….' 하고 후회하고 있다면 이제 더 이상 후회는 멈추자. 후회해서 돌이킬 수 있는 것이 아니라면 후회를 멈추자. 그 선택을 통해 깨달은 것에 집중하고 인생의 배움이 된 것에 감사하자. 우리는 그것을 후회로 남기지 않고 배움으로, 깨달음으로 만들 수 있다.

그리고 이렇게 생각해 볼 수도 있다. 그 열차에서 내렸기에 다른 열차를 타고, 다른 풍경을 보고, 다른 사람들을 만날 수 있었고, 또 만날 거라고 말이다. 그런데도 미련이 자꾸 남는다면 다시 도전해 보라고 말하고 싶다. 다행히 우리에겐 어떤 열차에든 다시 올라탈 수 있는 선택의 축복이 있다.

한 길만을 계속 가는 것이 정답일 수도 아닐 수도 있다. 분명한 것은 당신이 타지 않은 열차는 출발하지 않는다는 것이다. 당신은 지금 탄 열차를 계속 타고 가 볼 것인가? 아니면 다른 열차에 올라타 볼 것인가?

⑤
세상이 정답이라고 말하는 것은
답이 아니다

나는 교수였다. 사람들은 내가 교수였다는 걸 알면 엘리트 코스를 밟으며 공부만 쭉 한 줄 안다. 하지만 전혀 그렇지 않다. 대학을 졸업하고 그저 옷을 좋아한다는 이유로 전공하지도 않은 의류 도소매업을 시작했다. 사업이라고 하기엔 거창하고, 그냥 장사라고 하겠다. 젊은 혈기에 멋모르고 시작한 장사였지만 다행히 잘됐다. 200여 개의 매장이 입점하여 있는 쇼핑몰에서 매출이 톱이었다 보니, 이십 대의 젊은 나이에 제법 많은 돈을 벌었다. 그 당시 내 친구들은 대학을 졸업한 후 거의 취업했지만, 월급은 뻔했다. 친구들이 일 년 내내 회사에서 일하며 버는 연봉을 나는 한 달 만에 벌었다.

내가 장사를 시작하던 시절, 온라인 쇼핑몰들이 우후죽순 생겨나기 시작하면서 오프라인 매장들의 매출이 감소했다. 그런 와중에도 우리 매장엔 손님이 북적댈 때가 많았다. 다른 매장들은 부러움과 시샘이 섞인 눈으로 우리 매장을 바라보곤 했다. 젊은 나이에 사장님 소리를 듣는 것도, 새로운 상품을 디스플레이 하는 것도, 직원을 부리는 것도, 손님을 상대하는 것도 다 재미있었다. 그런데 이상했다. 뭔가 채워지지 않는 헛헛함, 뭔가를 놓치고 있는 것 같은 막연함이 있었다. 내가 이렇게만 살 사람이 아닌데…. "너는 커서 뭐가 돼도 될 거야." 어릴 때부터 부모님이 늘 해주시던 이 말씀이 내 안에서 메아리처럼 울리는 것이 아닌가. 자꾸만 내 정체성과 자아상을 자극하는 느낌이었다. 지금의 이 모습이 부모님이 말씀하신 '그 뭐가 된 내 모습일까? 내가 원하는 삶이 맞나?' 아무리 생각해도 아니었다.

당시 나는 돈이 그다지 중요하지 않았다. 철이 조금 들고서 배부른 생각이었다는 것을 알게 되었지만, 그때 나는 돈보다는 명예를 갖고 싶었다. 그러기 위해 의류 도소매업을 한 경험을 살려 패션전공 교수를 해야겠다는 생각이 들었다. 교수가 되려면 자기가 전공하는 학문의 '학부 전공'이 중요하다. 나는 학사 편입을 고려할 수밖에 없었다. 부모님께 다시 대학을 가겠다고 말씀드리자마자 반대에 부딪혔다. 멀쩡하게 4년제 대학을 나와서 지금 돈도 잘 벌고 있는데 도대체 뭐가 문제냐. 교수가 되고 싶다고 되는 게 아니지 않느냐는 말씀이었다.

내가 뭘 하겠다고 하면 뭐든 지지해 주시고 믿어주시던 부모님이셨지만, 성인이 된 딸에겐 현실적인 반대를 하셨다. 그뿐만 아니라 친척, 친구 누구 하나 잘한 결정이라고 지지해 주지 않았다. 그건 아닌 거 같다고 직설적으로 말하거나, 직접 말하지 않더라도 꽤 무모하다고 생각하는 것 같았다. 어른들은 특히나 좋은 사람 만나 시집갈 준비를 하는 것이 좋지 않겠냐는 분위기였다.

진지하게 학사 편입을 준비하고, 이십 대 후반에 이십 대 초반 아이들과 다시 대학 생활을 시작했다. 말로만 듣던 만학도의 길을 걷기 시작한 것이다. 두 번째 캠퍼스 생활은 낮에는 학교로 등교해서 공부하고, 저녁에는 매장으로 출근해서 일하는 패턴이었다. 주경야독이 아니라 주독야경인 셈이었다. 교수가 목표인 사람이 성적이 좋지 않으면 다른 사람은 몰라도 나 스스로 자격이 없다고 생각할 것만 같아서 누구보다 학업에 최선을 다했다. 그렇게 최선을 다하다 보니 1등에게만 주는 전액 장학금을 거의 매 학기 받았다.

문제는 예전만큼 신경을 못 쓰게 된 가게 매출이었다. 매출이 계속 떨어지는 것이었다. 직원 월급을 주고 나면 남는 게 많지 않았다. 공부를 시작하며 모든 것을 스스로 알아서 하겠다고 큰소리쳤기에, 부모님께 손을 벌릴 순 없었다. 그러니 무사히 졸업하기 위해서는 전액 장학금이 절실했다. 결국 수석으로 졸업하며 원하는 대학원에 진학했다.

하지만 부모님은 기뻐하시기보단 여전히 불안한 표정으로 못마땅해하셨다. 이제 본격적으로 매장은 아예 접고 공부만 하겠다는 딸이 마음에 들 리가 없었다. 아직 갈 길이 멀었다. 수년 후 전임 교수로 임용이 되고 나서야 한시름 놓은 듯 기뻐하셨다. 지금 생각해 보면 참 무모한 도전이었다.

문득 생각난다. 교수가 되고 싶다는 내게 학부 교수님께서 해주신 말씀이 있다. "전임 교수는 하늘이 내려주시는 거야. 내가 보기엔 자기 사업체를 운영하면서 겸임교수가 되는 게 더 좋은 거 같아." 교수가 되고 보니 그 말의 의미를 완전히 이해할 수 있었다. 교수가 된다는 건 실력은 기본이고, 여러 요소와 타이밍이 딱 맞아떨어지는 운도 따라야 하는 그런 길이다.

그런 의미에서 정말 용기 있는 도전이었다. 내가 만약 모두가 반대한다고 전임교수가 되는 길을 걷지 않았다면 많이 다른 삶을 살고 있을 것 같다. 어쩌면 이른 나이에 경제적 자유를 얻을 수도 있었겠지만, 여전히 내가 한 가장 잘한 선택 중 하나라고 생각한다.

둘째를 출산하고 어느 날, 내 인생을 다시 생각해 보는 시간을 갖게 되었다. '이렇게 계속 살면 내가 만족할 만한 삶이 될까?' 크기가 정해져 있는 삶이다. 머릿속에 그려진 미래의 그림은 정작 내가 궁극적으로 원하는 모습이 아니었다. 큰 영향력을 끼치는 사람이 되고 싶었다. 뭔가 더 나은 삶, 더 멋진 삶을 살고 싶었다. 또다시 한번 내 마음속에서 외치는 소리이다.

'넌 이 정도로 살 사람이 아니야.

뭐가 되도 될 사람이야.

더 높은 가치를 추구해.

이 길이 아닌 다른 길도 가 봐.'

환장할 노릇이다. 교수가 하기 싫은 게 아니었다. 적성에도 잘 맞고 사랑하는 일이다. 단지 한 번뿐인 인생, 다른 길도 가 보고 싶다는 마음이 커졌다. 결국 좋은 사업을 만나게 되고, 새로운 시즌을 맞이했다. 주변의 반응은 역시나 예상했던 대로이다. "교수나 계속하지 왜 사업을 하려고 그러냐. 사업을 한다고 다 성공하냐. 얼마나 망하는 사람이 많은데.

남들은 하고 싶어도 못 하는 교수잖아. 얼마나 좋아!" 여기저기서 그건 아니라고 하는 소리가 들렸다. 내가 하려는 사업에 대해 제대로 알지도 못하면서 훈수를 두기까지 한다. 교수를 한다고 했던 십이 년 전이 생각났다. 그때도 똑같았다. 그냥 지금 잘되고 있는 일이나 하지 왜 그러냐고 말이다.

사람은 누구나 자신에게 없는 것을 가지고 싶고, 그게 너무 높고 대단해 보이는 듯하다. 그러나 막상 그것을 가지고 나면 생각보다 별거 아니었다는 것을 금세 알게 된다. 자신이 이룬 것은 남들에게 대단해 보일지라도 별것이 아닌 듯 느껴진다. 교수라는 타이틀이 내게 그러했다. 아깝지 않냐는 말을 많이 들었지만 크게 아깝지는 않았다. 기회비용이라는 말이 있지 않은가. 이걸 하느라 다른 걸 할 수 없을 땐 선택을 할 수밖에 없다.

다들 반대했던 사업은 잘되었고, 1년 8개월이 지나니 교수 연봉보다 많은 수입을 올리기 시작했다. 큰 꿈을 가지고 시작한 사업이라 갈 길이 멀지만, 여러 부분에서 이제 겨우 베이스캠프만 차려놓은 것일 뿐이라고 생각한다. 무엇보다 감사한 것은 사업을 통해 인생에 피가 되고 살이 되는 것들을 많이 배웠다는 것이다. 해보지 않았다면 죽을 때까지 모르고 살 일이었다. 그것이 어떻게 정답일 수 있겠는가.

새로운 무언가를 하려고 할 때, 그건 아닌 것 같다고 말하는 사람들은 늘 있다. 유독 가까운 사람들이 더욱 그렇다. 당신에게도 "이 길이 맞아, 이 길로 가 봐. 이 길이 정답이니까."라고 말하는 지인들이 있을까? 당신을 아껴서 그러는 그들의 마음은 알아주자. 그렇지만 안정적인 일을 할 때, 안정적인 삶을 살며 그것으로 충분하다는 그들의 말을 따르지는 말

자. 진짜 안정적인 삶이란 무엇일까? 자신의 안전지대를 벗어나 자신의 땅을 넓혀갈 때 안전지대는 넓어지는 것이다.

　세상이 모두 정답이 아니라고 말해도 당신 마음의 소리가 그러하다면 그것이 정답이다. 설사 정답이 아니면 어떠한가. 가 보지 않아 미련이 남고 후회하는 것보다, 가 보고 나서 깨달으며 자신의 안전지대를 넓히는 것이 훨씬 멋진 인생이 아닌가? 세상이 정답이라고, 혹은 정답이 아니라고 말하는 것들에 나는 현혹되지 않으련다. 당신은 어떻게 할 것인가.

⑥
꿈이라는 실이 당신에게 있다면, 되었다

　"넌 꿈이 뭐니?" 별생각 없는 어린 시절에는 그렇게도 넌 꿈이 뭐냐고 묻더니, 정작 꿈을 향해 더 진지하게 달려가야 하는 성인이 되고 나니, 꿈이 무엇인지 물어보는 사람이 없다. 꿈이 어릴 때만 꿀 수 있는 특권도 아닌데 말이다. 나는 당신에게 묻고 싶다. '당신의 꿈은 무엇인가'라는 질문에 어떻게 답하겠는가?

　"넌 꿈이 뭐니?"에 대한 나의 첫 번째 대답은 화가였다. 첫사랑, 첫 여행, 첫 경험처럼 뭐든 처음이라는 수식어가 앞에 붙으면 특별한 의미를 갖게 된다. 처음으로 꿈이 생긴 초등학교 3학년 때 에피소드가 떠오른다. 학교 미술 수업 시간에 배운 모자이크를 선생님이 숙제로 내주셨다. 다음 날 아이들이 낸 미술 숙제를 검사하시던 선생님이 나를 부르셨다. "민경아, 이거 네가 혼자 다 했니? 솔직히 말해도 혼 안 낼게." 도대체 선생님이 왜 이런 질문을 하시는지 알 수는 없었지만, 그냥 사실대로 "제가 했는데요."라고 말씀드렸다. 선생님은 미간을 찌푸리시며 "이걸 네가 혼자 다 했다고?"라며 되물으시더니 언짢은 표정을 지으셨다. 묘하게 기분이 나빴다. 어린 눈에도 선생님이 내 말을 믿어주시지 않는다는 것을 느낄 수 있었다.

반 친구들의 모자이크 그림이 교실 게시판에 다 붙고 나서야 난 왜 선생님이 내가 어른의 도움을 받아 숙제를 했다고 생각하셨는지 추측할 수 있었다. 다른 아이들은 색종이를 손톱만 한 크기로 뚝뚝 떼어 붙여 완성한 데 반해, 나만 바늘구멍만 한 크기의 색종이로 도화지를 가득 채웠기 때문이다. 내가 봐도 달라도 너무 달랐다.

모자이크 숙제를 내준 날, 집에 가자마자 샤프심이 나오는 뾰쪽한 부분을 이용해 한땀 한땀 얼마나 오랜 시간을 했는지 모른다. 그렇게 하면서 내가 특별하게 한다고 인식하진 않았다. 그저 한땀 한땀 완성되어 나가는 것이 흥미롭고 재미있었다. 하지만 담임선생님은 초3 어린이가 어른의 도움 없이 혼자 이렇게까지 할 순 없다고 생각하신 것 같다. 억울하고 속상했지만 나는 곧 생각을 고쳐먹었다. '도대체 얼마나 믿을 수 없을 만큼 잘했길래 저러실까!'

그때쯤부터 나도 내가 미술에 남다른 재능이 있다는 것을 눈치챈 것 같다. 하지만 더 중요한 것은 그림을 그리고 있으면 행복감을 느꼈다는 거다. 연필의 그 사각거림, 물감의 그 질감과 터치! 그 모든 감각들을 사랑했다. 연필이나 붓을 잡은 내 손이 도화지 위로 올라갈 때면 잡념은 사라지고 오직 작업에만 몰입됐다. 또한 좋은 그림을 보고 있으면 매료됐다. 그림은 그림을 그리는 사람도, 보는 사람도 행복하게 해준다는 생각이 들었다.

중학생이 되면서 수학 문제를 풀 때 도파민이 분비되는 듯한 쾌감을 느꼈고, "넌 꿈이 뭐니?"에 대한 대답은 수학자로 바뀌었다. 수학 문제를 푸는 것은 공부한다는 느낌보단 게임하는 것처럼 재미가 있었다. 수학 잘한다는 소문이 나서 옆 반 친구까지 쉬는 시간이면 모르는 문제를 들고 와서 가르쳐달라고 했다. 그럴 때면 내가 중요하고 좋은 사람이 된 것처럼 뿌듯한 마음이 들었다. 수학자가 돼도 참 좋을 것 같았다.

그림과 수학을 사랑하던 아이는 여고생이 되었고, 내 대답을 또 한 번 바꾸게 되는 경험을 하게 되었다. 초등학교 때 교내 아나운서로 활동했던 약간의 자신감으로 고교 아나운서에 지원했는데, 운 좋게 합격한 것이 계기가 되었다. 매해 가을이 되면 인근 고등학교 학생들을 초대하는 학교 축제가 열렸는데, 우리 방송부는 축제 때마다 방송제라는 것을 했다. 지금의 〈보이는 라디오〉 같은 방식으로 다양한 프로그램을 보여주었다. 그중 모노드라마는 혼자서 할아버지부터 어린아이까지 여러 명의 목소리를 아나운서 혼자서 성우가 되어 연기하는 것이다. 어려운 꼭지여서 2학년 아나운서 선배가 주로 맡아 하는 것인데, 영광스럽게도 1학년인 내가 맡아 진행하게 되었다. 비록 목소리 연기였지만, 다양한 사람들의 입장을 이해하고 마음을 공감해야 좋은 연기가 나온다는 것이 매력적이었다. 연기를 하는 삶을 살면 간접적이나마 다양한 경험을 통해 타인에 대한 이해의 폭이 점점 넓어지는 멋진 사람이 될 거 같은 생각이 들었다. 그래서 배우가 되고 싶어졌다.

교복을 입던 여고 시절을 지나 사복을 입는 대학생이 되면서는 매일 다르게 코디하고 다닐 만큼 패션에 관심이 많이 생겼다. 졸업 후 의류 도소매업을 하며 패션을 제대로 공부하고 싶어졌고, 교수가 되어 제자들도 양성하면 보람되고 의미가 있을 것 같았다.

내가 꿈이라고 말해 온 화가, 수학자, 배우, 교수는 서로 연관성이 없어 보이는가? 가만히 들여다보면 공통점이 있다. 이왕이면 많은 사람들에게 좋은 영향력을 끼치는 사람이고 싶다는 공통점이 보인다. 그림을 통해서, 수학을 통해서, 연기를 통해서, 강의를 통해서 세상에 좋은 것을 남기고 싶었던 거다. 지금 작가로서 글을 쓰고 있는 것도 일맥상통한다. 하느님이 주신 달란트로 세상에 기여하고 나라는 존재를 드러내고 싶다는 욕구, 그것을 실현하기 위해 취하는 모습이 다를 뿐 알맹이는 같다.

여러분도 가만히 한번 생각해 보라. 변모한 꿈 안에 자신이 진짜 원하는 나라는 답이 있다. 그것이 지금까지 미처 알아채지 못했던 자신의 근원적인 바람이자 진짜 꿈이다. 내가 어릴 때 아이들에게 꿈이 뭐냐고 물으면 선생님, 대통령, 과학자 등을 주로 말했다. 요즘 아이들에게 꿈이 뭐냐고 물으면 아이돌, 건물주, 유튜버 등을 흔히 말한다. 다 직업이고 명사이다. 하지만 꿈은 명사가 아니라 '동사여야만' 한다. 이런 삶을 사는 사람이 되고 싶다는 동사가 꿈이어야 한다. 직업 같은 표면적인 꿈 말고 내면에 있는 당신의 진짜 꿈에 관해 이야기하는 것이다.

대한민국 대표 한국사 일타 강사인 최태성 강사는 꿈을 꿀 때 명사로 꾸지 말고 동사로 꾸라고 말했다. 그러면서 KBS2 프로그램 〈옥탑방의 문제아들〉에 나와서 들려주는 경술국치 당시의 이야기가 인상 깊다.

1905년 외교권을 빼앗긴 을사늑약에 찬성하고 서명한 다섯 명의 대신이 있다. 학부대신 이완용, 내부대신 이지용, 군부대신 이근택, 농상부대신 권중현, 외부대신 박제순이다. 우리는 이들을 '을사오적'이라 부른다. 나라 팔아먹는데 앞장선 이들의 공통점이 뭔지 아는가? 모두 판사 출신 최고의 엘리트들이라는 거다. 이들은 국민이 낸 세금으로 국비 지원하여 양성한 인재들이다. 그러나 이들이 결국 선택한 것은 매국의 길이었다.

그런 와중에도 연못 속에서 고고히 피어난 연꽃 같은 판사가 있었다. "이제 내가 앉을 자리는 판사의 자리가 아니라 판사의 앞자리다."라고 말한 박상진 의사이다. 그가 말한 판사의 앞자리는 누가 앉는 자리인가. 그렇다. 바로 피고, 죄인들이 앉는 자리이다. 1910년대 일제강점기에 죄인들이란 독립운동가들을 말한다. 박상진 의사는 그렇게 판사직을 내려놓고 항일 무장 투쟁조직 대한광복회를 결성하고, 총사령관을 역임하며 독립운동에 앞장섰다. 끝까지 친일파 근절을 위하여 노력하다가 체포되어 순국하셨다.

자신의 꿈이 판사였다면 현실에 순응하면서, 일제 치하 판사로 자신의 앞에 앉은 독립운동가에게 사형을 선고하며 잘 먹고 잘살 수 있는 방법을 선택했을 것이다. 하지만 이분의 꿈은 판사라는 직업, 명사가 아니었던 거다. 법을 모르고 힘없는 사람들을 돕는 삶을 꿈 꾸었기에 다른 선택을 한 것이다. 우리가 꿈을 직업에 두고 달려 나가다 보면 중요한 선택을 해야 하는 순간, 오류를 범할 수 있다. 그 직업을 갖고 이 사회와 사람들에게 어떤 도움을 줄 수 있을지 고민할 필요가 있다.

다시 말하면 꿈은 직업처럼 바꾸는 것이 아니라 자신의 신념과 철학이 바탕이 된 궁극적인 지향점이어야 하는 것이다. 가치관과 이상이 정립되어 나가며, 그에 걸맞게 새로운 모습으로 채워나가는 것이다. 하나의 실로 구슬 하나하나를 꿰어 보배를 완성해 나가는 것처럼 말이다. 이때, 구슬은 내가 하는 일이나 직업이요. 실은 나의 가치관과 바람이 녹아든 꿈이다.

나의 꿈은 화가도, 수학자도, 배우도, 교수도 아니었던 거다. 이런 것들은 내 인생이라는 보배를 완성해 나가는 구슬이었을 뿐. 이 구슬을 하나로 꿰는 실이 진짜 나의 꿈인 것이다. 이것을 나는 '꿈실'이라고 부른다. 나의 꿈실은 '다양한 사람들을 이해하고 포용할 수 있는 그릇을 가진 사람으로 많은 사람에게 좋은 영향력을 끼치는 삶'이라는 것을 이제는 안다.

자, 그런 의미에서 당신의 진짜 꿈, 꿈실은 무엇인가.

이 글이 당신의 꿈실을 발견하는 작은 씨앗이 된다면 가슴 벅차게 기쁠 것이다. 어떤 꿈실로 구슬들을 꿰어 당신의 삶을 보배로 만들어 나갈지 무척 궁금해진다.

❼
겨울이 지나서야
꽃은 다시 피어난다

　우리는 언제 탁월해질까? 어떤 분야에서 탁월해진 사람들은 말한다. 더 이상 할 수 없을 것 같은 '슬럼프'를 잘 극복하고 나면 또 다른 차원의 재미를 만나게 되면서 탁월해진다고 말이다. 이것을 알기 전까지 나는 여기까지가 내 한계인가 보다 생각하고 받아들이며 살았다. 그렇게 하면 탁월해질 수가 없다. 다행히 지금은 그다음이 있음을 안다. 이것을 알고 나면 쉽게 포기하지 않게 된다.

　탁월해지기 전 반드시 통과해야 하는 슬럼프! 사람들은 너무나 쉽게 슬럼프에 빠졌다고 말한다. 하지만 슬럼프는 최선을 다해 노력한 사람만이 쓸 수 있는 말이라는 것을 아는가. 보통 슬럼프는 높은 목표를 향해 최선을 다하다가 자신의 한계를 느낄 때, 나는 여기까지인가 하고 마음이 무너질 때 온다. 자신에게 찾아온 것이 슬럼프인지, 반복된 무기력함인지

구별할 줄 알아야 한다. 노력하지 않은 사람에겐 슬럼프도 오지 않는다. 그래서 유독 올림픽 금메달리스트들은 슬럼프를 많이 겪는다.

2012년 런던 올림픽 유도 금메달리스트 김재범 선수는 "노력하지 않으면 슬럼프도 오지 않는다는 거니까, 그런 의미에선 슬럼프가 좋은 것"이라고 말했다. 슬럼프에 대한 새로운 해석이다. 1996년 애틀랜타 올림픽 유도 금메달리스트 출신인 전기영 교수는 "슬럼프를 극복한다는 것은 자기가 더 높이 올라갈 수 있는 하나의 기회를 잡는 것으로, 위기가 아니라 성장할 수 있는 증거"라고 말했다. 역시 슬럼프에 대한 새로운 해석, 리프레임이다. 리프레임이란 사건을 완전히 다른 관점에서 바라보고 모든 가능성을 창의적으로 재검토하는 방법이다.

그렇다면 '감사하게도' 슬럼프가 찾아왔을 때, 우리는 어떻게 해야 슬럼프를 잘 극복하고 탁월해질 수 있을까? 슬럼프란 하던 일이 그냥 하기 싫어지는 것이 아니라 이제까지 잘해 왔던 일들을 더 이상 할 수 없다고 느끼는 것이다. 그렇기에 그 일이 어떤 것이냐에 따라 잠시 자신에게 재충전의 시간을 주어 더 좋은 성과를 도모하는 게 맞을 수도 있고, 문제점이나 개선 포인트를 빠르게 찾아 다른 방면으로 더 애써 보는 것이 좋을 수도 있다. 중요한 것은 이 겨울이 지나고 나면 반드시 꽃이 필 거라는 믿음을 갖는 것이다. 오히려 이 시간 덕분에 더 아름다운 꽃을 활짝 피울 수 있다는 믿음을 가져야 한다.

내 인생은 늘 봄날이었다. 세상 고민이라고는 없고 행복했다. 세상물정 모르는 철부지여서 그랬던 거 같다. 왜 어릴수록 마냥 해맑지 않은가. 하지만 한 해 두 해 나이가 들어 가면서 고민 하나 없는 그런 인생이 어디에 있겠는가. 인생은 수없이 크고 작은 굴곡의 연속인 것을. 철이라는 게 들면 들수록 인생이 마냥 행복할 수만은 없다.

내 인생에 첫 번째 큰 굴곡은 대학원 때 찾아왔다. 외나무다리를 걷는 것처럼 경제적으로 위태로웠다. 우리집은 부유하진 않았지만, 부모님이 나를 위해 쓰는 돈은 아끼지 않으셨기에 경제적으로 크게 불편함 없이 성장했다. 하지만 내가 대학생일 때부터 IMF가 오고, 어머니가 아프시면서 아버지는 어머니의 병간호를 위해 하시던 일을 정리하셨다. 대학원은 부모님의 지원 없이 스스로 하기로 했다. 부모님이 달가워하지 않던 공부를 이어갔기 때문에 알아서 하라고 말씀하셨지만, 사실 여유 있게 지원해 주실 수 있는 상황이었다면 안 해주셨을 리가 없다. 어느 부모가 자식을 생고생시키고 싶겠는가.

대학원 등록금이 필요했고, 자취생활 할 월세와 생활비가 필요했다. 패션 전공이다 보니 포트폴리오나 의상을 만들 때 들어가는 작품 제작 비용과 정기 전시회 대관료나 도록 제작 비용까지 돈이 많이 들어갔다. 전임교수가 목표였던 나는 일반대학원을 선택했기에, 수업이 없어도 아침부터 밤늦게까지 연구실에 계속 붙어있어야 했다. 따로 돈을 버는 데 쓸 시간이 나지 않았다. 그래서 과외로 두어 명을 가르쳤지만, 그것만으로는 어림없었다. 나의 이력에도 도움이 되는 공모전에 나가 그 상금을 타는 것도 필요했다. 그렇게 수많은 공모전에 나가고 대상, 금상 등 좋은 상을 많이 탔음에도 불구하고 상금을 많이 주는 공모전은 아주 극소수였기에 돈은 늘 빠듯했다.

결국 나는 한 학기 휴학할 수밖에 없었다. 일을 해서 집중적으로 돈을 모아 무사히 졸업해야 했기 때문이다. 늦게 시작한 대학원 생활이었기에,

한 학기라도 휴학하면 더 늦어진다는 생각에 너무 속상했다. K 장녀여서 그런 걸까? 힘들어도 힘들다고 말하지 않아 친하게 지낸 동기나 선후배들도 사정을 몰랐을 거다. 어차피 말한다고 해결되는 문제가 아니었기에 혼자 감당해 냈다.

그 당시 내게 중요한 것은 힘듦에 매몰되지 않고 그 속에서 의미를 찾는 것이었다. 그 시간 속에서 의미를 찾다 보니 오히려 얻은 게 많았다. 휴학한 덕분에 색다른 인생 경험도 하게 되고, 휴학하고 일하지 않았다면 만나지 못했을 좋은 사람들도 만나게 되었다. 그때 확실히 깨달았다. 인생은 '새옹지마'라는 것을 말이다. 가장 감사한 것은 고생이었던 시간 덕분에 어려움을 극복해 내는 면역력을 얻은 것이다. 앞으로 또 어려움이라는 항원이 들어와도 항체가 있으니 이겨낼 수 있다는 자신감도 생겼다. 실제 그때 생긴 극복 항체는 이후 인생의 고비에도 담대하고 현명하게 이겨내는 힘이 되고 있다.

내 인생에 다시 봄이 찾아왔다. 지금의 남편을 만났고, 대학원도 무사히 졸업하고 교수도 되었으니 말이다. 인생을 살면서 어찌 겨울이 한 번밖에 오지 않겠는가! 몇 번의 겨울을 맞이하겠지만, 겨울의 추위를 견딘 나무가 강한 가지를 뻗어내듯, 어려운 시련을 이겨낼 때마다 사람은 더욱 단단해진다. 핵심은 자신에게 닥친 시련을 어떻게 바라보고 해석하느냐에 따라 결과가 달라진다는 것이다.

모든 결과는 불확실성에서 태어난다. 누구나 인생에서 불확실한 시기를 겪는다. 슬럼프에 빠져 허우적거리기도 하고, 혹독한 시련이 찾아오기도 한다. 하지만 우리는 좋은 결론에 도달할 수 있다. 좋은 인생, 만족스러운 인생, 의미 있는 인생은 그 불확실한 시기를 어떤 생각으로 어떻게 보내느냐에 따라 판가름 나기 때문이다. 성공과 실패를 가르는 핵심은 바로 불확실성을 바라보는 관점이다.

'왜 하필 내게 이런 일이 생겼을까.', '여기까지가 내 한계인가.', '이 나이 되도록 이룬 게 없다니.' 혹시 이런 생각들이 든다면 이제부터는 이렇게 생각해 보자. '나를 단단하게 하려고 이 시련이 왔구나!', '다시 새롭게 해보자. 난 결국 잘될 거야.', '이번 일에서 무엇을 배울 수 있을까.'. 인생의 큰 굴곡뿐만 아니라 일상의 소소한 순간에도 적용할 수 있는 발상의 전환, 리프레임을 잊지 말자.

냉장고를 열었더니 음료가 흘려내려 냉장고가 더러워져 있다. "아! 이거 어째. 다 닦아야 되잖아!"라는 말이 절로 나온다. 하지만 이런 기분 나쁜 일이 발생했을 때, "오히려 좋아!"라고 외쳐보자. 그러면 우리 뇌가 오히려 좋은 이유를 생각보다 빠르게 찾아낼 것이다. "오히려 좋아. 몇 개월 만에 냉장고를 깨끗하게 청소할 수 있겠군!" 이런 식으로 말이다. 이런 리프레임을 통해 우리는 삶을 훨씬 더 만족스럽게 영위할 수 있다.

흔하디흔한 말일수록 진리에 가깝다는 진리를 아는가. '범사에 감사하라'는 말은 리프레임과 결이 같다. 이런 마음으로 살면 인생에 겨울이 와도 겨울이 아니다. 마음 한편엔 봄이 자리 잡고 있으므로 꽃이 다시 빠르게 피어날 것이다.

❽
새로운 도전이
늘 아름다운 것만은 아니다

　새로운 도전은 종종 개인의 성장과 변화뿐만 아니라 세상의 아름다움과 혁신을 가져오지만, 그 과정에서 많은 고난이 동반되기도 한다. 도전의 결과로 성공이라는 녀석을 마주하고 싶지만, 실패라는 녀석을 더 자주 마주하게 된다. 실패는 생각보다 큰 상처나 손해를 남기기도 한다. 그럼에도 불구하고 우리는 왜 도전해야만 하는가.

　제프 베조스(Jeff Bezos)와 아마존의 여정은 기술과 사업 혁신의 상징으로 널리 알려졌지만, 그 과정에서 많은 고난을 겪었다. 성공적인 결과에도 불구하고 초기 성장 과정에서의 도전은 만만치 않았다. 제프 베조스는 아마존을 인터넷 쇼핑에 대한 회의적인 시각이 많을 때, 온라인 서점으로 출발했다. 초기에 매출이 적고 수익성이 낮았기 때문에, 지속적인 적자 상태가 계속되었다. 투자자들은 인터넷 쇼핑의 미래에 대한 확신이 부족했기에 베조스는 자금을 조달하는데 큰 난관을 겪었다.

아마존은 배송 지연과 주문 오류가 빈번하게 발생했다. 이로 인한 고객의 불만을 해결하고 신뢰를 구축하기 위해 많은 노력을 기울여야 했다. 물류 네트워크의 확장은 복잡한 기술적 과제를 동반했으며, 해결하는 데 상당한 자원과 시간이 필요했다. 이후 아마존이 전자상거래 외에도 클라우드 컴퓨팅, 인공지능 등 다양한 분야로 사업을 확장하면서 발생한 기술적, 경영적 도전 과제도 많았다. 사업 확장은 새로운 위험을 감수해야 했다.

때로는 월마트와 같은 오프라인 대형 소매업체와의 강력한 가격 경쟁으로 많은 도전 과제를 해결해야 했다. 또한 세계 여러 나라에서 사업을 운영하면서 다양한 규제와 법적 문제에 직면하기도 했다. 특히 노동 조건이 관련된 규제, 독점 금지 법률문제 등이 있었고, 아마존의 규모와 시장 지배력 때문에 정부와의 관계에서 어려움을 겪기도 했다.

이러한 도전들은 아마존의 성공적인 성장을 위한 필수적인 과정이었으며, 제프 베조스와 그의 팀은 이런 난관을 극복하기 위해 지속해서 노력하고 혁신을 추구하며 성장해 갔다. 이처럼 개인을 넘어선 기업의 도전도 난관과 역경의 연속이다. 그러면서 성장한다. 개인의 성장도 마찬가지이다.

기업뿐만 아니라 개인도 도전해야만 변화 성장한다. 중요한 것은 우리가 어디에 초점을 맞추고 도전하느냐이다. 성공과 실패라는 결과에만 초점을 맞춘다면 비록 성공하더라도 상처뿐인 영광이 될 수도 있다. 그렇다면 우리는 어디에 초점을 맞추어야 할까. 성공과 실패라는 결과보다는 '변화'에 초점을 맞추어야 한다. 그렇게 될 때, 도전은 결과와 상관없이 꽤 아름다운 여정이 된다.

출간 5년 만에 100만 부가 판매된 스테디셀러 《아몬드》의 저자 손원평 소설가는 〈세바시〉에 나와 자신의 수없이 길었던 실패 속에서 찾아낸 '변화'라는 키워드에 대해 들려주었다.

그녀는 스스로 재능이 있다고 생각했다. 20대에 영화 평론상을 받았고, 들어가기 어렵다는 영화학교에도 들어가고, 여러 영화제에서 단편영화로 상도 받았으며, 그냥 한 번 써본 소설이 주요 일간지 신춘 문예 최종심에 들기도 했다. 곧 소설가로 알려지고 상업영화 감독으로도 데뷔할 것만 같았다. 그런데 그 후로 이상하게도 그녀의 삶에서 성공이라는 단어가 완전히 사라져 버린 10년의 세월을 보냈다.

그녀의 시나리오는 매번 거절당했으며, 소설은 공모전에서 계속 떨어졌다. 정말 많이 시도했는데 너무 떨어지니, '내 작품이 우편 사고가 난 것은 아닐까?'라는 생각까지도 하게 됐다. 자신이 다다르고자 하는 고지는 저 먼 곳에 있는데, 누군가가 자꾸만 자기를 들어서 시작점에 갖다 놓는 것 같았다고 한다. 그때마다 시작점이 고지와 점점 더 멀어지는 느낌에 너무 무서웠다고 한다.

'이렇게 계속 실패하는데 어떡하지? 영원히 성공 못하면 어떡하지?'라는 생각에 사로잡혀 있던 어느 날, 문득 성공과 실패가 도대체 뭘까 하고 의문을 품다가 결심 하나를 하게 된다. '이제 더 이상 성공과 실패라는 단어에 사로잡히지 말아야겠다. 적어도 나는 나를 변화시켜야겠다.' 하고 말이다. 그때부터 자신이 바라는 성공과는 아무 상관 없지만, 무조건 성공하는 아주 소소한 것들에서 의미를 찾기 시작하자 그녀에겐 변화가 생겼다.

하지만 여전히 실패의 시간은 오랫동안 지속되었다. 꼭 될 것 같다고 생각했던 《아몬드》조차 공모전 예심에서 뚝 떨어지자 너무 힘들어서 지금 100만 부나 팔린 스테디셀러 《아몬드》를 재미도 가치도 없나보다 생각하고 폐기하려고까지 했다. 그녀가 행동으로 옮겼다면 우리는 소설 《아몬드》를 만나보지 못했을 것이다.

그녀의 그 처절한 실패의 시간을 버티게 한 건 '나는 적어도 나를 변화시킬 수 있는 사람이다.'라는 믿음이었다. 글을 쓰지 않는다면 남는 것도 없겠지만, 글을 쓰면 적어도 글이 남고 약간이라도 실력이 쌓이며 조금은 좋은 방향으로 변하지 않을까, 생각하면서 그녀는 담담히 그저 또 한 걸음을 내디디기 위해 노력했다.

그렇게 긴 실패의 시간을 거쳤던 그녀는 지금 다른 사람들에게 어떻게 소개되고 있을까?

소설 《아몬드》는 국내에서만 100만 부가 넘게 판매되었고, 해외 24개국에 번역 소개되었다. 일본에서는 아시아권 최초로 서점 대상을 받았고, 미국 아마존에서 2020년 그해 베스트 북 중 하나로 뽑히기도 했다. 그녀의 또 다른 작품인 《서른의 반격》도 역시 일본에서 서점 대상을 받았다.

이렇게 좋은 결과를 맺는다고 해도 도전이 실패의 범벅이라는 사실은 부정할 수 없다. 우리가 성공과 실패에 초점을 맞춘다면 새로운 도전을 할 수 없다. 실패하지 않기 위해 아무것도 하지 않아야 한다. 아무것도 하지 않으면 실패도 없다. 그런데 실패하지 않았다는 게 자랑거리일까? 실패가 없었던 사람은 그저 아무것도 안 한 사람일 뿐이다. 많이 실패했다는 것은 그만큼 열심히 살았다는 증거이다.

그래서 "많이 실패하라."고 말하고 싶다. 하지만 세상 모든 실패를 응원하는 것은 아니다. 자신이 도저히 감당할 수 없는 실패는 피해야 한다. 감당할 수 없는 실패란 한 번의 실패로 재기 불가한 실패, 즉 다시 실패할 기회조차 주어지지 않는 실패를 말한다.

새로운 도전을 할 때, 성공과 실패가 아닌, 도전을 통한 자신의 변화와 성장에 초점을 맞추면 새로운 도전은 결과와 상관없이 아름다울 수 있다. 변화하기 위해 행하는 시도에는 실패란 존재하지 않는다. 자기 스스로 변화하는 것에 집중하면 자신의 꿈과 목표를 향해 묵묵히 걸어 나갈 수 있는 것과 함께 인생의 지혜를 얻게 될 것이다. 그런 사람에게는 어디서 주워들은 것이 아니라 자신의 몸으로 부딪쳐 깨우친 삶의 지혜를 배울 수 있다. 그들은 스스로 이루어낸 삶의 아름다운 열매를 가지고 있기 때문이다. 도전이 늘 아름답지 않더라도 우리가 도전해야 하는 이유다.

끝으로 사회와 인생에 대한 통찰과 비판을 특유의 유머로 풀어낸 미국 코미디언 조지 칼린(George Carlin)이 한 말을 남기며, 다시 한번 개인의 성장과 변화의 중요성에 대해 강조하고 싶다.

"상황이 좋아질 것 같지? 안 좋아져. 하지만 너는 좋아져."

⑨
나는 죽을 때까지
도전하고 싶다

매력적인 사람이 되고 싶지 않은가? 특별한 사람만 가능하다고 생각하는가?

아니, 당신도 충분히 가능하다. 우리가 어떤 사람에게 매력을 느끼는지 생각해 보자. 인스타그램 등의 SNS에 팔로워가 많은 인플루언서를 보면 예쁜 사람도 있고, 재밌는 사람도 있고, 유용한 정보를 주는 사람도 있다. 그런데 난 예쁘지도, 재밌지도, 딱히 줄 정보도 없다면? 상관없다. 사실 남들이 나를 매력적으로 생각하는 것보다 스스로 자신을 매력적인 사람으로 인식하는 것이 더 중요하기 때문이다.

쉽게 생각해 보자. 아무것도 시도하지 않으면서 그 자리에 머물러 있는 사람을 보면서 매력을 느끼는가? 그들은 그 삶이 만족스러울까? 그렇게 아무것도 시도하지 않는 사람이 '자신'이라면 어떤가, 좋은가? 그런 자신이 매력적인가?

우리는 이미 답을 알고 있다. 제자리에 머물러 있는 모습보다는 도전하고 노력하는 모습에서 매력을 느낀다는 것을 말이다. 그 대상이 누구냐에 따라 동경하기도 하고, 질투하기도 하고, 응원하기도 하지만 공통점은 자꾸만 눈길이 가고 관심이 간다는 것이다. 그의 행보를 지켜보게 된다. 마음을 사로잡아 끄는 사람은 그런 사람이다. 그러니 매력적인 사람이 되고 싶다면 크든 작든 목표를 가지고 도전하라. 이것은 누구든 가능하다.

두려움에도 불구하고 용기 있게 도전하는 사람에게 우리는 응원의 메시지를 보낸다. 나는 용기가 안 나서 못 하겠는데, 용기를 내는 사람을 보면 박수가 절로 나온다. 나도 저렇게 하고 싶은데 선뜻 시작이 안 되는 것을 안다. 왜냐하면 도전도 '습관'이기 때문이다.

도전도 습관이라니! 다행이지 않는가? 습관은 들이면 되니까 말이다. 습관이 안 잡혀 있다면 지금부터 잡으면 된다. 하지만 알다시피 습관은 하루아침에 만들어지는 게 아니기에, 반복적인 노력이 필요하다. 할 수 있는 작은 도전부터 해서 성공 경험이 쌓이면 좋지만, 도전하는 만큼 실패 경험도 늘어날 수밖에 없다. 이때, 실패야말로 자신을 성장시키는 밑거름이 된다는 것을 잊지 말고 좌절하지 않아야 한다. 성공하지 않더라도 '도전하는 과정 자체에 배움이 있고, 의미가 있다.'라는 깨달음과 경험을 쌓아나가면 점점 도전을 즐기게 된다. 나 역시 그렇게 해서 도전하는 습관이 만들어졌다.

목표를 가지고 새로운 것을 해본다는 것은 '두려움'이 아니라 '설렘'이라는 걸 알게 된 것은 초등학교 5학년 때였다. 지금 생각해 보면, 그때 참 대단하면서도 깜찍한 일을 벌였다. 누가 시키지도 않았는데 우리집에 동네 분들을 초대해서 동네 아이들을 모아 학예회를 열었으니 말이다. 시작의 발단은 이러했다. 그 당시 사극 〈인현왕후〉가 인기였는데, 동네 친한 친구 둘이랑 함께 재미 삼아 드라마 〈인현왕후〉 역할 놀이를 하며 놀았다. 셋 중 가장 당찬 성격이던 나는 장희빈, 가장 조용한 성격의 친구는 인현왕후, 가장 씩씩한 친구는 숙종 역할을 했다. 놀다 보니 '이걸 연극 공연으로 준비해서 다른 사람들에게 보여주면 어떨까.' 하는 생각이 들었다. 그런 내 생각에 다른 두 친구도 찬성하며 우리들의 도전은 시작되었다.

연극이 완성되어 갈 무렵, 동네 사람들을 불러놓고 연극만 하기엔 뭔가 부족한 것 같았다. 그래서 급하게 추가 기획을 세웠다. 패션쇼도 하고, 다른 코너도 넣어서 동네 학예회처럼 준비하기로 했다. 친구들과 함께 의논하여 초대장도 만들고, 패션쇼 등 다른 코너도 준비했다. 패션쇼는 동네 남자아이들을 참여시켜 여장남자 컨셉으로 기획했다. 내 남동생과 친구 동생 외 동네 남자아이들을 섭외했다. 그 아이들을 여장시키기 위해 여자 옷을 입히고, 화장을 해 본 적도 없는 내가 예쁘게 화장을 해서 무대에 올렸다. 그때 패션쇼에 나갔던 남자아이들의 표정이 아직도 생생하다. 웃음을 참으면서 재미있어 죽겠다는 표정이었다. 학예회를 보러 온 동네 사람들뿐만 아니라 참여한 아이들까지 즐거워하는 모습에 뿌듯하고 행복했다. 우리들의 학예회는 성공적이었다.

지금 생각해 보면, 아이들은 뭘 믿고 내가 하자는 대로 따라와 주었는지 신기하고 고맙다. 맨땅에 헤딩하듯 일을 벌인 학예회였지만, 정말 신나는 도전이었다. 참여한 친구들에게도 신나는 일이었으리라 생각한다.

이때의 경험으로 도전은 즐거운 것, 새로운 자신을 발견하는 것, 잠재 능력이 개발되는 것이라는 걸 알게 되었다. 특히 함께하는 도전은 힘이 나고 신나는 일이라는 것도 알게 되었다. 이런 경험은 나를 또 도전하게 만드는 밑거름이 돼주었다.

목표를 세우고 성취해 본 경험이 있는 사람이 또 다른 목표를 세우고 도전을 통해 성취해 나간다. 실패해도 실패에서 얻은 배움을 통해 또 도전한다. 도전을 계속한다는 것은 목표가 계속 있다는 것이다. 무엇을 하고 싶든, 가고 싶든, 갖고 싶든, 이루고 싶든, 어떤 욕구가 끊임없이 생긴다는 것이다. 우리는 궁극적으로 더 나은 인간이 되고자 한다. 우리가 목표를 이루고 나서도 멈추지 않고 다음 목표, 또 그다음 목표를 세우고 성취하고자 하는 이유도 바로 이 때문이다.

그런데 의외로 오랜 시간 노력한 목표를 이루었을 때, 많은 사람이 허무해하거나 방황하는 모습을 보인다. 허무하다고 말하지만, 사실 그 마음은 허무함이 아니라 '두려움'이라고 인지심리학자 김경일 교수는 말한다. 그다음 뭘 해야 할지 모르겠다는 생각에서 오는 두려움이라고 말이다. 이는 꿈과 목표를 구분하지 않아 목표를 이룬 직후에 오는 혼돈이라고 한다.

체 게바라는 말했다. "리얼리스트가 되더라도 이룰 수 없는 꿈 하나를 가지고 살아가라."고 말이다. 어쩌면 꿈은 도저히 이룰 수 없을 만큼 원대해야 하는 것일 수도 있다. 그래야 꿈을 향해 가는 길에 목표라는 이정표를 지속적으로 세워나갈 수 있을 것이다. 목표한 것을 성취하고 나서 방황하지 않으려면 꿈은 언제까지나 완성형이 아니라 진행형이어야 한다.

나는 계속 성장하고 싶고, 세상에 좋은 것을 남기고 싶다. 죽는 그날이 가장 최고의 나 자신이길 소망한다. 이런 마음은 나를 계속 도전하게 만든다. 그동안 여러 이유로, 혹은 핑계로 못 냈던 책을 집필하며 이번에는 작가라는 새로운 분야에 도전하고 있다. 차 교수로 불렸고, 차 사장으로 불리고 있으며, 이제 차 작가로도 불릴 것이다. 이게 끝이 아니라는 걸 안다. 앞으로도 다양한 것들에 도전하며 살 것이기 때문이다. 부끄럽지만 차 배우로 불리는 날도 마음 한편에 고이 모셔놓았다.

내가 새로운 일에 도전하는 이유는 인생 경험이 다양해질수록 더 많은 사람과 소통이 되고 이해할 수 있기 때문이다. 사람은 본인이 경험한 것만 진정으로 이해할 수 있다. 그런 의미에서 다시 태어나도 배우는 꼭 되어보고 싶다. 한때 배우가 되려 했던 이유도 이러한 이유가 컸다. 여러 다양한 인생을 간접적으로나마 체험해 봄으로써 인간에 대한 이해도를 높이고 싶었다. 연기란 맡은 배역의 삶이 자신의 인생인 것처럼 심취해 볼 수 있는 유일한 일이다. 그래서 배우라는 직업은 내게 너무나 매력적이다.

언젠가 배우의 길에 도전한다면 오랜 시간 갈고 닦은 기라성 같은 배우들이나 숨은 실력자들이 많아 만만치 않을 것이라는 걸 안다. 깊이 있는 연기 공부와 노력이 뒷받침되어 실력이 갖추어진다고 되는 것도 아니다. 하지만 노배우는 신인배우가 되지 말란 법은 없다. '이 나이에 이제 와서 무슨 배우야!' 같은 생각은 하고 싶지 않다. 그런 나는 나 스스로 너무 매력이 없다. 앞서 말했듯이 누구보다도 내가 나를 매력적으로 생각해야 한다. 다른 사람이 나를 어떻게 생각하느냐는 그리 중요하지 않지만, 내가 나를 어떻게 인식하느냐는 매우 중요하다.

나는 죽을 때까지 늘 새로운 것에 도전하며, 아직 경험해 보지 못한 세계를 경험하고, 지속적인 깨달음 속에서 나를 개발하며 신나게 살련다.

2장

'혹'해야 할 것과
'혹'하지 말아야 할 것들에 관하여

- 불혹 -

박수진

1
마흔에 이룬 것이 없어 보이는 건
정상이다

'사십이불혹(四十而不惑)'

40대 '불혹'의 공자는 〈자한〉 편과 〈헌문〉 편에서 "지혜로운 사람은 유혹에 흔들리지 않는다." 즉, 자신은 "마흔 즈음에 흔들리지 않게 되었다." 라고 말했다. 나 또한 당연히 그럴 시기에 와있다.

남들처럼 번듯한 차에 내 명의로 된 집 한 채 정도와 사회적으로 어느 정도 지위도 있고, 경제적 여유를 즐기며 살아가고 있어야 할 시기, 정말 매력적인 마흔 시기에 말이다.

막상 마흔 줄기에 접어드니 이게 웬 날벼락일까? 공자가 말씀하셨던 불혹(不惑), 흔들리지 않는다더니 난 왜 이렇게 휘청거리고 난리야? 얼마 전에 시작한 소셜미디어를 보아도, 친구와 지인들 그 어느 곳을 둘러보아도 정작 나만 이룬 것이 아무것도 없는 빈털터리처럼 보인다.

　마흔에 들어서면 작은 1인기업의 대표쯤 되어있을 거라는 생각을 했었다. '30대를 살아온 것처럼 쭉 살아가다 보면 뭐라도 되어있겠지?'라는 안일한 생각과 조금씩 주변에서 인정도 받고 인지도가 생겼으니 아직 시간이 있다고 여유도 부렸다. 그리고 어느새 나이 숫자 앞자리가 바뀌었다. 더군다나 그 사이 코로나 팬데믹으로 전 세계 인구가 분주했던 시간을 통으로 날려 보내고 나니, 눈앞에 있는 내 모습은 황무지 한 가운데 서 있는 듯했다.

　어려움은 한꺼번에 몰아서 온다는 말이 있었던가? 여러 가지 일들이 사방에서 거칠게 휘몰아치기 시작했다.

　차에서 기름이 부족하다는 알람이 뜨길래 주유소에 갔다. 체크카드에선 잔액 부족이란다. 그 사이 미납금을 빨리 내라는 독촉 전화와 고지서는 수시로 나를 찾았다. 이러한 상황은 점점 악순환이 되었고, 부모님과 남편과의 관계마저 힘들어졌다.

　그제야 '지금까지 겪어온 힘듦은 진짜 힘든 것이 아니었구나! 그저 엄살이었네.'라는 고백이 나왔다. 이전과는 차원이 달랐다. 인정할 수 없었다. '나에게 왜 이런 시련이 오는 거지? 왜 나야? 남들처럼 인생 좀 쉽게 살면 안 되는 거야?'라며 불평불만을 쏟아낼수록 어려운 상황들은 나를 점점 더 집어삼켰다. 무기력해졌다. 불안감과 초조함은 하늘 높이 치솟았고, 통장 잔고는 마이너스가 됐다. 허우대가 멀쩡해 보이는 일상은 텅텅 비고, 가뭄에 저수지가 바짝 마르듯 바닥을 드러냈다. 무언가 잘못되어 가고 있음을 느꼈다.

'이렇게 지내다가는 내 인생이 통째로 날아갈 수도 있겠구나.'

조금씩 정신을 붙들고 뭐라도 해야 했다. 출판사로부터 도서를 후원받아 책 서평을 하는 일에 뜬금없이 열을 올렸다. 현재 닥친 상황에 집중하지 않고 문제 안에서 나를 건져내려면 우선 뭐라도 해야 했다. 코로나 팬데믹 때 사서 읽었던 김미경 강사의 《리부트》 책을 다시 꺼내어 읽었다. 유튜브 영상도 함께 챙겨보았다.

그날도 지친 몸을 잠시 소파에 뉘고 습관처럼 영상을 틀었다.

"마흔이 되면 다시 한번 방향을 재조정하는 일들이 생겨서 마흔은 마흔대로 힘들어요. 딱 중간이니까. 사회적 역할이 많은 나이예요." 갑자기 눈물이 가슴에서 차올라 울컥 쏟아졌다.

'그래, 힘들 수 있는 나이구나. 힘들어도 되는 나이구나. 전혀 이상할 것도, 잘못된 것도 없는, 아파도 울어도 되는 나이구나.' 한참을 울어내고 나서 후련해진 가슴을 쓸어내리고 나니 내 상황과 어려움들이 위로가 되고 격려가 됐다. 나 자신을 이해하고 상황들을 바라보기 시작하니 다음 행보에 대한 용기도 생겼다. 한 발씩 발을 떼어보기로 했다.

다시 새벽 기상을 하며 내가 왜 SNS를 시작하고, 1인기업의 대표가 되고 싶었을지 깊게 고민을 해보았다. 대표라는 타이틀을 멋지게 달고 싶었던 것도 있다. 하지만 그보다 이젠 아이들도 어느 정도 성장해 엄마의 손이 많이 필요하지 않기에 조금씩 마음의 여유를 챙기고 싶었다. 오전엔 커피 한잔을 마시며 나만의 일을 처리하고, 외국어도 배우며 자유롭게 일을 하는 일상을 갖고 싶었다. 어차피 평생 일을 하면서 살 거라면 내 이름 석 자 걸고 스스로 내 시간을 주도하며 개인 역량도 넓히고 싶었던 것이다.

무언가를 해내고 싶었다. '사람은 죽어서 이름을 남기고, 호랑이는 죽어서 가죽을 남긴다.'라는 속담도 있듯이.

현실은 어디 그렇게 호락호락한가.

딸아이가 어느 날 물었다.

"엄마, 엄마는 이렇게 늦게까지 열심히 일을 하는데 왜 돈이 없어?"

"응... 그건 말이야~"

"......"

순간 가슴 속에 커다란 돌덩이가 "쿵!" 하고 떨어지는 것만 같았다. 딸아이에게 어떻게 설명을 해주어야 할까, 한참을 고민했다.

"엄마가 아직은 아무것도 이뤄 놓은 것이 없어 보이지만, 곧 열심히 노력한 결과들이 보이게 될 거야. 엄마가 조금 더 속도를 내볼까? 우리 딸 맛있는 거 많이 사줄게~"

"응, 나는 언제나 엄마 편이야. 엄마, 파이팅!"

"돈은 원래 첫째 날 못 벌고, 둘째 날도 못 벌고, 강의한 지 100일째가 되어야 돈을 버는데 그 100일 내내 자존감, 자존심 상하는 일이 천지예요. 꿈은 누구나 시작할 수 있는데 꿈을 이루는 건 멘탈 게임입니다." 김미경 학장님의 뼈를 때리는 명언이다.

'급할수록 돌아가라.'라는 속담처럼 흔들릴수록 기본과 정도를 지켜야겠다는 깨달음을 얻었다. 다양한 도서 장르의 서평을 하면서, 마음과 인생에 관한 책을 고루 읽고 나니 깨달은 점이 많았다. 그것은 현재 나 자신을 인정하는 것에서부터 시작하는 것이다. 현 상황에 있는 나 자신을 부정하지 않고 인정하고 받아들이고 나니 마음이 훨씬 가벼워졌다. 다시 힘을 내어 놓쳤던 부분을 점검해 보았다. 인생에 지름길은 없다는 것을 흔들림을 통해 배우게 되었다.

타인과 끊임없이 비교하고, 나를 인정하지 않았다. "더! 더! 더!"를 외치며 나 자신을 벼랑 끝으로 몰아가 보니 알겠더라. 당장에 이룬 것이 없다고 앞으로도 이루지 못할 법이 있나? 다시 하면 되지. 누구에게나 꽃이 피는 시기는 다 다른 법이니까! 길가에 핀 들꽃들도, 나무의 열매도 모두 자신만의 시기가 있듯이 나에게도 나만의 꽃피우는 시기가 있다. '마흔에 이룬 것이 아무것 없어 보이더라도' 지금처럼 한 걸음씩 이루어 나가다 보면 어느새 꿈이 이루어져 있는 나를 만날 것이다.

❷
제대로 흔들려야
부러지지 않는다

신용이 조금 회복되자, 좀 있어 보이고 멋져 보이는 신용카드를 발급받기 시작했다.

내 주제도 모르고 말이다. 어느 정도 신용이 회복되면 다 되는 줄 착각했다. 카드 발급이 되자, 처음에는 감사한 마음이 가득했고 '이번에는 아껴서 사용해야지!.'라는 마음조차 스스로가 대견스럽고 뿌듯했다. 그런데 아이를 키우며 살림하다 보니 '절약'이라는 게 마음처럼 쉽지 않았다.

"엄마, 신발이 터졌고 이젠 작아요."

"엄마, 맛있는 간식 사 주세요~!"

"놀다가 옷이 찢어졌어요."

자꾸 돈을 쓸 일이 생기니 속상하기는 했지만, 그것도 잠시, 신용카드가 있으니 든든했다. "찌지직~!" 카드를 기분 좋게 긁고 또 긁었다. 아이들이 무척 즐거워하는 모습을 보니 괜스레 뿌듯해지는 이 마음은 무엇일까? '이래서 돈이 좋구나.'라는 생각을 했다. 잠시나마 행복했다. 늘 그렇듯 행복은 잠시였다. 남편의 신용등급이 뚝뚝 떨어지고, 독촉장 고지서가 날아오기 시작했다. 어느 날부터 매일 독촉 전화들이 오기 시작했고, 급기야 직장에까지 전화가 걸려 왔다. 정신 차리기가 쉽지 않았다.

괜히 남편을 원망하기 시작했다. 내 상황은 회피하고 싶었고, 현실을 도피하고 싶었다. 시부모님의 핀잔을 들을수록 남편이 더 밉고 야속했다. 시댁과의 갈등과 남편과의 미움 사이에서 상황은 더욱더 불편해졌다. 그때는 몰랐다. 나 자신의 힘듦만 보였기 때문에, 혼자 힘들고 온 짐을 모두 짊어지고 있다는 생각 때문에 더 버겁고 힘들었던 것 같다. 빨리 해결하고 싶은 마음만 가득했다.

아이들이 시합을 나가던 주말, 모처럼 멍하니 거실에 앉아 있었다. 저녁 때가 지난 줄도 모르고 한참을 앉아 있었는데 뜬금없이 아들에게서 전화가 왔다.

"엄마, 뭐해?"

"응, 그냥 혼자 책도 보고, 유튜브도 보고 있어."

"엄마, 맥주 마시면서 또 혼자 울고 있는 거 아니지?"

"응???... 아니야."

순간 얼어버렸다. 울고 있는 내 뒷모습을 지켜보고 있었을 아이들을 생각하니 마음이 아려왔다. 전화를 끊고 한참 동안 알 수 없는 감정들이 가득 찼다. 공허함, 억울함, 초조함, 막막함 들로 온통 소용돌이 치는 감정들 속에서 엄마라는 역할과 위치에 대해 잘은 모르겠지만, 그래도 뜬눈으로 밤을 지새웠다.

더 이상 물러날 곳도 없지만 도망치고 싶지도 않았다. 아이들을 생각해서라도 무릎에 힘을 주고, 쪽팔려도 헤쳐 나갈 방법을 찾아보자고 다짐했다. '비겁한 엄마가 되고 싶지도 않고, 책임지지 못하는 비겁한 어른이 되고 싶지도 않아!'라는 생각이 번뜩 스쳐 지나갔다.

삶에 관한 책들을 무작정 읽기 시작했다. 누군가는 멘토를 찾아가거나 관련 영상을 보기도 한다. 각기 자신만의 다양한 방법들을 가지고 있을 테다. 마찬가지로 나는 흔들리는 강도가 거세질수록 책을 더 찾게 된다는 것을 알게 됐다. 누군가의 조언도, 응원도, 힘내라는 말도 들을수록 더 힘이 들고 지쳐갔다.

언젠가 출판사로부터 도서 후원을 받아 서평을 할 때였다. 고전을 읽어야 하는 이유, 고전 속에서 얻는 지혜가 얼마나 큰 힘이 되는지에 대한 내용들이 문득 머릿속을 스쳐 지나갔다. '그래, 이거야!' 싶었다. 때마침 소셜미디어에서는 출판사들의 신작 홍보를 하는 광고들이 올라왔다. 마치 내게 동아줄이 내려온 듯 쇼펜하우어, 공자, 맹자, 니체를 비롯한 아주 오래전 철학자들이 나에게 선생님으로 와준 것만 같았다. 그중 몇 권의 책들을 구매했다. 첫 장을 펼치면서 한 줄씩 읽어 내려갈 때마다 가슴이 뜨끔 할 때도 있었고, 문장 속에서 큰 위로를 받을 때도 있었다. 신기했다. 주변에 가까이 있는 사람들보다 얼굴 한번 본 적 없는 이들에게서 더 큰 위로와 격려를 받고 힘을 얻는다는 것이 말이다.

처음부터 확 와닿았던 것은 아니다. 읽고 또 읽다 보니 무슨 뜻일지 내 상황과 겹쳐놓고 고민하게 됐다. 글귀들을 몇 번 입 밖으로 내뱉으며 읽다 보니 그들의 철학과 의도를 조금씩 이해하게 되었다. 그렇게 한 문장

한 문장 읽어 내려갔다. 그러고는 어느새 바닥으로 곤두박질쳤던 내 자존감이 차곡차곡 채워지는 것을 느꼈다.

'책은 마음의 양식이라더니, 이럴 때를 두고 하는 말이구나.' 입꼬리가 살짝 올라갔다. 책 속 철학자들이 꼭 나에게 말하는 것만 같았다. "어려운 상황에 닥치거든 여기 있는 이 문장을 하나씩 꺼내어 쓰거라." 요술 주머니를 건네받은 것처럼 든든했다. 이후로도 철학자들을 통해 직접 특훈을 받는 것처럼 책을 읽고 사유하는 시간이 오래도록 흘러갔다.

수업을 마치고 학부모와 상담하던 중 학부모께서 아이의 학원 스케줄로 인해 다음 수업으로 더 연계하기가 어려울 것 같다고 말씀하신다. 회사에서 맡은 중요 업무 수행 중 실수하는 바람에 누락이 생겨 난감해졌다. 남편과 아이들의 교육 부분에 대해 서로 대화를 나누다 답답한 마음에 소리를 빽 지르고 싶어졌다. 아이들은 또 왜 이리 정신이 없는지. 매일 놀기만 하는 모습이 괜히 보기 싫다.

하지만 난 여느 때처럼 반응하지 않았다. '혹시 내가 고객에게 어떤 실수를 했거나 속상한 부분이 있지는 않았을까?'라는 생각은 했지만, 충분히 상대의 상황을 듣고 이해하며 주변에 아이의 스케줄에 맞출 수 있는 곳을 소개해 드렸다. 기회가 되면 다시 수업에서 만날 수 있기를 기약하면서 말이다. 서운함과 자책하는 생각이 꼬리에 꼬리를 물지 않도록 심플하고 단단해진 나를 발견한다.

업무에서 실수한 부분 또한 마찬가지다. 시원하게 인정하고, 다시 수정하고 보완하기로 기한을 부탁한다. 예전의 나였다면 불필요한 감정들로 쓸데없이 기분이 상하거나 고집을 피웠을 텐데 말이다. 물론 항상 성공하는 것은 아니다. 크고 작은 부딪힘과 오르내리는 부정적인 생각과 감정들은 늘 있다. 하지만 결과는 이전보다 훨씬 좋은 방향이다.

세찬 흔들림 속에서 견디어 내고 이겨내기까지 고됨은 누구에게나 있다. 나 또한 앞에 놓인 일들을 하나씩 이겨내고 나니 세상이 달리 보이기 시작했다. 관점이 달라지니 마음 자세가 달라지고 문제를 대하는 태도도 바뀌었다.

흔들리는 것은 자연스러운 일이다. 누군가의 눈에는 타인의 흔들림이 별것 아닌 듯 보일 수도 있겠지만, 각자의 흔들림 속에서 어려움을 겪고 또다시 성장하는 기회를 얻는다. 내게도 어둡기만 했던 인생 바다였다. 단단해져 가는 나 자신을 바라보며 그저 참 잘했다고, 잘 이겨내고 있다고, 이제 좀 더 단단해지자고 마음을 안아줄 뿐이다. 그러니 인생에서 흔들려 보는 것도 나쁘지 않다고, 흔들림을 통해 더 성장해 보자고 자신에게 이야기해 보는 것은 어떨까?

"배는 항구에 있을 때 분명히 더 안전하다. 그러나 저것이 그 배가 지어진 이유는 아니다. 우리는 안전이 필요하다. 그러나 우리는 또한 도전과 모험이 필요하다." - 보도 섀퍼

③
있는 힘껏
버텨라

나이는 먹어가고, 체력은 부족해지고, 책임져야 할 일도 늘어나면서 정신력마저 저하되는 것을 온몸으로 느끼고 있었다. 누구나 그렇듯 하루하루 버티는 날들이 계속되고 있는 셈이다.

어느 날 책장을 둘러보다가 피겨스케이터 김연아가 쓴 책을 발견했다. 김연아의 《7분 드라마》에는 그녀가 세계 챔피언 자리까지 오르는 과정이 담겨 있다. 예전에 읽었을 때와는 달리, 이번에는 또 다른 느낌으로 다가왔다. '나도 저렇게 멋지게 스케이트를 타고 싶다.' 아이스링크장 은반 위에 반짝이는 스케이트를 신고 자유자재로 움직이는 피겨 스케이팅 선수들을 보며 김연아는 미래의 미셸 콴을 꿈꾸었고, 그렇게 조금씩 그녀의 꿈을 키워갔다. 책을 읽어가면서 부상으로 포기하고 싶었던 순간, 사춘기

힘겨웠던 시절, 뜻대로 되지 않았던 연습 시간들 속에서도 그녀의 가슴속에는 늘 열정과 꿈이 있었다는 것을 깊이 느낄 수가 있었다.

어린 나이에도 어떻게 이렇게 나보다 더 어른스러울 수 있었을까? 김연아 선수도 나와 같은 사람인데, 아마 조금 더 자고 싶고, 마음껏 맛있는 음식을 먹고 싶고, 친구들과 자유롭게 시간을 보내고 싶었을 것이다. 하루라도 연습 없이 몸과 마음을 편히 쉬고 싶은 마음이 없었을 리가 없다.

그러나 그녀는 단순히 꿈꾸는 것만으로는 행복이 오래갈 수 없다는 것을 깨달았다. 승부욕이 강했던 그녀는 '1등'이라는 영광을 꼭 이루겠다는 집념이 있었다. 결국 자신이 가장 중요한 경쟁 상대라는 것을 일찍부터 알았던 셈이다. 나는 사십 대가 되어서야 겨우 내가 가장 이겨내야 할 상대가 '나' 자신이라는 것을 깨달았다.

"무슨 생각을 해, 그냥 하는 거지!"

김연아 선수의 한마디가 오늘도 내 가슴을 울린다.

회사에서 아이들 오감 수업을 그룹으로 진행할 수 있는 기회가 주어졌다. 수입이 늘어나는 것이 마냥 좋아서 냉큼 그룹수업을 진행해 보겠노라 수락했다. 하지만 수업을 준비해야 하는 과정은 나에게 매우 혹독했다. 돌도 안된 영아들과 함께 참여한 엄마들 앞에서 실수하지 않고 매끄럽게 진행해야 하는 수업은 큰 압박과 부담이었다.

식은땀이 등 뒤에서 송글송글 맺히고 말은 덜덜 떨렸다. 그토록 외우며 준비했던 교안 순서는 왜 생각이 안 나는지 점점 머릿속이 하얘지고, 심지어 엄마들의 눈빛까지 매섭게 느껴졌다. 한겨울이었는데도 말끔하게 다려입은 흰색 블라우스가 땀으로 흠뻑 젖었다. '아직 그만한 깜냥도 되지 못하면서 왜 덥석 한다고 했을까?' 후회했다.

그때 사수께서 격려해 주셨던 말이 생각난다. 어쩌면 지금도 가끔씩 그때의 경험과 격려를 떠올리며 끊임없이 도전하고 있는지도 모른다.

"수진아, 마음을 잘 다스려서 이 그룹수업을 잘해내 봐. 해내고 나면 별거 아니야. 하고 나면 어떤 수업이든 충분히 할 수 있는 역량을 가지게 될걸? 지금은 실수투성이여도 회사에서 밀어줄 때 계속 도전해 봐. 이런 실수도 초보 때나 덜 창피한 거다." 그때는 사수의 격려도 괜히 그냥 하는 소리라 생각했다. 하지만 포기하고 싶지는 않았다.

되돌아보면 시절마다 긴 터널들이 있었다. 세상에 쓸모없는 실패는 없다는 말처럼 많은 실수와 실패들이 있었지만, 그것들이 한데 모여 담금질이 되었고, 실력 위에 실력이 쌓였다. 이젠 제법 여유라는 것도 생겼다. 마땅히 해결해야 할 일들 속에서 포기하고 싶을 때마다 온 힘을 끌어올려 외쳤다.

"뭘 자꾸 이런저런 생각을 복잡하게 해! 그냥 하면 되는 거지!"

처음은 늘 떨리고 두렵다. 하지만 다행히도 동시에 용기와 희망도 함께 온다는 것을 나는 알고 있다. 살아가면서 어떤 일이 생기거나 무언가를 시작했을 때, 극한의 상황에서도 기지를 발휘해 문제를 해결하는 여주인공을 보면, 원더우먼이 따로 없다는 경외감을 느끼게 된다. 가끔은 그런 멋진 장면들을 내 상황에 맞춰 머릿속으로 시뮬레이션해 보기도 한다. 상상은 늘 멋지고 영웅적이니, 현실에서도 나만의 영웅이 되어본다면 용기와 희망이 틈새로 드러나지 않을까.

그러나 사람들은 종종 그 과정이 험난하다는 사실을 간과하곤 한다. 일을 해내고 나면 큰 보상이 기다리고 있을 것이라는 기대를 가지면서도, 그 과정의 어려움과 고난을 잊어버리는 경우가 많다. 더 솔직하게 말하자면, 많은 사람들은 과정 속의 어려움을 잊고 외면하고 싶어 한다. 세상살이에서 왜 나에게만 이런 어려움이 생기고, 왜 이렇게 첩첩산중인지 의문을 품고 신세 한탄을 하는 이들이 대부분이다. 아이러니하게도, 타인을 바라볼 때는 그들의 고난 이면에 있는 모습보다 겉으로 보이는 좋고 멋진 모습만 보는 경향이 크지는 않을까.

TV 프로그램 〈유퀴즈 온 더 블록〉에 강지영 아나운서가 출현했다. 스펙이 얼마나 훌륭하던지, 방송을 보는 내내 '가지고 태어난 능력이 좋아 무슨 일이든 쉽게 해내는구나.' 싶었다. 불공평해 보였다. 어느새 탐탁지 않은 표정으로 평가하고 있는 내 모습을 발견하고 화들짝 놀랐다. 분명 강지영 아나운서가 매우 어렵다고 하는 미국 공인회계사, 뉴스 앵커 등의 자격과 성과를 쉽게 얻은 것이 아니었을 텐데, 가볍게 폄하했다.

"버티면 돼, 버텨.
그것밖엔 답이 없어.
버티면 분명 답이 올 거야."
나지막하게 눈물을 글썽이며 그녀가 했던 말이 귓가에 쟁쟁거린다.

너무도 간절했다는 그녀의 솔직하고도 절실했던 마음을 전해 들으며

'아! 세상을 살아가면서 나에게만 이런 일들이 생기는 것이 아니구나!' 하는 깨달음을 얻었다. 나의 대단한 착각이었으며 오만이었음을 인식했다. 내 눈에 쉬워 보이고 화려해 보이는 그들조차도 자신만의 목표를 이루기 위해 매 순간을 견디며 버티고 있었던 것이다.

누구에게나 본인이 마주한 크고 작은 일들을 바라보며 지치고 포기하고 싶은 순간이 올 때가 있다. 그럴 때마다 스스로가 버티고 해낸 일들을 하나씩 떠올려보는 것은 어떨까? 자신을 다시 일으키는 힘을 끌어올리고, 또다시 버틸 수 있는 끈기와 근성을 다져보는 것이다. 비가 오면 비를 맞으며 가야 하고, 돌이 날아오면 돌을 맞으며 가야 하는 상황이 닥친다해도, 포기하지 않고 꾸준히 버틴다면 언젠가는 목적지에 도달할 것이라는 확신을 가지고서 말이다.

삶의 굽잇길에서 되돌아보니, 우리가 어려운 상황을 견뎌낸 자리에서조차 바로 서 있을 수 있었던 것은 단순히 의지 때문이 아니라 겪어낸 과정 속에서 얻은 경험과 배움 덕분이라는 것을 알게 된다. 결국 더 큰 자신을 만들어가는 과정이었다는 사실이다. 그러니 지금 당장의 힘든 순간도 종국에는 우리의 성장과 성공을 위한 밑거름이 될 것임을 믿으며, 한 걸음 한 걸음 꾸준히 나아가길 바란다. 언젠가는 있는 힘껏 버텨냈던 노력이 또 다른 열매를 맺게 할 테니까.

❹
아직도 흔들리지만
무너지지 않는다

"엄마, 다른 엄마들처럼 집에 있었으면 좋겠어요."

아직 엄마 손이 한참 필요한 아이들의 외침을 들으며 무거운 마음을 뒤로한 채 분주하게 출근을 준비한다. 출근하여 일하는 내내 다른 아이들을 가르치느라 내 아이를 뒷전으로 밀쳐놓은 건 아닌지 마음이 무겁기만 했다. 잠시 비는 시간, 바닷가에 차를 세워두고 멍하니 바다만 바라보았다. 아이도 잘 키우고 싶고, 경험도 쌓아서 노후엔 멋진 엄마와 나 자신으로 살고 싶은 욕심이 마음속에 그득했기 때문이다. 일과 가정 두 마리 토끼를 다 잡고 싶었다.

하지만 아이들의 순수하고 선한 눈망울과 아이가 했던 말이 귓가에 맴돌며 나의 모성애를 자극했다. 이내 눈가가 촉촉해지며 두 뺨에 눈물이 흘러내렸다. 다 이루고 싶은데 한정되어 있는 나의 에너지를 어떻게 조율

해야 할지 고민이 되었다. 무작정 퇴사만이 답이 아닌 것을 알기에, 아직은 능력이 부족한 내 자신이 미워졌다.

소셜미디어에서는 "재택 근무하면서 남편보다 돈 더 벌었어요. 월 천 가능해요."라는 자극적인 광고와 멘트들이 마음이 흔들려있는 나를 용케 알아채고 나를 현혹했다. 처음엔 모든 것이 진짜인 줄 알았다. 어느 날 알고 지내던 지인께서 "그런 거 믿지 마세요! 사기 계정이 얼마나 많은데요!" 순간 정신이 번쩍 들었다. 맞아! 쉽게 가는 길엔 항상 달콤한 함정이 있다는 사실을 잊고 있었다. 오늘도 습관처럼 핸드폰을 검색해 보는데, 개그우먼 이영자가 했던 말이 나를 한 번 더 정신 차리게 했다.

"내가 살아보니까, 정말 내가 하고 싶은 일 1가지를 위해서 하기 싫은 거 99가지를 해야 해."

짧은 한마디에 많은 생각을 하게 되었다. 어쩌면 난 지금 두 마리의 토끼를 다 잡고서도 감사함을 놓치고 있는 건 아닌가 싶었다. 떼쓰고 우는 아이를 모른 채 한 것이 아닌, 내 커리어만 욕심낸 것도 아닌, '행복'을 찾으려고 했던 것인지도 모른다. 사람의 마음은 갈대라고 했던가? 40춘기에는 흔들려야 정상이겠구나 싶었다.

사람은 태어나서 돌쯤부터 고집이 생기고, 7세 이후에 자아도 강해지고, 가장 무섭다는 사춘기의 절정 중2병을 거치고 나면 생기 있는 젊음을 보내게 된다. 그리고 준비가 덜 된 채 새로운 전환기를 맞이하게 되는 마흔. 이렇게 사람도 흔들리며 성장하는데 인생이라고 흔들리지 말아야 하는 법이 있나? 싶었다.

모소 대나무는 뿌리를 내리는 데만 4년이라는 기나긴 시간이 걸린다고 한다. 그 이유는 땅속으로 뿌리를 깊게 내리기 때문이라고 한다. 그 이후로부터는 정말 사자성어처럼 우후죽순으로 쑥쑥 자라난다는 것이다. 아무리 세찬 폭풍우가 몰아쳐도 유연하게 흔들릴 줄 아는 대나무! 심지어 단단하기까지도 해서 대나무가 많이 자라는 나라에서는 건설 현장에서 대나무를 사용하는 것을 본 적도 있다.

우리는 늘 기본기가 중요하다고 이야기한다. 건축할 때도, 운동을 할 때도, 우리가 배우는 기초 학습에서도 말이다. 인생의 기본기를 다시 한 번 점검하는 시기. 누구나 자전거를 타 본 경험이 한 번쯤 있지 않을까 싶다. 처음 탈 때 안장에 앉는 것부터 핸들은 어떻게 잡고, 페달은 어떻게 밟아야 앞으로 가는지 등등, 넘어질 듯 아슬아슬하게 타면서 익혀간다. 그렇게 해서 익힌 다음에는 오랫동안 자전거를 타지 않았더라도 다시 자전거에 앉았을 땐 몸이 기억한다. 그게 바로 기본기이다.

내가 흔들리는 인생이라면 아직 좀 더 연습이 필요하다는 뜻이겠지? 그럼에도 불구하고 앞으로 거침없이 나아가는 자전거가 될 수 있게 연습해 보자. 좀 흔들리면 어떤가? 흔들리면 흔들리는 대로 즐기면서 내가 원하는 목적지에 도착만 하면 되니까.

나는 어려서부터 책을 참 좋아했다. 책을 읽는 동안에는 감정이입이 되어 내가 주인공이 된 것처럼 화도 내고 눈물도 흘리고 말이다. 그중에서도 나에게 사회를 살아가는 여성으로써 용기를 준 책 중에 한 권을 택하라고 하면 이지성 작가가 쓴 《여자라면 힐러리처럼》이다. 이 책은 꿈과 이루고 싶은 것이 많았던 나의 20대 시절, 힐러리 로댐은 나를 도도새에서 독수리로 만들어 주는 계기가 되었다. 책을 읽는 내내 설레고 열정이

솟아올랐다.

힐러리의 말 한마디 한마디는 내 머릿속에 콕콕 박혀 버렸다.

"만일 당신이 저 남자와 결혼했으면 지금 주유소 사장 부인이 돼있겠지?"

힐러리가 바로 되받았다.

"아니, 저 남자가 미국 대통령이 되어있을 거야."

"커다란 야망을 품었을 때라야 큰 결실을 맺을 수 있다." -힐러리 로댐 클린턴-

힐러리에 관한 이야기는 살아가는 동안 내가 나약해 질 때마다 무의식적으로 나를 일으켜 세워주었었다. 주변 사람들과 꿈 이야기를 나눌 때면 너무 허망한 꿈이라고 했다. "이룰 수 없는 꿈이야!", "말도 안 돼." 이런 말들만 되돌아왔다. 그리고 그들은 꿈 이야기보단 오늘만 즐기고 행복하자는 생각이 강했기에, 나에게 늘 좋은 멘토이자 친구는 책이 될 수밖에…. 그때 당시에는 인터넷 서점이 없었기에, 가장 큰 서점에 가서 종류별로 책을 읽는 재미가 쏠쏠했다. 한쪽에는 아기자기한 문구류와 종이 악보가 진열되어 있었고, 오가는 다양한 사람들만큼 다양한 책을 접하는 재미는 나날이 커졌다.

사회 초년생 시절, 직장에서 한 번도 경험해 보지 않은 모진 일을 겪었다. 계속되는 상사의 갑질과 못된 행동에 어떻게 대처해야 할지도 몰랐고, 그저 그게 당연한 건가 싶어 계속 참다 보니 심각한 우울증에 걸렸었다. 그땐 그게 우울증인지 몰랐고 어디 하소연할 곳도 없었다. 그래도 출석 체크를 하듯 그날도 서점에 갔다. 책장을 넘기는데 유독 선명하게 읽히는 문장이 있었다. 그 순간 우울한 마음이 거짓말처럼 사라지고 갑자기 온 마음과 머릿속이 개운해짐을 느꼈다.

아직도 그 책 제목이 무엇이었는지 알 수가 없다. 그렇지만 그때 깨달았다. 인생의 나침반과 스승은 '책'이라는 것을 말이다. 결혼하고 나서도 줄곧 서점에 가곤 했다. 매일은 아니더라도 정기적으로 서점에 가서 신간 도서와 읽고 싶은 책을 읽고 나오면 마치 찜질방에 다녀온 듯 개운함을 느꼈다.

인생이라는 삶을 살아가는 동안 늘 선택과 집중을 요구하게 된다. 사람들은 누구나 옳은 선택, 정답을 맞히고자 하는 선택을 원한다. 어쩔 땐 꼰대 어른들이 이렇게 살아야 한다, 저렇게 살아야 한다는 등 자신들만의 강력한 생각을 주입하려 할 때가 있다. 나 역시 흔들림이 없는 정답을 찾고 싶었지만, 정답이 따로 있는 것이 아니라 내가 선택한 것이 정답이라는 생각이 들었다. 각기 다른 개성으로 살아가는 시대에 하나의 정답만이 있다면 흔들리는 삶이 있다는 말은 모순이 되는 것이니까.

흔들려도 꿈이 있고 해내고자 하는 의지만 있다면 이루지 못할 것은 무엇이랴. 그렇게 책은 내 인생의 기둥이 되어주었고, 나의 인복이 되었다. 하루하루의 경험이 차곡차곡 쌓여 단단한 맷집이 길러지듯, 힐러리가 가르쳐준 대로 커다란 꿈을 품고 나니 앞으로 나아갈 용기도 함께 생겨났다. 이젠 어떤 흔들림이 날 시험해도 유연하게 흔들리되 부러지지 않을 자신이 생겼다.

❺
거북이는 물속에서
빠르게 헤엄친다

"수진 님은 무엇을 제일 잘하세요?"

나는 이런 질문을 받을 때마다 늘 머릿속이 하얘졌다. 내가 잘하는 게 뭐지? 뭐라고 답해야 할지 고민해 왔다. 내 인생에서 한 가지 해결되지 않는 막힘이 있다면, 그것은 '무엇을 제일 잘하냐?'라는 질문이었다. 한 때는 이 질문이 너무나도 듣기 싫었다. 하지만 질문에 대한 답은 찾아야 했다. 마흔이 넘으면 무엇을 잘해야 할까에 대해 고민하다가 내 인생을 거슬러 역추적해 보았다. 다양한 경험이 부족했다는 것을 깨달았다.

다양하게 도전해 보지 않았기에, 진짜 내가 무엇을 잘하는지 알 수 없었던 것은 당연했다. 지금부터라도 다양하게 시도하고 도전해 봐야겠다는 다짐이 섰다. 현재 내가 맡고 있는 업무 중에서 가장 자신있게 도전할 수 있는 영역부터 시작했다. 나는 영·유아 교육 현장에 있으면서 늘 느린 친구들과 장애가 있는 친구들을 만나왔었다. 평소 그 친구들에 대한 이해도가 부족하다는 것을 느꼈기에, 특수아동에 관련된 다수의 자격증을 온라인으로 취득했다. 조금이라도 전문지식을 쌓고 나니 현장에서 아이들의 행동이 이해되었고, 자연스레 아이들과 학부모들의 교사에 대한 만족도도 상승했다.

어느 날 재미있게 본 드라마에서 이런 대사가 오고 갔다.

"길이 없으면 어떻게 해야 합니까?"
"길을 만들어야죠."
"길을 찾지 마세요. 그냥 하던 일 계속하시면 되는 겁니다. 그러다가 성공하면 다른 사람들이 그걸 길이라고 부르는 법이니까."

'하던 일 계속 해라.' 순간 머릿속에 성공한 사람들의 명언 중 한마디 '그냥 해라!'라는 말이 떠올랐다. 자신의 자리에서 프로가 되는 것. 그것이 내 길이고 성공의 지름길이었다. 거북이는 육지에서는 엉금엉금 느리게 다니지만, 물속에서만큼은 헤엄치는 속도가 썰매를 탄 듯 빠른 것처럼, 나 역시 내가 있는 현장에서 가장 빠르게 습득하고 일을 잘 해결할 수 있으니 말이다.

그제야 내가 걸어온 길에 대한 소신과 뿌듯함이 느껴졌다. 마흔의 나이는 그렇게 나에게 배움의 길을 안내해 주었다. 새로운 배움, 떨림과 '잘할수 있을까?'라는 두려움으로 시작했던 자격증 취득, 그리고 내 인생에 가장 큰 도전은 책 쓰기였다. 하는 일을 통해 앞으로 더 나아가고자 새로운 배움을 선택하고 나니 왜 이렇게 떨리는지, 사실 떨리기보다 실패에 대한 두려움이 더 컸던 것 같다. 그때마다 난 거북이를 떠올린다. 토끼와 거북이의 동화처럼 이야기에서 주는 교훈은 겪어온 인생에 대한 깨달음의 전과 후로 다르게 느껴진다.

깨닫기 전에는 '토끼의 태도가 거만하다.'라고 생각했다면, 현 자본주의 사회 부분에서 비교해 보았을 땐 토끼의 여유가 느껴지기도 한다. 어쩌면 우리네의 삶과 비슷하지 않은가? 물론 최종 목적지를 위해 달려가는 거북이의 행동은 지금도 충분히 본받아야 함을 느낀다. 인공지능의 빠른 발달로 인해 앞으로는 인간이 살아가면서 지금과는 또 다른 능력들이 요구된다고 한다. 교육 현장에 있다 보니 이 말들이 온몸으로 체감이 되었다.

한때는 교육 일 말고 완전히 다른 직업으로 전향하고 싶었다. 지금도 가끔은 새로운 또 다른 것을 해보고 싶은 꿈들이 내 안에서 꿈틀대고 있지만, 책임감이라는 핑계로 새로운 일에 대한 도전이 망설여지는 것은 사실이다. 하지만 현재 맡고 있는 교육 일에서 융합적으로 사고를 확장하여 또 다른 새로운 나만의 길을 만들어내고 싶어졌다. 물속에서 헤엄치는 거북이처럼 자유롭고 유연하게 말이다.

이솝 우화를 읽다가 독수리에 관한 이야기를 읽은 적이 있었다.

40년이 지나면 독수리들은 어려운 결정을 해야 한다. 발톱은 너무 오래되고 낡아서 사냥하지 못하고, 부리는 구부러지고 더 이상 뾰족하지 않기 때문이다. 그리고 깃털은 두꺼워진다. 독수리에게는 두 가지의 선택지가 있다. 죽거나, 아니면 굉장히 고통스러운 변화를 겪는 것이다. 이 고통스러운 변화란 독수리가 산으로 가서 스스로 부리가 빠질 때까지 바위를 부수는 것이다.

그러고 나면 새로운 부리가 나고, 그 부리로 오래된 발톱을 직접 물어서 뽑아내야 한다. 그러면 새로운 발톱이 나기 시작한다. 후에는 깃털을 부리로 하나씩 뽑아낸다. 그러면 새로운 깃털이 난다. 이 고통스러운 여정은 150일 동안 진행된다. 하지만 이 과정이 끝나면 독수리는 새로운 삶을 얻는다.

독수리에 관한 이야기를 읽으면서 자연스레 이야기 속에 나 자신을 투영해 보는 시간도 갖게 되었다. 10대를 거쳐 20대, 30대를 살아온 날들을 돌아보니 열심히 살아온 흔적과 후회되는 흔적이 기억 속에 고스란히 묻어났다. 3년 전 번아웃이 오기 시작하여 우울증과 무기력까지 함께 동반된 적이 있었다. 2년 동안 나 자신부터 직장 일까지 늘 어둠의 터널 속이었고, 사건 사고들은 왜 그렇게 끊임없이 나를 따라다니는지, 정말 괴로운 시간 속에 나 자신도 함께 좀먹고 있었다. 그만둘까? 그냥 지금처럼 수업만 담당하고 적당히 굶지 않을 만큼만 벌어서 문제없이 살고 싶기도 했다.

순간 '낙상 매'라는 말이 떠올랐다.(어미 매는 새끼에게 먹이를 먹일 때 높은 하늘에 떠서 공중에서 먹이를 떨어뜨려 먹인다. 새끼 때 낙상을 한 매는 그 열등함이나 열등감으로 인해 별나게 사납고 억센 매가 된다.) 매처럼 과감히 나를 새로운 환경으로 떨어뜨려 보기로 했다. 직장이 없어도 나 자신이 직장이자 직업인이 되기로 결심했다. 주말 줌 강의가 있는 자격증 강의와 무료 강의를 찾아다니면서 하나씩 배움을 시작하고, 줌을 통해 새로운 분들과의 만남, 새로운 환경 속에 나를 옮겨 놓고 나니 조금씩 나 자신이 변하고 있음을 느끼기 시작했다.

눈빛, 자세, 말투. 그렇게 꽤 오랜 시간 배움의 연속을 통해 나를 수행하고 갈고닦았다. 갈고 닦는 시간 동안 '내가 잘할 수 있을까?', '홀로서기에 성공할 수 있을까?' 하는 두려움이 늘 마음 한쪽에 자리 잡았었다.

나 자신을 이겨내고 나니, 마음에 여유가 생겼다. 자신감도 생기고, 퇴근 후 아이들을 대하는 나의 모습도 한껏 부드러워졌다. 그렇게 가정의 평화도 찾아온 셈이다. 하루는 아들 녀석이 아빠에게 다가가 이렇게 속삭였다고 한다.

"아빠, 엄마 무슨 일 있어?"
"왜?"
"엄마가 화를 내야 정상인데 화를 안 내니까 이상해서. 우리 엄마 아닌 것 같아."

남편에게서 이 이야기를 듣고 웃음이 크게 나왔다. 그동안 아이에게 내가 어떤 모습이었는지 반성이 되었다. 한편으로는 내가 많이 변화되었다는 뜻이기도 하니 다행이라 생각되었다. 그렇게 독수리가 낡은 것을 버리고 새롭게 태어나는 150일은 나에게 3년이라는 시간이 걸렸다. 일생에 한 번은 삶을 바꿀 용기가 필요한 것 같다. 꼰대가 되는 것보다 주도적인 멋진 어른으로 사는 것이 훨씬 멋지지 않은가? 현재 두려움을 가지고 있거나, 확신이 서지 않는 분들이 있다면 과감하게 낙상 매가 되어보라 말하고 싶다. 떨어질 때 진정한 숨은 나의 모습이 날개를 펼치고 있을 것이다. 그러니 걱정 말고 힘껏 낙상 매가 되어보자.

❻
인생은 어차피
불혹과 혹의 연속이다

우리는 하루에도 수십 차례 선택을 하면서 지낸다. 일상에 있어서 선택은 늘 필수니까.

문득 "인간은 생각하는 갈대"라는 말이 떠오른다. 우리네 인생이 갈대처럼 흔들리지 말아야 할 것들과 흔들려도 될법한 일들 속에서 살아가고 있듯이 말이다. 하루하루 살아가다 보면 커다란 장애물을 만날 때가 있다. 정말 둘 중 하나를 선택해야 할 만큼 긴박한 상황은 한 번쯤 겪어보았을 거라고 생각한다. 나 역시 욕심도 많고, 멋진 옷을 입고 다니면서 화려한 말솜씨를 뽐내며 잘난 체하고 싶었던 30대의 어느 날이었다.

핸드폰을 열심히 들여다보며 내 눈과 마음을 홀리는 각종 광고를 검색하는데, 부업으로 용돈벌이를 할 수 있다는 문구가 눈에 들어왔다. 부업으로 재테크? 소소하게 몇십에서 100만 원 가능? 현재 내 주머니 사정과 사고 싶은 물건들이 머릿속에 마구 떠올랐다. 호기심이 생겨 홈페이지에 들어가 보았다. 연예인급의 얼굴을 가진 모델들이 각종 명품을 착용하고 앞다투어 찍은 사진들과 걸치기만 해도 명품이 될 것만 같은 의상을 입고 찍은 사진들을 보니, 처음엔 '이런 일들도 가능할 수 있지 않을까?' 하며 혼자만의 착각 속에 빠져들었었다.

하지만 달콤한 사탕은 독이 있는 법! 때마침 운 좋게도 이런 글을 반박하는 영상을 보게 되었는데, 내가 검색했던 홈페이지였다. 이분 영상에서 사이트 클릭을 하자 오픈채팅방으로 안내하더니 오픈채팅방에서는 역시나…. 불법이었음을 적나라하게 확인할 수 있었다.

돈에 현혹되어 그저 겉모습으로만 치장하고 싶었던 나 자신이 불법이란 걸 알면서도 순진하게 휘말릴뻔하다니!! 등골이 오싹하고 섬뜩했다. 내 능력은 생각지도 않은 채 그저 돈을 많이 갖고 싶었고, 남들처럼 허세도 부리고 싶었고, 돋보이고 싶었던 나의 어리석은 생각들에 이불 킥을 해대며 며칠 밤잠을 설치기도 했다. 뒤척이던 어느 깊은 밤, 문득 아주 오래전 근무했던 어린이집 원장님께서 이런 말을 해주셨던 기억이 났다.

"수진 선생님, 저렇게 멋진 집과 멋진 차만 있다고 해서 사람이 잘 사는 거 아니고, 잘 되는 거 아니더라. 살아보니 사람은 마음이 명품이 되어야 해. 마음이 단단한 사람은 절대 어떤 유혹에도 쉽게 넘어가지 않아. 선생님은 꼭 마음이 단단하고 아름다운 사람이 되길 바라."

"네..."

20대 젊은 시절, 이렇게 귀한 말이 그때는 무슨 말인지 하나도 이해가 되지 않았다. 오히려 지금 알고 있는 걸 그때 진작 알았더라면 얼마나 좋았을까? 그때 좀 더 들을 귀가 있었더라면 현재는 좀 더 나은 삶을 살지 않았을까? 하는 후회감이 밀려왔다. 그래도 참 다행인 건 2~30대에 멋모르게 지내더니, 더 늦기 전인 40대에 큰 흔들림을 통해 삶을 깨달아 갈 수 있음에 다시 나에게 기회가 주어졌다는 것을 알아차렸다. 이렇게라도 깨달을 수 있는 눈을 가질 수 있게 해주셔서 정말 감사하다고 간절히 내 마음에 인사했다.

한 시절을 보내며 '불혹(不惑)'이라는 인생의 전환점에 서서 잠시 뒤를 돌아보았다. 인생이라는 수많은 흔들림 속에서 온몸으로 치열하게 선택하고, 경험을 통해 타산지석(他山之石)이 된 나의 30대에게 잘 해냈고, 그때는 그 선택이 최선이었음을, 그리고 바른길로 다시 돌아온 나에게 멋지다고 토닥토닥 위로해 본다. 누구에게나 기회는 주어진다. 그러니 흔들림을 겪고 있는 분들이라면 마음 근육을 길러보라고 하고 싶다. 내면이 강한 자는 어떤 흔들림에도 부러지지 않는 유연함이 있으니까.

불혹에는 세상의 흔들림 속에서 지혜도 얻고 안정감을 찾는 시기라면, 혹은 여전히 탐구하고 도전의 연속이라 상호 보완할 수 있겠다. 깊이 있는 통찰과 안정, 끊임없이 탐구하고 새로움을 추구할 수 있는 불과 혹의 균형을 맞추어 가면서 수많은 성장통 속에 나 자신과의 화해를 거쳐 이제는 어떠한 외부의 유혹에도 쉽게 넘어가지 않는 나 자신을 발견할 때가 있다.

제법 마음 근육이 단단해 지니 세상도 달리 보이고, 조급하게 살아왔던 지난날들엔 여유로운 웃음이 난다. 다시 무언가 용기를 내어보고 싶다.

뻔한 동기부여 말들이 아닌, 나보다 앞서 살아간 인생 선배들의 찐 충고 영상을 보며 그들의 아우라를 느끼기도 했다. 내 마음속 깊은 곳에서 다시 열정이라는 꿈이 샘솟고 있음을 느낀다.

소셜미디어를 통해 '지구촌'이라는 느낌을 받는 요즘이다. 소셜미디어 속엔 해로운 부분도 있지만, 알고리즘을 통해 멋진 분들도 만날 수 있었다. 인생에 있어 황금기인 40에 경력 단절을 겪다가 10년 만에 다시 재기하여 지금은 멋지게 일을 하시는 분, 자신이 살아왔던 경험을 통해 새로운 배움을 통해 남들과 다른 시니어의 삶을 살아가시는 분들을 만나며 막연히 부러움이 아닌, 이 시대의 진정한 원더우먼이라 하고 싶다.

"배운 게 도둑질"이라는 말이 나에겐 참 불편한 단어였다. 주변 사람들과 이야기를 나누다가 심심치 않게 이런 말을 들을 때면, 내 마음속에서는 '왜?'라는 의문이 떠오른다. 아마도 호기심이 많고 새로운 도전에 주저함이 없는 나의 성격 때문인 것 같다. 그런 나도 흔들림을 겪으면서 '배운 게 도둑질이라고 다른 일을 할 수 없는 건가?' 하며 내 능력에 대한 한계에 부딪혀보니 이럴 때 쓰는 말이라는 것을 알았다. 하고 싶은 것도 많고, 꿈도 많은 나 자신을 보며 조금씩 새로운 것에 도전해 보려고 한다.

살아가면서 어떤 결정을 한다는 건 상황에 따라 쉬운 일만은 아니다. 더군다나 요즘 같은 정보가 넘치는 시대엔 더더욱 말이다. 그럴수록 나만의 가치관과 줏대가 확실해야 한다고 생각한다. 타인이 만들어 놓은 길을 무작정 따라가기보다 나만의 길을 갈고 닦으며 인생이라는 중심에 서서 뿌리를 깊게 내려보았으면 좋겠다.

내가 결정하고 내가 책임질 수 있는 모습이 가장 멋진 모습이 아닐까

한다. 인생을 살아가면서 한 번쯤은 고전이나 철학적인 생각을 할 수 있는 책을 읽어본다면 앞으로 인생 제2막을 펼칠 때는 좀 더 수월하지 않을까? 독서야말로 나만의 '무기'가 될 수 있으니 말이다. 어려운 책보단 우리가 한 번쯤은 읽어보았던 《피노키오》나 《어린왕자》를 다시 한번 읽어보면 어떨까? 어려서 읽었던 느낌과 감정이 지금은 또 다른 관점으로 보일 것이다.

"세상에서 가장 어려운 일이 뭔지 아니?"
"흠… 글쎄요, 돈 버는 일? 밥 먹는 일?"
"세상에서 가장 어려운 일은…. 사람이 사람의 마음을 얻는 일이란다. 각각의 얼굴만큼 다양한 각양각색의 마음을 순간에도 수만 가지의 생각이 떠오르는데…. 그 바람 같은 마음이 머물게 한다는 건 정말 어려운 거란다."

불혹과 혹의 삶을 지나가면서 인생에서 실패를 무릅쓰고 얻어낸 경험들, 앞으로 우리 삶 속에서 부딪히게 될 수많은 변화와 어려움을 현명하게 대처할 수 있는, 지혜를 얻을 수 있는 멋진 삶이 되었으면 좋겠다.

❼
바다가 주는
위로의 선물

살다가 너무 힘이 들어 위로받고 싶을 때면 누구에게나 자신만의 위로 방법이 하나쯤은 있지 않을까? 동해 바다 가까이에 살고 있는 나는 언제든 바다를 볼 수 있다. 시원하게 탁 트인 바다는 나에게 늘 포근한 자장가이자 청심환 같은 존재다. 오늘도 마음속에 탁 트인 바다를 떠올리며 나에게 주어진 일을 처리한다.

"수진아, 아빠랑 바다낚시 가자."
"야호! 바다다."

어려서부터 아빠와 함께 차를 타고 웬만한 바다는 모두 따라다녔던 터라, 내 피부는 자연스럽게 원래 피부색인 듯 진한 구릿빛이 되어버렸다.

아빠가 바다 가까이에서 낚시할 동안 나는 뙤약볕 아래 출렁출렁~ 철썩 철썩~ 잔잔한 파도 소리와 짭조름한 바다 내음을 맡으며 얕은 곳에서 물 장구도 치고 바위틈에 숨어있는 꽃게와 숨바꼭질을 하고 놀았다. 그마저 도 지루해지면 혼자 모래찜질도 하고, 돌멩이를 주워 와서 바위에 붙은 따개비를 떼어보겠다고 안간힘을 써보기도 했다. 아빠를 열심히 따라다 닌 덕에 친구들 없이도 혼자서 재미있게 노는 방법을 일찍부터 터득하게 되었다. 그렇게 바다는 나에게 친구이자 포근한 이불이 되어주었다.

제법 어엿한 성인이 되어서도 늘 습관처럼 바다에 가는 걸 좋아한다. 바닷가 근처에 사는 사람들은 대부분 바다에 잘 가지 않는다. 특히 휴가 철이 되면 타지 사람들에게 바다를 양보해야 할 정도로 많이 휴가를 오기 도 하고, 평소엔 다들 일하느라 바빠서 바다를 둘러볼 시간이 별로 없다.

결혼하고 나서도 주말이면 한 주의 마무리로 머릿속을 개운하게 정리하 러 해안가 도로로 드라이브를 나선다. 햇볕이 쨍쨍 내리쬐는 날에는 맑고 푸른 바닷물에 반짝이 펄을 뿌려놓은 듯 아름답고, 비가 오거나 흐린 날 엔 회색빛 하늘과 하얗게 철썩이는 파도가 대비를 이루며 나의 기분을 맞 추어준다.

그렇게 어린 시절을 뒤로한 채 직장인으로서, 엄마로서 다양한 역할을 수행해야 하는 삶 속에서 내 마음이 고장난 줄도 모른 채 쳇바퀴 굴러가 듯 앞만 보고 달려왔더니, 기름통이 텅 빈 자동차처럼 갑자기 멈추어 버 렸다. 처음 겪어보는 이 감정은 무엇이지? 사춘기 때도 느껴보지 못했던 표현할 수 없는 이 마음을 좀처럼 달래기가 어려웠다. 눈물도 나고, 짜증 도 나고, 화도 나고. 어떻게 해서든지 다시 마음을 되돌려 보려고 나 자신 을 더욱더 채찍질했다.

'어서 일어나! 지금 주저앉을 때가 아니라고! 할 일이 얼마나 많은데 이렇게 게을러서 되겠어? 다른 사람들 좀 봐. 너만 힘든 거 아니야. 어리광 피우지 말라고!!'

세상에나… 돌아보니 그때 내 마음에 나 자신이 얼마나 많은 생채기를 내었는지 너무 미안하고. 그때의 나에게로 가서 안아주고 용서받고 싶었다.

'엄마가 섬 그늘에 굴 따러 가면 아기가 혼자 남아 집을 보다가'

동요 〈섬집 아기〉 가사처럼 내 마음속에 파도가 일렁이더니 그런 나를 보듬어 주었다. 두 뺨에 뜨거운 눈물이 왈칵 쏟아져 내렸다. 수도꼭지가 고장이 난 듯 눈물이 멈추려 하지 않았다. 마음속 파도는 더 거세게 철썩철썩 내 마음을 치료하는 듯 달래주었다. 파도 소리와 함께 동해안의 넓은 바다를 보니 다시 할 수 있다는 꿈을 꿀 수 있었다. 바다야, 고마워.

아이들과 수업을 하기 위해 도서 자료를 찾다가 그리스 로마신화 중 《포세이돈》을 접하게 되었다. 알다시피 바다의 신이자 막내아우 제우스에 의해 다시 살 수 있었던 신 중 하나이다.

《포세이돈》을 읽으며 흥미로웠던 점은, 바다의 파도는 포세이돈이 이끄는 말발굽에 바닷물이 튕기면서 생겨난 너울이라고 한다.

월터 크레인이 그린 〈말을 타고 바다를 다스리는 포세이돈〉 1982년 작품에서 보면 정말 파도의 너울을 말의 모습으로 표현했는데, 바닷가에 서서 출렁이는 파도를 볼 때마다 이 작품 속 말이 함께 떠오르게 된다. 어느 날 문득 바다를 보며 간절히 소원을 빌고 있는 내 모습이 보였다.

"바다의 신 포세이돈, 저에게 씩씩한 용기를 주세요."라고 말이다.

나에겐 용기가 너무나도 절실했다. 낯 두꺼운 얼굴로 용감해질 수 있는 강력한 용기로 내 앞에 있는 문제들을 정면 돌파하기 위해서 용기는 필수 아이템이었기 때문이다. "그냥 하면 돼."라는 말로는 나 자신을 설득하지 못했다. 용기를 어디서 찾을 수 있을까? 점집이나 사주를 보면 용기가 생기려나? 그런 건 영 내키지 않았다. 그렇게 용기를 찾겠다며 뜬구름처럼 멍때리며 시간을 흘려보냈다.

그런데 쥐도 궁지에 몰리면 고양이를 문다고 했던가. 차에 앉아 화장을 고치는 중이었다. 갑자기 차 앞 유리 너머 까만 차 한 대가 중앙선을 넘더니 내 차를 "쿵!" 박고 그냥 달려가는 것이 아닌가! 얼른 내려서 그 차 뒤를 쫓아갔는데, 그 차 운전자가 차창 유리를 내리고 힐끔 나를 쳐다보더니 그 자리에서 슬며시 가버리는 것이었다. 남편의 차를 끌고 온 터라 더 화도 나고, 짜증도 났다. 바로 경찰에 블랙박스를 제출하며 뺑소니 사고로 신고했다. 문제는 그다음이었다.

목소리가 두꺼운 남자들이 번갈아 가며 전화로 여러 차례 나를 추궁했다. 너무 무서웠다. 그런데 순간, '내가 피해자인데 왜 무서워해야 하지?' 그때부터 논리적으로 반박하기 시작했다. 그리고 다시 경찰에 전화를 걸었다. 이 사람들이 번갈아 가며 계속 전화를 해서 괴롭힌다고. 다시 경찰이 개입하고 나서야 사건이 종료되었다. 눈물이 났지만, 순간 내 자신이 아이언맨 같았고 너무 멋있어 보였다.

"용기, 그거 별거 아니었구나!"

나이가 들어가면서 다양한 경험을 하다 보니, 어느 순간 깨달음을 얻을 때가 종종 있다. 마치 복권에 당첨된 것처럼 말이다. 한 가지씩 깨달음을 얻고, 때론 실수해서 반성하고 나면 깨달음이라는 아이템을 얻을 때도 있고, 용기나 지혜, 사랑 등 한 가지씩 선물을 받는 기분이 쏠쏠해질 만큼 마음의 여유도 생겼다. 이런 재미를 알아 가는 게 인생인가 싶다.

아이 키우기, 직장, 집안일 등 사람들과의 관계 속에서 서로 얽혀서 헤매다 보면 실마리가 풀리는 것들도 있지만, 어떤 일은 미리 싹을 잘라야 하는 경우도 생긴다. 그럼에도 불구하고 우리가 다시 이겨내고 살아갈 수 있는 용기가 생긴다는 건 지켜내야 할 것들이 있기 때문이 아닐까?

책임감(責任感), 사전적 의미로는 '맡아서 해야 할 임무나 의무를 중히 여기는 마음. 자기 일에 대한 책임감.'이라는 뜻을 가지고 있다. 책임을 진다는 건 참으로 어렵고도 어깨 위에 무거운 바위를 짊어지고 있는 듯하다. 하지만 무겁다고 피하기만 한다고 해결되는 일은 없다는 걸 알게 되었을 때, 비로소 어깨 위의 바위가 가볍게 느껴진다. 내가 버티고 이겨낼 수 있는 이유를 되새겨 보며 오늘도 나와 내 가족, 나를 사랑해 주는 주변 사람들의 안녕과 행복을 간절히 기도해 본다.

❽
오늘도 빛나는
당신에게

　밤하늘의 별을 보겠다고 자정을 넘기며 고개가 아픈 줄도 모르고 하늘을 올려다보는 순간만큼은 정말 보석 가루가 내 마음에 뿌려지듯 눈부시게 아름답다. 유난히도 밤하늘의 별은 바다만큼이나 나에게 희망과 상상 속의 세상으로 데려다준다. 콧노래를 흥얼거리며 〈작은 별〉을 불러본다.

　'반짝반짝 작은 별 아름답게 비치네.' 내 인생도 이렇게 별처럼 반짝반짝 빛나면 얼마나 좋을까? 잠시 눈을 꼭 감고 그동안 지내왔던 시간 들을 곱씹어 보았다. 나란 녀석 참 치열하게도 살아왔구나.

　어느 날 남동생과 대화를 할 때, 동생이 이런 말을 건넸다.

　"누나"
　"응?"

"누나가 나이를 먹어서 그런가? 이제는 누나랑 대화하기가 편안하네."

"그래? 예전엔 어땠는데?"

"예전엔 누나랑 대화를 하려고만 하면 누나 말에 항상 날이 서있었어."

"아... 내가 그랬구나... 그땐 살아내느라고, 살아남겠다고, 잘살아보겠다고 억척스러웠지 뭐. 마음의 여유도 없었고..."

잠시 내가 살아왔던 시간들이 멈추는 것 같았다. 집에 돌아와 저녁을 먹고 날이 더워 베란다에 나가 하늘을 보는데 유난히도 별들이 많이 떴다.

'어? 신기하네? 도심 속에서 이렇게 별들이 많이 보일 수가 있나?'

밤하늘의 별을 보면서 그동안 나 자신을 돌보지 않고 쉼 없이 채찍질하던 내 모습이 떠올랐다. 그렇게 열심히 산다고 달려왔는데 지금 나에게 남아 있는 건 무엇일까? 난 무엇을 얻고 무엇을 잃었을까를 고민하게 되었다. 나 자신을 사랑하는 방법을 조금이라도 빨리 알았더라면 내 아이들에게도 마음의 상처를 덜 주지 않았을까? 괜한 미안한 마음에 또 자책하게 된다. 그래도 아이들이 더 크기 전에, 아이들이 자신을 사랑하는 방법을 자연스럽게 터득할 수 있도록 엄마인 내가 먼저 실천해야겠다는 다짐도 생겼다.

이른 봄 어느 날, 한참 힘듦이 최고조를 향할 때였다. 내 마음 깊숙한 곳에서 '살고 싶어!'라는 외침이 들렸다. 그때 눈물이 쏟아지면서 독백하듯 나 자신에게 미안하다고 가슴을 토닥여 주던 일도 있었다. 그렇게 나 자신에게 그동안 고생 많았고, 멋지게 잘 해온 거라고, 앞으로는 마음을 살피며 나 자신부터 사랑해 주기로 했다. 그 뒤로 마음의 완벽을 내려놓게 되었다. 신기하게도 그 뒤로부터는 아이들의 행동에도 크게 예민해지지 않았다. 진짜 '감사'의 의미를 깨달은 순간이지 싶다. 조금이라도 짜증이 날 것 같으면 반대로 생각하는 습관을 들이게 되었다. 최근 한 걸그룹 멤버가 사용한 '원영적 사고'를 하다 보니 일이 더 잘 풀리기 시작했다.

생각하게 되는 고전을 읽더라도 예전엔 한참 생각해야 했다면, 이제는 글의 의미를 제법 이해하는 수준이 되었다. 그리고 마음속에서 고민됐던 것들이 나 자신을 믿고 하나씩 확신을 가지면서 진정으로 나 자신을 사랑하는 법을 터득한 것이다. 내 마음에도 '쉼'이 필요했던 걸 외면한 채 그동안 내 마음이 얼마나 가슴앓이를 해왔을까…. 불혹이 주는 흔들림이 없었다면 불가능하지 싶었다. 마치 판도라의 상자 속 가장 마지막에 나왔던 '희망'을 꺼내어 든 것처럼 행복하다. 불혹, 지천명. 삶을 알아갈 때마다 겸허해지고 배우는 자세로 멋지게 인생 로드맵을 그려볼 생각을 하니 진정한 사랑과 행복을 찾은 것 같다.

감사함을 느끼며 살아가다 보니 관점도 달라지고, 세상을 보는 시야도 넓어지게 되었다. 한 번뿐인 인생, 이왕이면 멋지게 살고 싶었다. 어느 날 차를 운전하고 가면서, 문득 몇 해 전 내가 둘째 낳고 힘들 때 지인께서 보내주신 진주알 같은 메시지가 생각났다.

"작지만 크게 빛날 사람이야. 작게 있지 마!. 넌 충분히 빛나고 있어."

이 말이 생각나면서 내 주변에는 정말 감사한 분들이 많다는 것을 새삼 깨달았다. 아무것도 모르고 그저 살아내기 바쁠 때는 물질적으로 잘해주는 것만이 최고인 줄 알았었다. 그땐 나 혼자인 듯 외롭기만 했는데, 전혀 아니었다. 내가 스스로 알을 깨고 나올 때까지 믿음을 주고 기다려 주었던 것이었다. 무언가 또 다른 보석을 하나 더 찾은 기분이었다. 소셜미디어를 시작하게 되면서 또 다른 지인분들이 많이 생겨났다. 일면식도 없는데 글에서 감정과 나의 진심이 묻어나올 수 있었다는 것을 알게 되었다.

서평을 할 때였다. 서평을 하기 시작하면서 강사라 작가님의 책 서평을 지원할 때였다. 작가님께서 나의 서평 지원 신청 이유가 진심으로 느껴졌는지 먼저 연락을 주셨다. 줌을 통해 얼굴을 처음 뵙고 그 인연이 지금까지 이어져 왔으니, 하늘이 내게 정말 큰 복을 주셨다는 걸 알게 되었다. 작가님과 첫 번째 글쓰기를 진행하면서도 나의 상황을 다독여주시고 글을 잘 쓸 수 있게 기도해 주셨다는 말씀에 정말 감사한 표현을 어떻게 해야 할지 모른 채 감사하고 또 감사했다. 작가님의 동기부여와 기도 덕분에 다시 힘을 낼 수 있었다.

또 한 분 역시 소셜미디어에서 알게 되었다. 너무 간절하게 자격증 과정을 배우고 싶었는데, 그때 당시 내 주머니엔 돈이 몇 푼 없던 때였다. 급여 때를 맞춰서 최대한 자격증 과정을 신청할 시기를 알아보기 위해 메신저를 통해 계속 소통하고 방법을 찾으려는 내가 기특하셨던 모양이었는지 먼저 연락처를 주시고, 일을 마친 늦은 저녁에서야 통화를 하면서 이런 말씀을 해주셨다.

"수진 님, 정말 제가 자격증 과정을 진행해 오면서 이렇게 간절하신 분은 처음 봤어요."

"제가 수진 님께 도움을 드리고 싶네요. 열심히 잘 따라와 주세요."

간절하면 이루어진다는 것이 정말 이런 것인가? 덕분에 좋은 기회에 열심히 과정을 마치면서 자격증을 취득할 수 있었다. 이렇게 정신적으로 나에게 큰 힘이 되어준 내 주변 분들 덕분에 재기를 꿈꾸며 다시 일어설 수 있었다. '사람이 재산이다.'라는 말을 그땐 몰랐는데 이젠 알게 되었으니, 얼마나 소중하고 값진 것인지 알게 되어 감사했다. 세상에 나 혼자는 아니었다는 걸 증명하는 시간이 되었다.

나를 사랑하고 나를 찾아가는 여정 속에서 울고 웃으며 많은 고개를 넘어왔지만, 앞으로도 가슴 벅찰 나의 멋진 인생을 위해 나 자신부터 챙겨본다. 만약 아직 힘듦을 겪고 계신 분이 있다면 꼭 버텨서 이겨내시라고 응원하고 싶다. 나 자신에게 먼저 '괜찮아!', '날 응원해!'라는 확언을 매일 해주라고 이야기하고 싶다. 어둡고 긴 터널을 지나오면 눈부신 햇빛이 반짝이는 아침이 날 맞이하고 있음을 가슴 깊이 느낄 수 있을 것이다. 그리고 그 긴 터널을 지나오는 동안 나 자신 하나 믿고 견디고 이겨내 준 나에게 정말 고맙다.

흔들림을 통해 얻은 값진 보석들, 깨달음을 통해 얻은 용기와 지혜. 이 모든 것이 불혹(不惑)의 선물이었다.

3장

인생 굽잇길에서
비로소 보이는 것들

- 행복 -

이미영

❶
경로를 이탈하여
재검색합니다

이른 아침, 커다란 창을 활짝 열었지만 선선한 바람은 느껴지지 않는다.

아, 여름이 왔나 보다.

독일 남부에서의 생활이 익숙해지고, 변화된 내 일상도 이제는 편안하다.

완전히 다른 문화와 언어 속에서

우리는 마치 갓 태어난 아기처럼 성장해 간다.

아이들은 스스로 고민하며 자신의 길을 찾고,

남편은 자신이 하고 싶었던 공부에 몰두하며,

나는 음악이 아닌 또 다른 배움의 길을 걷고 있다.

서로를 응원하며 일상의 작은 행복을 나누는 우리는

꿈꿔왔던 일상을 실현하고 있다.

지금 나는 서울 종로구에 살고 있다. 독일 남부 어딘가에서의 삶을 늘 꿈꿔왔지만, 현실은 서울 도심 한가운데 오밀조밀 모여 있는 주택가에서 오늘을 살아가는 평범한 사십 대 아줌마이다. 인왕산 밑 고즈넉한 집들과 건물들 사이를 오고 가며 아내이자 엄마로, 교사이자 에세이 작가를 꿈꾸는 글쟁이로 우리 네 식구와 함께 행복한 일상을 살아간다.

아침에 두 아이를 학교에 보내고 큰 가방에 노트북과 수첩, 책 2권과 필통, 그리고 텀블러를 챙겨서 근처 카페로 나왔다. 아침 아홉 시부터 시작해 적어도 사람들이 갑자기 붐비기 시작하는 열두 시 전까지는 온전히 나에게 집중할 수 있는 시간이다.

책에 빠져 시간을 보내기도 하고, 쓰고 싶은 글을 쓰며 시간을 보내기도 한다. 클래식 음악 스토리텔링 수업을 만들기도 하고, 오고 가는 사람들을 보며 그들의 마음을 상상해 보기도 한다. 가끔은 평일 오전 찬스에 감사하며 커피 한 잔을 들고 조용한 서촌 길을 걷기도 하고, 핫플이라는 카페에 가서 혼자만의 시간을 충분히 느껴보기도 한다. 매일 정신없이 아이들을 데려다주고 데리고 오는 그 바쁜 길도 나 혼자 걷노라면 제법 운치 좋은 사유의 길이 된다.

특별한 일상은 아닐지 몰라도 매일 갖게 되는 혼자만의 시간 속에서 누리는 소소한 기쁨은 그 어느 것보다 나에게 소중하다. 이전에 나를 위해 열심이었던 시간과는 전혀 다른 시간이며 나 자신 또한 전혀 다른 나이다. 나를 위해 열심이었던 시간을 넘어 나를 위한 시간이 이렇게 중요하게 된 계기가 무엇이었을까?

나는 빨강머리 앤을 좋아하지만, 엄마는 나를 캔디라고 했다.

'외로워도 슬퍼도 나는 안 울어. 참고, 참고 또 참지, 울긴 왜 울어….' 언제나 씩씩하고 당당해 보여서일까? 열심히 살아가는 것에 대해 누구보다 자신 있었다. 어떤 환경을 만나도 그 상황을 견디고 이겨냈다. 특히 음악을 전공하면서, 아침에 절대로 스스로 일어나지 못했던 나는 새벽에 스스로 일어나 그날의 연습 스케줄을 다 소화해 냈다. 대학원을 졸업하고 교회 반주와 개인 레슨을 시작하면서, 쉬는 날 없이 주 7일을 일했다. 당시 고모와 함께 서울 송파에 살고 있었고, 반주하던 교회와 개인 레슨을 하던 곳은 성남 분당이었다. 자가용 없이 뚜벅이로 지하철을 세 번이나 환승하고 마을버스를 이용해 집집마다 수업을 다녔으니, 지금 생각해도 진땀이 난다.

결혼을 하고 첫 아이에게 최선을 다했다. 그런데 둘째가 생기고 나니, 혼자서 아이들을 양육하는 일이 버거워지기 시작했다. 아이들의 예쁜 모습을 보고 있으면 힘이 났지만, 최선의 노력으로 되지 않는 일들이 부지기수였고, 버텨내야만 하는 일상이 반복됐다.

다행히도 아이들은 점점 커갔고, 어느새 유치원과 어린이집 생활을 시작했다.

'이제 자유다.' 흥분하며 신난 모습을 확신했다. 참 이상하다. 혹을 떼어버린 그 시원함이 느껴지지 않는다. 하고 싶은 것이 없다. 무엇을 해야 할지 막막하다. 갑자기 빈 집이라는 공간에 나 혼자 덩그러니 남겨진 기분이었고, 거기서 나는 아무것도 할 수 없는 무의미한 존재가 되어 버린 것만 같았다. 그렇게 아무것도 할 수 없는 나와 마주했다.

"오 마이 갓!"

'이 여자는 누구야? 어디를 보고 있는 거지?'

무서웠다. 매우 낯선 나이 든 여자가 물끄러미 나를 보고 있는 것 같았다. 그날이다. 나 자신과 마주하고 평생 잘 걷던 발걸음이 멈췄던 날. 최선을 다해 걸어왔다. 단 한 순간도 멈춘 적이 없었고, 지치고 외롭더라도 눈물 한 번 흘리지 않고 씩씩하게 걸어왔다. 그런데 나도 모르게 어느 터널 안에 갇혀 버린 기분이었다. 이 어두운 터널 안에서 나 스스로 할 수 있는 게 뭐가 있을까….

내가 늘 가던 길이라며 자신 있게 운전대를 잡고 달렸다. 서울시 종로구 사직로. 매일 오고 가는 길. 검색은 했지만, 굳이 재확인할 이유가 없었다. 한참을 달렸다. 이상하게 길이 낯설다. 도로 공사로 인해 익숙한 표지판과 건물들이 보이지 않았고, 어두워진 하늘 때문에 시야가 제한되어 길이 헷갈리기 시작했다. 길이 없다? 그 순간 내비게이션 경고음이 들렸다. "경로를 이탈하여 재검색합니다." 친절하게 알려주던 음성이 사라지고 재부팅이 되는데 시간이 걸린다. 순간 당황스러웠다. '뒤로 가야 하나? 앞으로 계속 가야 하나? 막혀 있는데? 옆은?' 방법이 없다. 다시 내비게이션이 길을 찾아서 알려주기만을 기다리는 수밖에. 모든 것이 멈췄다. '그래 일단 멈추자! 어떤 생각도 하지 말고, 기다리자.' 그저 하늘만 바라보며 기다렸다. 분명 긴 시간은 아니었을 텐데, 내게는 너무나 긴 시간이었다. 지금 생각해 보면 긴 시간이 아니라 아주 깊은 시간이었을 텐데 말이다.

작은 소리가 들렸다. '미영아, 어디 가니?' 순간 길을 잃은 내비게이션 경고음이 바로 나를 부르는 음성이라는 것을 알아차렸다. 내 인생에서 견디고 버티다가 한계에 다다랐다고 울리는 경고음. '당장 멈춰!' 당시 그 현상 속에서 내 일상을 꿰뚫지 못했더라면 나는 자신을 위로하는 마음의 소리 한 번 듣지 못하고 끝나버렸을지도 모르겠다.

이후로부터 나는 작은 실천들을 하기 시작했다. 그리고 평범한 일상에서, 아니 더 이상 버티기 어려웠던 일상에서 행복한 일상으로 변화했다. 인생 끝을 만난 것만 같았던 마흔 살 터널 속에서 재검색의 경고음으로 나는 이전과는 전혀 다른 인생을 살아간다.

물론 피로한 순간들도 있다. 우리가 살아가는 인생은 매 순간 오르막길과 내리막길의 연속이니까. 하지만 이제는 그러한 순간을 대하는 자세가 달라졌다. 경로를 이탈했다는 내비게이션의 경고음을 듣기 위해 귀를 기울이듯, 인생길을 잘못 들어서지 않기 위해 마음의 소리에 귀를 기울인다. 재검색을 하고 잠시 멈춰야 할 때, 일상에서의 멈춤이 대가를 치러야 하는 일이라 할지라도 잠깐 멈추기 위한 용기를 낸다.

조용히 기다리는 시간, 다시 찾는 시간, 인생 경로를 이탈하여 재검색하는 시간이 나에게는 모두 용기였다. 마음의 소리에 귀를 기울이고, 때로는 경로를 수정하는 용기.

단순한 쉼을 넘어 새로운 방향을 찾기 위해 잠시 멈춰보는 이 용기가 우리를 더 나은 길로 안내할 것이다.

광화문 광장을 거닐고 돌아오면
그날 저녁은 참 맛있다

'부러우면 지는 거다!' 나는 이렇게 말해 주고 싶다.
'부러워만 하니 지는 거다!'라고.

 늘 부럽다고 말하는 사람. 내 주변에도 항상 있었다. 어릴 적에는 '너는 아빠가 잘생겨서 좋겠다, 너희 엄마는 착해서 좋겠다, 넌 피아노 잘 쳐서 좋겠다.' 결혼 후에는 '너희 남편은 잘해줘서 좋겠다, 너흰 아이들이 조용해서 좋겠다, 분당에 살아서 좋겠다, 대학로에 살아서 좋겠다, 광화문에 살아서 좋겠다.' 등등. 심지어 아이들을 봐 주기 위해 자주 와 주는 고모마저도 부럽다고 한다.
 부러워할 만한 많은 것들을 누리고 있다면 감사한 일이다. 하지만 정작 나 자신은 내가 가진 환경들이 얼마나 좋은지 모른 채 이 사람 저 사람 모두가 늘 좋겠다, 부럽다고 하니 점점 불편하고 싫어졌다. 어느 순간에는 그 누구와도 대화를 나누고 싶지 않았다.

만날 때마다 나를 부러워하며 자기 신세를 하소연하는 지인들. 그들은 나를 제대로 알기나 할까? 내가 살아가는 일상은 어떠한지, 어떠한 마음으로 살아가는지 말이다. 눈에 보이기에는 평안해 보인다고 아무것도 모르면서 '좋겠다.'를 연발하는 그들이 참 미웠다.

"너는 잘 살잖아!" 내가 제일 싫어하는 말이다.

2021년 1월, 우리 가족은 광화문으로 거처를 옮겼다. 광화문으로 이사를 한다는 소식에 부모님은 물론 친척들, 친구와 주변 지인들의 '좋겠다!'의 릴레이는 끝이 없었다.

새로운 환경에 대한 걱정도 많았지만, 다른 한편으로 일상의 변화가 너무나 기대가 되었던 것도 사실이다. 남편도 매일 산책할 수 있겠다며 좋아했고, 산책로를 따라 걸으며 매일 데이트하자고 그랬다. 아이들이야 그곳이 어떤 곳일지 정확하게는 모르겠지만 주변에서 부러워들 하니 "엄마, 우리 좋은 곳으로 이사 가는 거야?"라며 미소 짓곤 했다.

가장 기대하고 있었던 건 나였다. 그동안 육아로 지친 마음에 변화를 주고 싶었다. 광화문 광장 이곳저곳을 돌아다니며 맛있는 음식도 자주 먹고, 산책도 하고, 가끔은 세종문화회관에서 공연도 보고 말이다.

그러나 그해 1월 말, 상상도 하지 못한 코로나19 팬데믹이 시작됐다. 아뿔싸!

이사를 오자마자 집 밖으로 나갈 수가 없었다. 재택근무와 온라인 수업이 확정되기 전까지는 잠시 잠깐의 위험일 거라 생각했고, 삶의 모든 방식이 바뀔 거라고는 상상도 하지 못했다. 모든 기대는 물거품이 되어 사라졌고, 매일 밥하고 집 안 정리하고 애들 돌보는 일들이 똑같이 반복됐다. 집안에서만 한정된 일상을 보내니 잠이 오지 않기도 했고, 어쩌다 겨우 잠들면 해가 뜨고도 한참이 지나서야 일어나는, 그야말로 모든 것이 무너져 버린 상황이었다. 아무리 아이들이 예뻐도 하루 종일 함께 몇 달을 지내다 보니, 이건 마치 극기 훈련이나 다름없었다.

광화문의 기대, 덕수궁 돌담길의 낭만, 서촌 길의 여유, 이 모든 것들이 이제는 책이나 영화에서나 느낄 수 있는 꿈같은 현실이 되어버렸다. 무언가에 몰두하지 않으면 견딜 수 없는 시간들이 계속됐다. 빵을 굉장히 좋아하니, 베이킹을 시작해 매일 여러 가지 빵을 구웠다. 비즈 액세서리도 매일 만들었다. 내가 좋아서 하고 싶은 마음으로 열심히 만들었지만, 뭔가 답답함이 해결되지 않아 '또 무엇으로 채울 수 있을까?'하는 마음으로 찾고 또 찾지만 결국 점점 속은 메말라가고 몸은 지쳐만 갔다.

그러던 어느 날, 더 이상 이래서는 안 되겠다는 마음이 계속 올라왔다. 견딜 수 없이 답답했다. '일단 나가보자! 어디든 나가 보자!' 하는 마음으로 마스크를 쓰고 밖으로 나왔다. 주변을 둘러보며 천천히 걷기 시작했다. 조금씩 걷다 보니 조금만 더 걸으면 그곳, 광화문 광장이다.

드디어 이곳으로 이사 오고 난 후, 혼자서 광화문 광장에 나왔다. 사실 큰 감흥은 없었다. 아직도 공사 중이었고, 왠지 모르게 낯설었다. 그래도 잠시 머무르면서 주변을 둘러보고 집으로 돌아왔는데 우울했던 기분이 좀 가벼워졌다. 혼자 외출해서 그런가?

며칠 뒤 또 나갔다. 여전히 마스크를 쓰고, 그날은 가벼운 가방을 가지고 나갔다. 광화문 교보문고에 가서 여러 책들을 살펴보고, 읽고 싶은 책을 한 권 샀다. 예쁜 펜도 하나 사고, 커피도 한 잔 사서 광화문 광장을 천천히 걸으면서 마스크를 살짝살짝 벗어가며 홀짝홀짝 마셨다.

그날따라 집으로 돌아오는 길, 경복궁 하늘이 어찌나 예쁘던지…. 마트에 들러 아이들이 좋아하는 젤리와 과자를 샀다. 아이들과 나눠 먹을 생각을 하니 웃음이 절로 나왔다. 그냥 좋다. 산책해서 좋고, 책을 사서 좋고, 맛있는 커피를 마셔서 좋고, 아이들 줄 간식도 사니 그야말로 신이 났다. 전혀 우울하지 않을뿐더러 뿌듯한 마음마저 생겼다.

일상 속에서 작은 여유를 찾는다는 것이 이렇게까지 소중한 깨달음일까 싶을 정도로 마스크를 쓰고 잠시 집 밖으로 나갔던 그 순간이 내 삶에 커다란 변화를 주었다. 사소한 일들이 얼마나 큰 힘이 되는지 미처 알지 못했다. 그동안 나를 부러워했던 이들의 마음을 외면하고 내 삶을 답답해했던 모습들이 주마등처럼 스쳐 지나갔다.

코로나 덕분에 바쁘고 분주한 생활은 아니었지만, 반대로 다람쥐 쳇바퀴 굴러가듯 한 갑갑함 속에서 무료함을 느꼈다. 이런 삶에도 마음을 가볍게 할 쉼이 필요하다는 걸 왜 알지 못했을까.

어느덧 광화문 광장 공사도 끝났다. 오래전부터 도심 속에서 진정한 쉼을 누리는 여유를 꿈꿔왔다. 미국 뉴욕의 센트럴 파크. 내가 가장 가 보고 싶은 곳 중 하나인 이유다. 뉴욕은 아니지만 지금 내게 그와 같은 곳이 있다. 그래서 이곳으로 이끌어 주셨는지도 모르겠다. 바로 '서울 종로구 광화문 광장'. 나만의 힐링 공간이다. 늘 같은 장소이지만 내가 그곳에 있는 그 순간은 날마다 다르다. 나의 모습이 오늘과 내일이 다르듯 광화문 광장 또한 오늘이 다르고 내일이 다르다.

'광화문 광장을 거닐고 돌아오면 그날 저녁은 참 맛있다.'는 걸 알았다. 오늘은 김치전을 4~5장씩 부쳐 먹을 생각이다. 우리 가족이 모두 좋아하는 엄마표 최애 메뉴이지만 오늘은 특별히 더 맛날 예정이다. 혼자서 광화문 광장 주변을 이리저리 둘러보며 눈과 귀를 즐겁게 했으니, 오늘이 딱 그날인 셈이다.

광화문 광장이 늘 그곳에 있어 주어 참 고맙다. 언제든 직접 찾아가기만 하면 그곳의 쉼을 누릴 수 있다. 모두가 부러워하는 이곳이 내가 알고 즐겨 찾는 나만의 아지트가 된 것이다. 당신의 일상 속에서 찾을 수 있는 작은 여유 공간은 어디일까? 누군가에게는 바쁜 일상이 또 누군가에게는 지친 육아가 이유일 수 있는 답답한 현장에서 잠시 소소한 쉴 틈을 얻을 수 있는 공간 말이다.

잠시 멈추어 숨을 고르고, 휴식의 순간을 선물할 수 있는 자신만의 광화문 광장을 찾아보기 바란다. 잠시 잃어버렸어도 괜찮다. 분명 나처럼 행복한 일상을 다시 만나게 될 테니까. 그날은 분명 특별하게 맛있는 저녁 식사를 가족과 함께할 것이라 감히 상상해 본다.

그러하기를 두 손 모아 기도해 본다.

❸
쇼팽 에튀드.
연습과 마음 연습

피아노의 시인. 피아노로 표현할 수 있는 아름다움의 최대치를 끌어올린 음악. 바로 낭만주의 피아니스트 겸 작곡가 프레데리크 쇼팽이다. 그의 음악을 극찬하는 수많은 표현들이 있지만 나에게는 두렵고 무서운, 공포의 사람이다. 그냥 그의 음악이 싫었다.

치가 떨리게 무서움이 되어 버린 곡. 〈F. Chopin – Etude Op. 25, No. 5〉
바로 대학 입시 실기시험 곡이다. 쇼팽의 피아노 에튀드는 말 그대로 피아노 연습곡이다. 피아노를 전공하기 위해서는 누구나 배우고 연습하는 작품들이고, 오르간을 전공한 나 또한 입학 실기시험에서 피아노 지정곡이 있기에 연습곡 중 정해진 한 곡을 10개월 동안 매일 연습해야 했었다. 누구나 하는 입시 시험이라지만 결코 잊히지 않는 상처가 되어 버린 곡. 쇼팽

에튀드

어릴 적부터 피아노 소리가 좋았다. 매일 집 근처 피아노 학원 앞에서 서성이다가 집으로 돌아왔던 기억이 난다. 그렇게 좋아하던 마음으로 드디어 피아노를 배우기 시작했다. 곧잘 했고, 더 잘하고 싶은 마음이 커지면서 전공을 하기로 결정했다. 좋아하는 그 마음 하나로 겁도 없이 전쟁과도 같은 치열한 현장에 뛰어든 것이다. 교수님께 전공이 가능한지 먼저 테스트를 받았고, 전공을 할 수 있겠다는 한마디에 가슴이 터질 듯이 기뻤다.

본격적으로 레슨이 시작되었고, 첫 레슨 날 충격적인 말을 들었다.

"니 머리 돌이가? 니 머리에 돌 들어 있제?"

그다음 어떤 말씀을 하시는지, 어느 부분을 어떻게 따라 하라는 것인지 알 수 없었고, 전혀 집중할 수 없었다. 나는 그냥 돌머리에 바보 같았고, 교수님이 갑자기 내 머리를 쥐어박을 때는 순간 정신이 번쩍 들어 진짜 눈앞에 돌이 보이는 것 같았다. 그날부터 실기시험이 끝나는 날까지 매일 똑같았다. 교수님께 쓴소리 들으며 눈물과 콧물 다 쏟고 돌아와 한 음이라도 틀리지 않기 위해 무한 반복으로 연습했다.

학교에서 입시곡으로 지정될 만큼 이 곡이 왜 중요한지, 작곡한 쇼팽은 어떠한 사람이었는지, 왜 이 곡을 만들게 되었는지, 어떠한 마음으로 어떠한 테크닉을 배워서 연주해야 하는지에 대해 이해할 틈도 없었다. 무조건 교수님께서 알려주시는 대로 똑같이 연주해야 한다는 생각뿐이었다. 곡에 대한 깊은 이해와 애정 없이 그 시간을 버티고 나오게 한 그 시험 곡이 어찌 좋을 수 있겠는가? 실기시험 이후, 생애 첫 입시곡은 다시는 듣고 싶지 않은 최악의 음악이 되어버렸다.

어느덧 20년이라는 시간이 훌쩍 지나 '입시'라는 말이 어색해져 버린 사십 대의 아줌마가 되었다. 그 치열함을 오랜만에 기억 속에서 꺼내어 느껴보지만, 아련한 추억이라고 표현하기에는 여전히 그 음악은 나에게 가슴 아픈 곡이다.

당시의 어려웠던 경험을 가끔 되돌아보게 된다. 물론 힘들었지만 나는 그토록 꿈꾸던 음대생이 되었고, 원하던 목표를 이루어 냈다. 과정 속의 견뎌냄이 굉장히 고됐던 터라, 그때는 미처 생각하지 못했지만, 지금은 오히려 '결과물보다 어쩌면 더 큰 열매를 얻지 않았을까'라는 확신을 가져본다.

내 인생 속에서 어려웠던 과제를 처음으로 극복해 낸 경험이기도 했으며 그 과정 속에서 내면의 단단함이 생겼음을 느끼기 때문이다. 그 단단함은 현재 내 일상 속에서도, 앞으로 나아갈 삶을 위해서도 적지 않은 힘을 발휘해 내고 있다.

우리 삶이 서로 크게 다를 것은 없고, 예전과 지금의 삶도 크게 다르지 않다. 현재 나에게 '입시'와 같은 정해진 시험은 없지만, '어떻게 살아가야 하는가?'에 대한 시험은 계속되고 있다. 겉으로 드러나는 모습은 각기 다르지만, 내면의 치열함은 더욱 강렬한 것이다.

이제는 나만 생각할 수도 없다. '나'라는 사람은 얼마나 다양한 자아로 살아가야 하는가? 배우자와의 관계로 인해 넓어진 혈연관계 속의 나, 자녀로 인해 얽힌 엄마로서의 다양한 관계 속의 나, 사회적 위치에 따른 다양한 관계 속의 나. 점점 더 다양해지고 복잡해진 위치에서 삶의 목적과 방향성을 가지고 자신의 의지대로 살아간다는 것은 고3 입시생의 치열함과는 비교할 수 없을 만큼 어려운 시험의 연속일 것이다. 그 시절이 부러울지도 모르겠다.

다양해진 위치에서 맺어진 여러 관계 속에서 마음을 지켜낸다는 것이 이렇게 어려운 것인지 몰랐다. 입시 시험을 위해 돌머리라 혼을 낼지언정 직접 보여주고 될 때까지 연습시켜 주시던 교수님과 같은 분은 이제 없다. 그 누구도 나에게 답을 알려주는 이가 없는 현실이 너무나 불안했다. 그러나 이 불안감이 결국 스스로 찾아 나서게 하는 강력한 원동력이 되어 주었고, 모든 시선은 마음을 지켜내는 방법에 집중했다.

TV 프로그램조차도 시청하는 프로그램이 달라졌다. 그중 〈유 퀴즈 온 더 블록〉을 즐겨 본다. 다양한 사람들이 살아온 이야기, 앞으로 어떻게 살아갈 것인지에 대한 꿈을 나누는 그들의 인생 이야기가 나에겐 큰 도전과 가르침이 되어 줄 때가 많다.

여느 날처럼 보고 있는데 배우 김우빈 씨가 나왔다. 비인두암이라는 암을 판정받고 치료 후 건강한 모습으로 나온 그에게서는 예전보다 더 깊은 여유가 느껴진다. 이유가 뭘까?

그는 자신이 연기를 계속할 수 있는 이유가 주변 사람들의 응원이 있기 때문이라며 아주 사소하고 당연하다고 여기는 것에 감사함을 잃지 않기 위해 매일 '감사 일기'를 쓴다고 한다. 무려 15년째 말이다. 바로 이거다! 방송에서 그가 나누는 모든 이야기를 통해 나는 감사 일기에 전도되었다. 자신의 삶을 돌아볼 뿐 아니라 삶의 태도가 매우 긍정적으로 바뀌는 효과가 있다고 고백하는 그의 눈빛에서 진심이 느껴졌고, 바로 행동으로 옮겼다.

매일 나의 하루를 돌아보고 감사한 마음을 기록한다는 것이 사실 쉽지는 않았다. 매일 기록을 해야 하는 꾸준함과 마음을 먼저 들여다보는 섬세함, 삶의 크고 작은 일들을 긍정적으로 보는 지혜가 필요했다. 이것이야말로 매일의 연습이 필요했던 것이다.

지난 음대생 시절이 생각났다. 상황이 어찌 되었든 목표를 향해 매일 연습하는 습관과 그 연습으로 실력이 좋아지는 성장의 힘 말이다. 매일의 연습이 좋은 결과를 줄 것이라는 확신이 매일 감사를 쓰는 사람이 될 수 있도록 이끌어 주었다. 그리고 이렇게 매일 쓰는 습관으로 정말 놀랍게 매일 감사한 일들이 넘쳐났고, 감사할 수밖에 없는 삶의 기쁨을 누리는 행복을 맛보게 되었다.

더욱 놀라운 건 악보를 보고 연습하던 예술가가 하얀 종이에 글을 쓰는 예술가를 꿈꾸게 되었다는 것이다. 글을 쓰면서 느끼는 감사의 힘은 강력했다. 그래서 누군가의 삶에도 긍정의 글로 힘이 되어 주고 싶은 마음으로 나는 지금, 매일매일 글을 쓰는 연습을 하고 있다.

연습. 목표를 향한 최선의 노력이다. 그 무엇도 노력 없이 얻어지는 것은 없다. 힘이 들 수도 있다. 그렇기에 목표를 향해 가장 먼저 연습해야 할 것은 바로 마음 연습이다. 마음을 단단하게, 여유롭게, 행복하게 하는 연습 말이다.

마음 연습이 잘 수행된다면 그 어떤 연습도 우리는 목표를 향해 기꺼이 해낼 수 있다고 나는 확신한다.

4
힘들면
쉬어 가면 되는 것을

후회. '이전의 잘못을 깨치고 뉘우침.'이라고 사전에 기재되어 있다. '이전', 혹은 '잘못'이라는 표현과 마주하고 싶지 않아서 절대 뒤돌아보지 않고 그저 앞만 보고 달려간다. 바로 내 눈앞의 그 어떤 것도 느껴보지 못한 채, 단지 후회하지 않으려는 그 마음 때문에 나는 늘 그래왔다.

완벽주의라고도, 아니라고도 할 수 없는 사람. 누군가는 완벽주의라 말하고, 또 누군가는 자기 일을 잘하는 사람이라고 말한다. 아무래도 후회하고 싶지 않은, 잘못했다는 평가와 마주하고 싶지 않은 마음이 강하기에 함께 일하는 이들에겐 완벽주의자로 비칠 수도 있을 것이다. 잘못된 결정을 내린 것이 바로 나임을 인정하고 싶지 않은 그 마음. 그래서 포기하고 싶어도 '정말 할 수 있을까?' 하는 질문이 마음속에서 나오려는 순간, '할 수 있다!'라고 먼저 외치고 그냥 앞만 보고 열심히 달렸다.

이 '열심'이 무엇을 위한 열심인지 고민할 여유조차 없이 나름 완벽한 계획대로 달려가고 있었지만, 그 계획은 그저 다른 사람의 소리를 듣지 않기 위한 방패였을지도 모른다는 걸 그때는 왜 몰랐을까? 하기야 모르기에 그렇게 무모하게 달릴 수 있었던 게 아닐까?

단거리 달리기는 자신 없어도 오래달리기는 자신 있었다. 빨리 달리지는 못해도 끝까지 포기하지 않고 달리는 건 할 수 있었다. 물론 딸 둘을 출산한 아줌마가 되기 전까지 만의 시절 이야기다. 내가 중, 고등학교에 다닐 적엔 체력장이 있었다. 이 체력장의 마지막 테스트는 항상 오래달리기였다. 많은 친구들이 힘들어했다.

중간에 앉아 버리는 친구도 있었고, 운동장 큰 레일 밖으로 뛰쳐나오는 친구들도 있었다. 반면 나는 그 친구들이 누군지도 모른 채, 침을 꼴깍꼴깍 삼켜가며 끝까지 뛰었다. 마지막 한 바퀴를 돌고 결국 바닥에 주저앉아 숨도 잘 쉬지 못하고, 몸을 감당할 수 없는 상태가 되었는데도 어쨌거나 끝까지 달리는 모습, 성공했다며 스스로 만족해하던 그 모습이 떠오른다. 그때도 다른 종목의 기억은 거의 없고, 해내고야 마는 오래달리기만 나의 기억 창고에 남아 있다.

엄마가 되고 주변에서 아무리 아기가 잘 때 같이 자야 한다고 해도 스스로 낮잠을 허락하지 않았던 나. 아마도 아이를 위함이기보단 스스로 나태해짐을 마주하기 싫어서였을 것이다. 아이와 낮잠을 잔다고 해서 아이에게 열심이지 않은 엄마라고 누가 말하겠는가? 그 한 시간에 무슨 큰일을 하겠다고. 그 시간에 낮잠을 잤더라면 내 몸은 훨씬 개운했을 텐데. 오후에 아이와 더 즐겁게 시간을 보낼 수 있었을 텐데…. 이렇게 지나고 나서야 후회하게 되는 시간임을 전혀 모르고 말이다.

이쯤 하면 지혜라는 표현을 하지 않을 수 없다. 나는 지혜가 없어도 너무 없었다. 그러나 이 무모함을 '열심'으로 착각하며 살고 있는 이가 나만의 이야기는 아닐 것이다. 전래 동화 〈토끼와 거북이〉 이야기를 떠올려 보자. 우리는 느리지만 끝까지 최선을 다한 거북이를 칭찬한다. 그의 성실함을 본받기 바라는 메시지를 아주 어릴 적부터 받아왔다.

조금 다른 방법으로 바라보거나, 해결하게 되면 다름이 아닌 틀린 것으로 판단해 버리는 경우를 많이 보게 된다. 나름의 지혜를 발휘하는 토끼는 지혜가 아닌 잔꾀로 판단하고 말이다. 정말이지 권선징악을 주입한 독후활동의 폐단 아닌가? 선함을 본받고자 하고, 잔꾀를 부정적으로 기록하면 선생님이 찍어주시는 '참 잘했어요!' 도장. 이 도장의 영향력은 생각보다 강력하다. 어른이 되고서도 사회의 구석구석에서 다르게 생각하기보다 같은 생각을 하길 원하고, 그렇지 못하면 틀렸다고 하는 모습이 이상하지 않은 곳이 많으니 말이다.

생각해 보자. 정말 토끼는 잘못한 것이고, 거북이는 잘한 것일까? 이제는 적어도 토끼는 잔꾀, 거북이는 성실. 이렇게 단정 지을 수 없다는 것 정도는 아는 어른이다. 토끼의 낮잠이 게으름의 상징이 아니라고, 자신의 속도에 최선을 다하고 누리는 여유로 볼 수도 있다고, 에너지 효율을 위해 잠시 휴식을 취함이 오히려 지혜라고도 볼 수도 있는 어른 말이다.

마흔이라는 나이. 사십 대를 시작하면서 이제는 쉼 없이 달려가는 무모

함보다 옆을 돌아보고, 뒤도 한 번씩 보면서 걷기도 하고 뛰기도 하며 중간중간 나를 체크하고 수정도 하는 지혜를 가져야 할 시간임을 알게 되었다.

그러나 나의 꿈을 찾고 도전하는 데에는 늘 불안함이 있었다. 말 그대로 경단녀, 육아맘이라는 타이틀 때문이다. 이 타이틀은 웬만해선 그 어느 것도 다시 도전하기가 쉽지 않다. 특히나 매일 연습하고, 가르치던 내가 몇 년 동안 오롯이 아이만 키웠으니 모든 감각은 무뎌졌다. 말 그대로 나는 세상과 모든 것이 단절된 상황이다.

그렇지만 또 다르게 생각해 보면 당장 무엇을 하지 않는다고 삶이 끝나는 상황은 아니다. 아내로, 엄마로 열심히 살아가고 있고, 나를 찾기 위한 여러 도전을 실행하고 있다. 멋진 제2의 인생을 시작하고 싶다는 포부대로 멋진 모습이 당장 나타나지는 않겠지만, 그래도 꿈을 꾸고 꿈틀꿈틀 움직이고 있다.

남편을 사랑하고, 남편도 나를 사랑한다. 아이들을 사랑하고, 아이들 또한 나를 사랑한다. 잠시 사랑하는 가족과 함께 행복한 일상을 살아가는 시간이 앞으로 길게 남은 내 인생에서 가장 마음 편안 쉼으로 기억된다면 이보다 귀한 사랑의 쉼이 어디 있을까? 이 쉼의 시간이 나에겐 토끼의 낮잠 시간이지 않을까?

나를 위한 시간을 찾고자 최선을 다하다가 혹여나 아무것도 할 수 없는 시간과 마주하더라도 불안해하지 말고 푹 쉬어 보자. 나에게 가족과의 시간이 쉼이 되어 준 것처럼, 누군가에겐 여행이 쉼이 되어 줄 수 있고, 또 누군가에겐 운동이 쉼이 되어 줄 수 있을 것이다. 멈춘 듯하지만, 이 멈춤이 더 잘 달릴 수 있는 시간이 되어 줄 거라는 믿음의 지혜가 있다면 토끼의 낮잠은 충분한 충전의 시간이라는 것을 알고 그 충전의 시간을 누릴 수 있을 것이다. 그리고 그 에너지로 분명 다시 결승점을 향해 달려 갈 것이다.

최선을 다하는 삶과 충분한 쉼이 토끼와 거북이 두 캐릭터의 장점을 모두 가진 진정한 지혜로운 삶의 태도라고 생각한다. 토끼가 정답이 아니고, 거북이도 정답이 아니다. '토끼 이겨라! 거북이 이겨라!' 목청껏 한쪽만 응원하지 말고, 또 한쪽만 비난하지 말고, 우리 둘 다 가져보자.

욕심쟁이가 되어도 괜찮다. 나를 먼저 생각하는 마음, 나를 먼저 사랑할 줄 아는 마음이 남들에게 조금 욕심으로 보이면 어떤가? 제2의 인생을 잘 살아가기 위한 가장 지혜로운 선택이자, 나를 사랑하기에 나에게 주는 삶의 태도인 것을.

그러니 때론 충분히 쉬어가도 괜찮다.

❺
마흔 인생에
쇼펜하우어를 읽다니

ㅇㅇ트랜드, ㅇㅇㅇ트랜드.

언젠가부터 트랜드라는 표현만 나오면 사람들이 집중한다. 그런데 나는 요즘이 아닌 예전, 아주 어린 시절부터 이십 대 그 젊은 시절에 오히려 유행이라는 말에 민감하게 반응하고 집중했었던 것 같다. 매월 나오는 다양한 잡지를 모두 사서 보고 또 보고, 스크랩까지 했다. 의류, 메이크업, 헤어, 신발, 인테리어에 늘 관심이 있었고, 드라마, 가요까지….

세상에 보이는 모든 것에 관심이 있었다고 해도 될 만큼의 관심이었다. 음악이 아니었다면 패션업계에서 일하면 잘할 것이라는 말을 듣기까지 할 정도였으니 말이다. 누군가의 변화에 민감했고, 유명인은 물론이고 주변 지인의 외형적인 변화와 표정에서 느껴지는 마음의 변화까지 보며 '왜 그럴까?' 하는 생각도 늘 했었다.

변화가 궁금은 하지만 그렇다고 모두 따라 하는 건 아니었다. 그저 신기했고 재미있었다. '갑자기 지금 왜 바지통이 이렇게나 좁아진 거지?', '지금 왜 모두 발라드만 부르는 거지?' '왜?'라는 궁금증으로 나의 시선은 잡지로 향하고, 용돈은 매달 잡지 구입에 거의 탕진했다.

궁금하면 꽂히는 성격이라는 걸 둘째 딸을 키우면서 알게 됐으니, 그때는 성향도 알지 못하고 내가 '왜?'라는 질문을 늘 가지고 있던 사람이라는 것도 인지하지도 못한 채, 그렇게 잡지만 계속 넘겨 봤다. 그런데 그냥 보기만 했던 건 아니었다. 예를 들어 봄 시즌이 시작되면서 새롭게 출시되는 립 컬러를 소개한다면, 내 입술에 그 립스틱을 바른 모습을 상상하며 어울리는지 판단해 보고, 아니다 싶으면 어떤 컬러가 더 어울릴지 스스로 찾아봤다.

그런 재미로 매달 잡지를 봤고, 변화에 집중해서 계속 보다 보니 패션뿐 아니라 언어의 변화도, 생각의 변화도 느끼고 있었는데. 어린 나이라 변화는 물론, 내가 무엇을 보고 어떠한 생각을 하는지 모르고 있었다. 지금 생각하면 조금 안타까운 마음도 있지만, 어쨌거나 나는 모든 것에 관심이 많았고, 그 모든 것을 본인에게 적용하는, 말 그대로 나를 중심으로 생각하던 아이였다. 단지 지난 십 년간 무슨 단기 기억상실증에 걸린 듯 까맣게 잊고 있었지만 말이다.

한때 '마흔'이라는 나이가 마치 유행처럼 여기저기에서 쏟아져 나왔다. 특히 〈MKYU〉 김미경 학장님의 강연은 우리 모든 엄마들에게 희망의 메시지였다. 새벽을 깨우고, 다이어리를 쓰고, 남편에게 의존하지 않고 내가 잘할 수 있는 일을 찾는 이 긍정의 힘. 마흔, 결코 많은 나이가 아니라 무엇이든 시작할 수 있는 나이라며 마치 마흔 살이라는 나이가 트랜드로 여겨질 만큼 집중되는 숫자였다.

그렇다. 마흔 살, 결코 많은 나이가 아니다. 시대가 변하였다. 바뀐 이 시대에 다시 정의되는 마흔이라는 나이는 무엇이든 시작할 수 있는 나이이다. 불안에 떨고 있는 여성, 특히 엄마에게 마흔 살의 메시지는 삶의 마인드를 바꿔주는 강력한 역할을 해 주었다.

나에게 마흔이라는 나이가 올 것이라고 상상하지 못한 채, 곧 내 눈앞에서 마주할 나이가 되었고, 말로만 듣던 마흔 살이 나에게도 올 것이라는 막연한 두려움은 생각보다 컸다. 이 일을 어쩌나…? 우연인지, 내가 때를 잘 만난 건지 모르겠지만, 이미 마흔이라는 나이에 고민한 이들이 너무나 많았고, 그들이 이야기하는 글도, 강연도 쏟아져 나오고 있었다.

'시대가 변하였다.'

'100세 시대에 마흔 살은 무엇이든 시작할 수 있는 나이다.'

이 희망적인 메시지에 어떻게 가만히 있을 수 있을까?

마흔이 되면서 '왜?'라는 고민을 다시 본격적으로 하기 시작했고, 마흔 살이라는 나이가 계속 언급되니, 마치 유행에 민감한 그 시절의 내가 늘 찾아보던 잡지에 빠져들 듯 '마흔'이라는 키워드로 하루 종일 검색하고, 직접 서점에 찾아가 책을 사서 읽고 기록하면서 방법을 찾는 것에 집중했다.

아마도 마흔 살이라는 숫자에 민감한 가장 강력한 이유는 지금까지 살아온 삶보다 더 나은 삶을 향한 간절함이었을 것이다. 삼십 대의 십 년이라는 시간은 이전의 나를 만나지 못하게 하는 시간이었다. 이전과 전혀 다른 이 삶은 더 나은 삶이라는 희망이 아닌, 여기가 끝인가? 하는 두려움의 연속이었기에 마흔 살의 희망이 더욱 간절했다. 달라지고 싶은 마음, 다시 시작하고 싶은 마음으로 '어떻게 살아야 할 것인가?'에 집중해서 이것저것 계속 더 찾아봤다. 그러다 만난 이상한 명언.

"행복은 오직 비교를 통해서만 인식될 수 있다."

남과 비교하지 말라고 하지 않았나? 이건 무슨 말이지? 아니 이런 명언이 있다고? 도대체 누가 한 말인지 궁금해서 찾아봤더니, 쇼펜하우어? 요즘 종종 들리던 그 철학자 쇼펜하우어?

철학. 나는 모르는 영역이었다. 스스로 이해하고 설득할 수 있는 사상이 없으니 모르는 것이 맞다. 그냥 넘겨버릴 수도 있었지만, 그 순간 너무 궁금했는지 찾아봤다. 아마도 요즘 많이 들리는 철학자였기에, 유행이라면 일단 찾아보는 습성으로 찾아낸 책. 바로《마흔에 읽는 쇼펜하우어》이다. 마흔? 쇼펜하우어? 잘은 몰라도 왠지 내가 읽어야만 할 것 같았다. 그렇게 철학 도서를 처음 샀고, 읽기 시작했다.

프롤로그부터 나를 집중시킨다. 마흔이라는 숫자, 쇼펜하우어가 인정받기 시작한 나이가 40대 중반이라는 내용은 그 당시 이 책을 읽어야 할 이유로 충분했다.

너무 재미있었다. 패션잡지 책 마니아였던 내가 잡지가 아닌 인문 도서를 읽는다. 그것도 철학 도서를 직접 구매해서 말이다. 누군가의 추천으로 읽었다면 끝까지 읽지 못했을 것이다. 내가 즐겨 읽던 책이 아니었으니, 한 장 한 장 넘기는 것도 버거웠을 것이다. 그러나 내가 선택해서 내가 직접 읽은 책. 내가 한 행동. 이것이 핵심이었다.

책을 읽고 삶이 완전히 달라졌을까? 그런 기적은 없었다. 그러나 잘 살아가기 위해 스스로 행동한 그 시작이 행복한 삶으로 인도하는 길을 넓게 되는 변화의 시작점이 되어 준 것이다. 그렇게 책을 읽고 내 삶을 주도적으로 살아가기 시작했고, 그 삶에서 오직 나의 행복을 스스로 찾게 되었다. 남과 비교하느라, 그 비교 대상에만 집중하느라 놓친 수많은 긍정의 시선을 드넓은 하늘과 그 하늘 아래 서 있는 나에게 집중했다.

행복은 각자의 것이라고 했다. 행복은 바로 나의 것이다.

신의 한 수. 나에게 신의 한 수는 마흔 이라는 숫자를 두려워하던 순간, 선택한《마흔에 읽는 쇼펜하우어》, 이 책이다. 개인적으로 독일이라는 나라에 특별한 마음이 있다. 독일의 바로크 시대 음악가인 '바흐'를 동경했기에 그의 나라에 꼭 가고 싶었지만 포기했던 가슴 아픈 시간이 있었다. 이 아픔의 나라가 지금은 많은 철학자들의 고뇌가 담긴 발자취를 따라가 보고 싶은 나라로, 다시 독일행을 꿈꾸게 하는 행복한 꿈의 나라가 되어 주고 있다.

쇼펜하우어가 말했다. "삶의 지혜는 즐겁고 행복하게 사는 기술이다." 라고. 행복해 보이는 많은 이들의 행복만 바라보지 말고, 내가 어떻게 잘 살아갈 것인가에 집중하여 내게 가장 아픈 부분을 조금씩 낫게 해 주고, 내가 버릴 수 있는 것을 조금씩 버려가면서 나의 부정적인 것들이 없어짐으로 긍정적인 것을 채워가는 삶의 지혜를 가져보자.

나의 두려움이 나의 노래가 되는 행복한 삶을 살아가게 될 것이다.

❻
평생 아메리카노만
마실 줄 알았다

나는 매일 카페에 간다. 대부분 가는 곳은 동네 스타벅스. 늘 주문하는 메뉴는 아이스 커피. 추운 겨울에만 따뜻한 오늘의 커피를 주문한다. 물과 얼음 이외는 전혀 첨가하지 않은 고소한 맛, 때론 다크한 그 맛을 좋아한다. 밥은 먹지 않아도 커피는 꼭 마신다는 사람. 바로 나다. 어쩌다가 이 커피와 매일 함께하는지 그 시작도, 이유도 정확하게는 알 수 없지만, 언젠가부터 매일 나와 함께하는 친구와도 같은 존재인 커피. 지금도 마시고 있다.

커피를 처음 마시기 시작했을 때부터 아메리카노, 지금 내가 좋아하는 아이스 커피를 마신 것은 아니었다. 성인이 되면서 마치 술 한잔 시작하는 것처럼 커피의 맛도 잘 모르면서 커피를 선택했고, 나름 다양한 종류의 커피 덕에 카페 모카나 카라멜 마끼아또와 같은 달콤한 커피를 마시며 카페 문화를 즐기기 시작했다. 그러다 연한 아메리카노를 맛보았고, 그 덕에 점점 달콤한 맛과 이별을 하고, 내 입맛에 딱 맞는 커피를 찾아 카페를 다녀 보면서 자연스럽게 산미가 거의 없는 고소한 맛의 아메리카노를, 지금 매일 마시는 아이스커피를 좋아한다는 것을 알게 되었고, 카페를 자주 다니다 보니 내가 가장 편하게 커피를 마시면서 이야기를 나누거나, 특히 집중해서 일을 하기에 편안한 곳이 '스타벅스'라는 걸 알게 되었다.

적당한 조명, 테이블 간의 간격, 잔잔하게 들려오는 음악이 나의 호흡과 함께 흐를 수 있는 곳, 그리고 부담 없이 계속 마실 수 있는 커피. 어떠한 일을 하든지 커피는 계속 마셔야 했기에, 하루에 4~5잔을 마셔도 내속에 불편함을 느낄 수 없는 커피를 선택함이 중요했다. 그러니 이 커피는 맛보다 마음을 편하게 해 주는 안정제와 같은 역할이 되어 주길 바라는 마음으로 마시고 있는 것 같다.

답을 알고 있는 맛. 예외가 없는 맛. 물론 물의 양에 따라 달라질 수는 있지만, 원두로 추출된 그 맛은 언제나 같다. 생각해 보면 이 커피 취향이 나의 성향과 많이 닮았다. 아마도 매일 나를 가장 편하게 해 주는 친구를 찾는 마음으로 내 입에도 딱 맞는 커피를 찾아낸 것이 아닐까? 삶의 모든 영역에서 나름 루틴이라 표현하는 정해진 방법으로 예외의 모습 없이 언제나 그 느낌 그대로의 모습을 유지하기 위한 삶의 방식.

내가 나를 확인할 수 있고, 누구에게나 같은 모습을 유지하고자 하는 나. 같은 장소에서 같은 맛의 커피를 마셔야만 하는 이유도 이 성향 때문일 것이다. 가끔 지칠 때, 마음이 아플 때, 집중이 되지 않을 때. 오히려 일상의 루틴을 하면서 마음의 여유를 얻기도 하는 나이기에 막막하다가도 동네 스타벅스에서 아이스 커피 한잔 마시고, 책을 읽고, 글을 쓰다 보면 호흡이 안정되어 있고, 좁혀져 있던 미간도 자기 자리를 찾아가곤 한다.

이 편안한 루틴이 나를 지켜준다. 그런데 이 루틴이 처절한 외로움을 주기도 한다는 걸 경험하고 마치 이중적인 자아와 마주한 것처럼 무서웠다. 그것도 바로 나의 일상에서 매일 반복되는 루틴에서 경험했기에 더없이 힘들었다. 예상과 전혀 다른 일상의 반격은 다름 아닌, 육아였다. 아이들의 매일 똑같은 생활 루틴이다. 사실 아이의 돌발 상황으로 힘들다고 호소하는 부모가 많지만, 나에겐 오히려 반대였다. 나의 루틴을 완전히 깨어버린 아이들과의 매일 루틴. 말 그대로 쳇바퀴 속에 갇혀 버린 생활이었다.

내가 원해서, 나를 위해서 철저하게 계획한 루틴이 아닌, 절대 계획하지 않았고, 절대 하고 싶지 않은 또 다른 매일의 루틴. 루틴이라는 것이 나를 바닥으로 떨어뜨리는 무기가 될 수 있다는 걸 처참하게 느낀 육아는 진정 나를 미치게 했다. 정말이지 눈에 넣어도 아프지 않을 만큼 사랑스러운 아이들인데, 이 아이들과 매일 반복되는 삶을 내가 이렇게까지 힘들어할 줄은 꿈에도 상상하지 못한 새로운 삶이었다.

나의 루틴과 아이들의 루틴이 똑같이 유지되기란 절대로 불가능하다. 그렇다면 내가 바뀌던지, 아이들이 바뀌던지, 누군가는 바뀌어야 하는데…. 지금 이 외로움을 이겨내려면? 어른이라는 내가, 아이들의 엄마인 내가 바뀌는 게 맞겠지? 사실 루틴을 바꾼다는 표현은 고급스러운 표현이고, 엄마의 고집을 꺾어야 하는 것이었다. 내 생각, 내 시선, 내 계획이 아니라 아이들의 생각과 시선, 행동을 바라봐 주는 것으로 바뀌어야 했다.

표현이 아직 서툰 아이들이기에 눈빛과 표정, 행동에 더 집중했다. 지금은 자야 하는 시간이지만 잠을 이루지 못할 수도 있다는걸, 정해진 시간에 식사해야 하지만 배가 고프지 않을 수도 있다는걸, 내가 이해할 수 있어야 했다. 너무나 기본적인 것이라 당연하게만 생각한 모든 것을 내가 아닌 아이들의 입장에서 먼저 생각해야 했다.

어른이니까. 어른이 애들을 이해해야지. 그러나 엄마들은 공감할 것이다. 알고 있지만 정말 쉽지 않다는걸. 나도 쉽지 않았다. 쉽지는 않았지만 정말 열심히 연습하며 노력했다. 그리고 함께 행복하게 살고 싶다는 그 마음 하나로 간절하게 찾았다. 아이들과 전쟁하지 않고 내가 무너지지 않는 방법을.

그렇게 해서 내가 찾아낸 것이 바로 〈틈새 시간 찾기〉이다. 아이들과 내가 부딪히지 않는 시간을 찾아내는 것. 같은 공간에 있지 않는 시간을 우선 찾아서 그 시간만큼은 내가 나만의 루틴을 적용해서 온전히 나에게 집중하는 것이다. 물론 내가 원하는 시간이 아닐 때도 많다. 솔직히 순간순간 계획이 무너질 때가 더 많다. 그래도 그 틈을 내 것으로 만들고 나니 또 다른 나의 시간이 보이고, 또 다른 방법이 보이더라.

매일 같은 장소에서 같은 커피를 마시고, 책을 읽고, 글을 쓰는 사람. 틈새 시간을 찾아 나의 시간으로 만들고, 또 다른 틈새 시간을 찾아 이 또한 나의 시간으로 만든 그 작은 시간의 합이 오전 시간 카페에서 책 읽는 엄마를 만들어 주었다. 전쟁을 끝내지 못한 채, 나를 끝까지 고집했다면 오전 시간의 귀함을 알 수 있었을까? 끝까지 아이스커피만 고집했다면 커피 믹스 2봉의 에너지를 알 수 있었을까?

내 인생에서 단 몇 년이라는 시간만큼은 잠시 시선을 돌렸다. 나의 성향, 나의 취향, 나의 루틴. 이런 것 잠시 접고 내가 아닌 나의 자녀에게만 집중했다. 그랬더니 보이지 않는 것들이 보이기도 하고, 보여야 하는 것들이 보이지 않기도 했다. 그러면서 그 사이의 틈이 내 눈에 들어오기 시작했다. 아주 작은 틈이지만 그 틈을 통해 빛이 비치기 시작했다. 작지만 강력한 그 빛을 지금도 나는 기억한다. 그리고 그 빛이 점점 커지고 있었음에도 함께 기억한다.

다시 루틴을 만들어 살아가고 있다. 하지만 나만의 루틴을 버려보고 다시 만난 이 루틴은 이전의 루틴과는 완전히 다르다. 아이스커피만 고집하다가 마셔본 커피 믹스 두 봉의 맛, 감자튀김을 케첩에만 찍어 먹다가 밀크쉐이크에 찍어서 먹고 감탄한 느낌? 아니다. 육아맘인 나에겐 그 이상의 달콤함이었다.

그래서 나는 이제 매일 같은 카페에서 아이스커피만 마시지는 않는다. 가끔은 다른 카페에서 아인슈페너도 마시고, 또 다른 카페에서 콘파냐도 마신다. 맛있는 커피도 마시고 책도 읽는, 아이들 조금 키워 둔 여유 있는 아줌마가 되었다. 그리고 몰래 믹스 커피도 즐기는 귀여운 아줌마의 모습까지도 숨겨 두고 있다.

7
이제 그 무엇도
하찮은 것이 없다

'오늘 하루가 내게 가장 귀한 선물입니다.'

시인 나태주 님의 시 〈오늘〉이다. 내가 가장 좋아하는 시 구절이다. 너무 좋아서 여기저기 써 두기도 하고, 이 문장으로 책갈피도 주문해서 좋아하는 책에 꽂아 두었다. 개인적으로 시를 즐겨 읽지 않았다. 이런 내게 아버지의 첫 시집 선물이 나태주 님의 시를 매일 읽게 했고, 결국 시에서 만난 단어 하나가 온종일 남게 하는 깊은 감동을 선물 받게 했다.

하루를 선물로 받을 수 있는 건 감사할 수 있는 마음을 선물 받은 것이다. 이 진리를 받아들이는 데에 필요한 건 충분한 시간이었다. 내게 주어진 모든 것이 귀함을, 내게 주어진 모든 것이 거저 주어진 것이 아님을 스스로 깨닫게 되기까지의 시간은 결코 쉽게 얻을 수 있는 것이 아니다.

가끔 주변 어르신들의 이야기를 가만히 들어 보면 누구 할 것 없이 영화의 주인공이 따로 없다. 어찌나 스토리가 강력한지. 어쩌다 그런 일을 만났을까? 어쩌다가 그런 사람을 만났을까? 그러나 충격은 듣는 이만 받을 뿐, 그분들은 '다 지나가더라….' 그리고 '그 시간이 있었기에 지금의 내가 살아갈 수 있다.'라며 오히려 미소를 지으신다. 나는 그 미소가 그분들이 견뎌 낸 시간이 준 선물인 것 같다.

나는 개신교 신자이다. 성경에는 많은 위대한 인물들이 나온다. 아브라함, 이삭, 야곱, 요셉, 한나, 에스더, 예수의 열두 제자, 바울, 마리아 등. 여러 인물이 등장하는데, 이 위대한 인물의 삶을 본받고자 하는 마음과, 그들처럼 굳건한 믿음으로 살아가길 바라는 마음으로 많은 성도들은 자녀의 이름을 성경 속 인물 이름 그대로 주곤 한다.

그러나 나는 성경 속 인물 이름을 주지 않은 나의 부모님께 너무 감사한다. 그리고 나 또한 나의 자녀들에게 성경 인물 이름을 주지 않았다. 너무나 위대하지만, 그 위대함 이전에 얼마나 큰 시련이 있었던가…. 그 시간이 결코 짧지 않았다.

한 예로 아브라함은 아들 이삭을 백 세라는 나이에 선물로 받았다.

후에 받을 영광에 비하면 아무것도 아니라지만, 그 이름 뒤에 보이는 과거를 생각하지 않을 수가 없었다. 존경하지 않는 것은 아니다. 늘 그들을 본받고자 기도하고 열심을 품고 살아간다. 그러나 지금 내가 살아가는 삶의 모든 곳에서 생각해 보고 싶다.

하루하루가 버거운 이에게 너의 하루는 소중하다. 선물이다. 최선을 다해야 한다. 와 같은 메시지와 함께 나는 감당하기조차 힘든 위인의 삶을 이야기하면서, 견뎌내면 영광스러운 삶을 살게 될 것이라는 조언이 진정 감사하고 힘이 되는 조언이 될 수 있을까?

나에게 버거운 상황으로 인해 미처 바라보지 못한 것들이 너무나 많았다. 감당해야 한다고 여겼던 일들로 인해 살펴보지 못한 것 또한 너무나 많았다. 힘들어서, 외로워서 정말 선물과도 같은 일상의 소소한 행복을 누리지 못한다면 이 얼마나 안타까운 일인가?

어릴 적 나는 예뻐지고 싶었다. 더 솔직하게 말하면 예쁘다는 말을 듣고 싶었다. "너 참 예쁘다."라는 말을 들어 본 기억이 거의 없다. 언제나 가장 듣고 싶었던 엄마에게…. 그래서인지 유독 예쁘다는 말에 집착했고, 예쁜 친구를 좋아했고, 예쁜 물건을 가지고 싶어 했고, 나도 예뻐지고 싶다는 생각에 사로잡혀 있었다.

성인이 되고서는 잘하고 싶었다. 잘한다는 칭찬이 듣고 싶었던 게 아닐까? 생각한다. "너 진짜 잘한다."라는 이 말. 왜 그렇게도 뭐든지 잘해야만 했던지, 잘했다는 말을 들어야만 했던지. 이렇게 시절마다 꽂혀 있던 평가가 있다 보니 그 평가 외에는 생각할 여유가 없었을 것이다.

내가 가지고 있는 나만의 예쁨을 알 턱이 없었고, 내가 남들과 다르게 잘하는 것이 무엇인지 고민조차 해 보지 않았다.

누구보다 까르르 까르르 웃음 많고, 누구보다 열정이 넘쳤던 지난 시절들이지만, 그 시절을 돌이켜 보는 지금은 보인다. 그 사이사이 크고 작은 구멍들. 그 구멍들을 채우는 것에만 급급해서 내가 가진 정말 작고 소중한 것들을 하나도 보지 못하고, 그 소중함이 나에게 큰 힘이 되어 줄 수 있다는 사실 또한 깨닫지 못한 안타까움이 이제는 보인다.

내가 나를 가장 모르고 살아온 것 같았다. 이제라도 진정한 웃음을 찾고 싶었고, 스스로 자신 있게 말할 수 있는 일을 찾고 싶었다. 하지만 마치 하얀 백지장에 거울로도 본 적이 없는 나를 그려야 하는 두려움이 자꾸만 나를 회피하게 했다. 이 두려움을 극복하기 위해 먼저 다른 곳으로 시선을 돌렸다. 시작을 잠시 멈추고 주변을 둘러보았다. 주변에 무엇이 있는지 계속 관찰하고, 누가 있는지 살펴보았다.

그렇게 시선을 돌리다 보니 어느덧 내 가족도 내 시선에 들어온다. 가족의 시선을 따라 내 시선도 따라가 보고, 나를 닮았다는 딸아이를 유심히 보았다. 함께 걷는 길에서 하늘도 보이고, 땅도 보이고, 나무도, 꽃도, 아이의 종알거리는 입술도, 그리고 내 옆자리에 있는 남편의 따스한 손길도 보인다. 참 예뻤다. 이들과 함께하는 나의 일상이…. 이 일상을 살아가고 있는 내 자신의 담담함도 그지없이 예뻤다.

나는 책도 잘 읽을 수 있는 사람이고, 글도 쓸 수 있는 사람이다. 말도 잘 들어줄 수 있는 사람이고, 말도 잘할 수 있는 사람이다. 하늘을 보고 감탄할 수 있는 사람이고, 꽃을 보고 미소 지을 수 있는 사람이다. 한편 늘 예쁨을 쫓던 시절이 있었기에, 무엇이 예쁜지 판단할 수 있는 감각이 길러져 있었고, 거기에 늘 잘하고자 했던 욕심이 있었기에, 잘해 본 성취감을 알고 있는 사람이 되어 있었다.

이제는 나를 보며 내가 무엇을 할 때, 진정 나다움의 예쁨을 느낄 수 있는지 스스로 볼 수 있는 어른이 되어 가고 있고, 내가 꿈꾸는 삶을 위해 도전하고 노력한다면 맛볼 수 있는 성취감도 기대할 수 있기에, 믿고 달려갈 준비가 되어 있다.

진정 감사한 것은 지금 이 순간, 나의 모든 것들이 내게 주신 선물임을 알고, 스쳐 지나가는 바람 소리조차도 놓치지 않고 담게 된다는 것이다. 앞에 나태주 님을 언급했었다. 그분의 시를 통해 나의 모든 일상이 선물이고 사랑의 흔적 들임을 깨달았던 감사한 경험이 있다.

그분의 많은 작품 중 〈시〉라는 시에서 '주우면 시가 된다.'라는 한 구절이 길에 떨어져 있는 그 무엇도 '내가 아름다움으로 받으면 아름다움이 된다.'는 메시지로 다가와 나의 일상을 바라보는 시선에 큰 변화를 주었다. 그래서 나는 시를 쓴 적은 없지만 나의 모든 일상에서 거저 주운 아름다움을 쓰고 싶은 용기를 가지게 되었다.

그냥은 없다. 모든 것이 선물이다. 내 앞에 떨어진 작은 꽃잎 하나도 놓치지 않고 바라보는 마음. 이 마음이라면 이 세상에 하찮은 것이 있을까? 오늘 하루도 내가 받은 선물이다. 감사하자!

❽
가끔은 에스프레소를 마시는
할머니를 꿈꾼다

역할 놀이, 상상 놀이라고 할까? 어릴 적 혼자 노는 시간이 많았던 나는 유독 거울 앞에 앉아 여러 상황을 상상하며 시간 가는 줄 모르고 놀았던 기억이 있다.

생각해 보면 내가 꿈꾸던 모습을 그 누구에게도 보이지 않고 오직 거울 속 나와 나만의 공간에서 나누고 또 나누는 시간이었다.

오늘의 상황을 이야기하기도 하고, 내일의 일을 상상하기도 했다. 한 달 뒤를 상상하고, 다음 학년을 상상하고, 대학생의 모습을, 유학생 시절을 맘껏 상상하고, 멋진 커리우먼의 모습까지, 나만의 상상의 공간에서는 그 누구보다 멋지고 나에게 모든 것을 미리 보여주었다. 그리고 결혼과 출산, 육아까지…. 너무나 행복한 나의 30대의 모습을 이야기하고, 많은 이들을 초대해서 나의 이야기를 재미있게 전해 주기도 했다.

여기까지였다. 미래를 꿈꾸고 마치 그곳에 있는 것처럼 상상하던 모습은 30대까지였던 것이다. 지금보다 겨우 몇 년 전이 내가 꿈꾸던 마지막 나이였고, 그 후로는 상상도, 계획도 전혀 없었다. 예쁜 엄마, 사랑 많은 엄마, 그래서 너무나 행복한 엄마의 모습이 나의 마지막 상상이었다.

마음껏 상상하고 꿈을 꾸던 아이는 어디로 갔을까? 그저 세상을 아름답게 바라보던 어린 시절의 꿈. 이 꿈은 마음속에 잠시 저장해 두고 이제 아이는 거울 속 내가 아닌, 내 앞에 마주하는 다른 누군가에게 말할 수 있는 꿈을 고민하기 시작한다.

피아니스트? 아나운서? 패션 디자이너? 꿈도 정해야 하고, 그 이유도 만들어야 한다. 누군가를 위해 나의 꿈과 그 이유도 설득력 있게 만들어야 하는 이상한 상황을 불편해하면서도 열심히 찾고 고민하던 그 아이.

그 어린 나이에도 알고 있었을 것이다. 사람이 꿈이 없다는 건 살아갈 이유가 없다는 것처럼 삶을 무의미하게 한다는 것을. 그러나 마음의 소리를 들을 수 있는 방법을 알지 못했던 그 아이는 다른 사람들이 걸어온 길을 보며 멋있어 보이는 사람의 직업이나 그나마 잘할 수 있을 것 같은 몇 가지를 두고 고민했을 것이다. '이건 말해도 되는 꿈일까?' 하고 말이다.

그 어린 나이에도 알 수 없는 행복감과 알 수 없는 불편함을 늘 함께 가지고 있었다. 정확하게 알지는 못했지만 적어도 남들에게 보여주려고 하는 꿈은 결코 나를 행복하게 할 수 없다는 건 알고 있었을 것이다.

아주 가끔은 몰래 나만의 공간인 그 거울이 그리웠다. 미래를 상상하던 거울 앞 아이에게 보여주는 행복한 모습들. 어쩌면 그렇게 살고 싶은 마음이 그저 상상이 아닌 진짜 꿈꾸던 미래의 모습이었을 테니 말이다.

내 인생에서 이전과 전혀 다른 삶을 살아가는 길을 보여준 건 책과의 만남, 독서 시간이다. 누군가 "또 책이야?"라고 하더라도 어쩔 수 없다. 몇 번, 아니 몇만 번을 이야기할 수밖에 없는 사실이니까.

책을 계속 읽다 보니, 좋은 내용들을 잘 기억하고 싶어서 기록하기 시작했다. 그리고 책의 내용과 무엇을 느꼈는지를 생각하는 시간, 즉 사유하는 시간이 길어지면서 점점 시선이 나에게로 향하게 되었고, 나를 향한 질문이 쏟아지기 시작했다.

'나는 누구인가?' 사춘기가 지금 온 것도 아니고 이런 질문을 내가 나에게 할 줄이야!

그런데 정말 궁금했다. 나는 누구인가? 나는 무엇을 좋아하는가? 나는 무엇을 싫어하는가? 내가 잘할 수 있는 것은 무엇인가? 내가 하고 싶지 않은 일은 무엇인가? 지금 무엇을 하고 싶은가? 앞으로 무엇을 하며 살아가고 싶은가? 앞으로 어떤 사람이 되고 싶은가? 질문이 끝이 없지만 결론은 내가 좋아하는 것은 무엇이며 어떠한 삶을 살고 싶은가이다.

내 나이 마흔. 이제 다시 꿈을 꾸기 시작한다. 어릴 적 상상 놀이 속에서 꿈꾸던 삼십 대는 지나갔다. 내게 남은 건 지금부터 앞으로의 몇십 년간의 시간이다. 늦지 않았다. 충분하다. 나는 또 다른 나만의 공간을 찾는다. 그리고 그 공간으로 나 자신을 초대하고 자연스레 대화를 나눈다.

'제2의 상상 놀이' 시작이다. 오늘의 기분이 어떠한지 솔직하게 이야기한다. 그리고 어제의 일을 아무 일 없다는 듯 재미있게 이야기하기도 하고, 내일, 미래의 모습을 상상하며 마치 지금인 듯 이야기한다. 마치 인터뷰 현장처럼…. 이상한가? 이렇게 내가 나를 만나고 나를 다시 찾아 주는 그 무엇보다 꼭 필요한 시간인데 이상하면 어떤가.

누군가에게 설명하기 위해 만들어 내는 질문과 답이 아니다. 오직 나와의 대화이다. 매일 매일 이 대화를 통해 단 한 번도 상상해 보지 않은 나의 미래, 바로 내가 할머니가 된 모습을 상상해 보기 시작했다.

할머니? 누구나 시간이 지나면 할아버지와 할머니가 되는 것이 순리인데, 나는 어쩜 그 당연한 순리를 한 번도 생각해 보지 못했을까? 그렇다면 내가 만난 상상 속의 할머니는 어떤 모습일까? 쭈글쭈글한 얼굴과 등이 굽은 힘 없는 할머니? 백발의 머리와 패션 감각이 뛰어난 멋진 할머니? 돈 많은 부자 할머니? 글쎄, 이런 상상은 아직까지 해 본 적이 없다. 난 그저 행복한 할머니가 꿈이다.

내 삶의 궁극적인 목표는 바로 '행복'이다. '행복한 지금의 나, 그리고 행복한 할머니의 삶은 어떻게 하면 가능할까?' 나는 '내가 무엇을 하면 행복할까?'라는 질문을 끊임없이 한다. 그리고 답을 찾기 위해 매일 연습한다. 매일 오늘의 행복을 연습하고, 내일의 행복을 상상하면서 어제보다 조금씩 여유롭게 하루를 지낸다. 어제보다 조금 더 여유로운 일상. 나에겐 커피 한 잔의 여유로움이 시작이었다.

매일 하나씩 찾아서 해 본다. 건강을 위해 걷고, 좋아하는 음식을 맛있게, 그러나 절대 과하지 않게 먹고, 좋은 음악을 듣고, 책을 읽고, 사유하는 시간을 가져보는 것이다. 이렇게 생활 속에서 행복한 삶을 연습한다면 주변 환경의 영향보다 나의 마음 소리에 집중하고 행복이라는 마음을 늘 느끼며 살아가는 진정한 여유로운 멋진 할머니의 모습이 자연스레 상상된다.

손이 조금 굳어 오르간을 잘 칠 수는 없더라도 작은 커피잔을 우아하게 들고 사진 찍을 수 있는 할머니, 다리에 근육이 조금 없더라도 남편의 손을 잡고 천천히 걸으며 주변을 돌아보는 사랑스러운 할머니, 목소리에 힘이 점점 빠지더라도 내가 좋아하는 책 이야기를 조곤조곤 길지 않게 들려주는 교양 있는 할머니. 뭘 더 바라겠는가?

마흔 살에 다시 꿈꾸기 시작하여 내가 만날 나의 할머니 모습을 상상하니 너무 설렌다. 이 마음으로 나는 오늘도 내일을 위한 연습을 한다. 행복한 하루를 누리는 연습, 행복한 일상이 습관이 되도록 매일 지켜나가는 연습 말이다. 이 연습이 습관이 되어 삶의 모습이 될 것이다.

행복한 삶을 연습하는 그 하루를 열심히 살아간다면, 그 어떠한 일을 시작하게 되더라도 행복한 마음으로 시작할 수 있을 것이다. 혹여나 일을 하는 가운데 어려움이 닥치더라도 연습된 마음으로 그 상황을 유연하게 대처하고 지나갈 것이라고 믿는다. 행복한 사람이니까, 행복을 훈련한 사람이니까.

행복을 위한 연습. 지금부터 하나씩 상상하며 오늘이 내일인 것처럼, 내일을 오늘처럼 살아보자. 90세 백발 머리 할머니가 꽃 그림이 아기자기하게 그려진 커피잔에 담긴 고소한 에스프레소를 마시며 미소 짓고 있는 모습을 내 거울에서 마주하며 함께 미소 짓고 있을지 누가 아는가?

9

인생이란 어쩌면
예술 하는 삶이 아닐까

'일상이 예술이 되다.'

그 누군가의 말을 종이에 적어 두고 기억하던 내가 어느 날부터 내가 하고 싶은 말을 자신 있게 외치고 있다.

삶이 참 많이 달라졌다. 주변은 물론 나 자신도 놀랄 만큼 크고 깊은 변화가 느껴진다. 이십 대를 떠올려 보면 함박웃음과 까르르~~ 넘어가는 웃음소리가 가장 먼저 떠오른다. 핸드폰 사진첩은 나의 모습으로 도배가 되어 있었고, 어디에서나 당당하고 누구와도 즐겁게 어울리는 유쾌한 모습들이 마치 파노라마사진처럼 끝없이 지나간다. 항상 악보를 가지고 다녔고, 음악이 나오면 몸이 반응하고, 피아노나 오르간만 보이면 일단 건반 앞에 앉아서 무슨 곡이든 연주하는 자유로운 예술가의 모습이 지금도 생생하다. 정말 에너지 넘치고 참 예뻤던 시절이었다.

삼십 대. 새로운 경험이 가득했다. 연애, 결혼, 출산, 육아, 이사, 그리고 경력 단절. 아내라는 이름과 엄마라는 귀한 이름을 선물 받음과 동시에 그만큼 감당해야 했던 일들이 무수히 쏟아져 나와 도저히 내 힘으로 살아가기에 역부족이었던 시간을 경험하면서 실패의 경험들이 겹겹이 쌓여 갔던 시기로 핸드폰에서 나의 얼굴을 찾아볼 수 없고, 까르르 넘어가는 웃음소리보단 가끔 들리는 웃음소리가 반가웠고, 당당하고 유쾌한 모습은 사라지고 아이 둘을 양쪽으로 살펴보느라 미간이 좁혀진 얼굴이 주로 떠오른다.

그렇다면 지금 사십 대는 어떠한가? 무엇이 달라졌기에 자신이 놀랄 만큼의 큰 변화를 자신할 수 있다는 것일까?

나는 오르간 연주자이다. 이십 대에는 자신 있게 나는 연주자라고 소개했다. 삼십 대에는 연주자가 아니라고 소개했다. 지금 사십 대는 예술가라고 소개한다. 무슨 변화일까?

평생 연주하며 즐겁게 살 것이라 확신했던 이십 대. 그러나 결혼과 출산은 그 모든 것을 중단하게 하는 강력한 한 방이었다. 잠시 쉬어야지 했지만, 아이가 크면 클수록 더 시작할 수 없는 많은 한계가 "저는 연주자였었어요."라는 과거형을 쓰게 했다.

말 그대로 경력 단절을 스스로 하게 된 셈이다. 모든 것이 다 차단된 마음이었다. 연주는커녕 음악을 듣는 것조차 끊어버렸다. 악보도 쳐다볼 수 없었고, 연주회도 쉽게 가지 못했다. 예배당에서 들리는 오르간 소리는 나의 눈물 꼭지를 틀게 하는 소리였다. 무엇이 그리도 힘들어서 모든 것을 차단했을까?

'나는 연주를 하는 사람이다.' 연주를 해야 나인 것으로만 여겼다. 그러니 연주 활동을 하지 않게 되면서 단순히 연주를 쉬는 것이 아닌, 나 자신을 잃어버린 것으로 간주해 버린 것이다. 생각해 보면 너무나 안타깝다. 스스로 자신을 버리고 힘듦을 안고 보낸 시간이었으니 말이다.

삶의 상향과 하향을 너무나 분명하게 경험한 이십 대와 삼십 대. 지쳐버린 상태로 맞이한 사십 대. 바닥인 자존감과 마주하며 너무나 괴로웠지만 이미 답은 알고 있었다. 연주를 다시 하는 것이 답이 아니라는 것을. 나는 나를 찾아야 했다. 연주를 시작해야 내가 가치 있는 존재가 아니라, 있는 모습 그대로 내 가치를 찾아야 했다. 어디에 있든지, 무엇을 하든지 먼저 '나는 누구인가'를 찾는 숙제. 이 숙제를 사십 대에 한 것이다.

학창 시절 눈치껏 숙제하던 모습이 아닌, 정말 성실하게 숙제를 했다. 질문에 정확한 답을 찾아야만 했다. 찾기 위한 노력의 여정이 바로 마흔이라는 숫자와 함께 시작되었고, 이 여정은 지금도 계속되고 있다. 조금씩 답을 찾아가며 이 숙제의 정답이 나를 찾아 주고 있음을 몸소 경험하고 있다. 그리고 이 여정이 너무 감사하여 더 성실하게 걷는 중이다.

'예술', '예술가'. 어렵다는 생각이 먼저 떠오를 수 있다. 고귀한 창작 활동은 신비롭기까지 하여 결코 쉽게 접할 수 없다고 생각할 수 있다. 하지만 나는 늘 외친다. 일상이 예술이 될 수 있다고. 정작 피아노를 연주하고, 오르간을 연주했던 그때는 내가 예술가라고, 예술 활동을 하고 있다고 생각하지 못했다. 그냥 연습해서 연주한 것이다. 슬프게도 그 시절에는 예술가보다는 기술자의 마음이 더 크게 작용했는지도 모르겠다. 악보를 보고 연습 방법을 선택해서 완벽하게 연주할 수 있을 때까지 연습하여 완성도 있게 연주하는 것. 누가 예술이라는 표현을 여기에 써 줄 수 있을까? 나도 부끄러움에 차마 쓰지 못한 게 아니었을까 싶다.

그러나 지금은? 나는 예술가이다. 나는 예술을 하는 삶을 살아간다. 나의 일상은 예술이다. 나는 당당하게 말하고, 이 마음으로 내가 살아가는 모습을 조금씩 SNS의 글로, 가능할 땐 마주하며 대화로 보여주고, 들려주면서 이렇게 함께 살아가자고 권하고 있다.

예술은 문화의 한 부분이고, 예술 활동과 예술 작품을 함께 총칭한다. 그리고 우리가 예술 활동과 작품을 보고 감탄할 때, 가장 많이 하는 표현은 '아름답다.'일 것이다. 예술은 아름다움, '미'를 품고 있어야 한다. 그동안 나는 아름다움을 악기로 연주하는 것으로 표현했다. 그러나 이제는 그 아름다운 악기를 통한 연주가 아닌, 클래식 음악을 듣고 느낀 경험과 일상에서 보고 듣고 느낀 경험을 글로 기록하는 글쓰기의 활동, 작가의 영역으로 넓혀가고 있다.

매일 음악을 듣고, 가슴에 담고 싶은 이야기를 글로 표현한다. 길을 걷다가 우연히 발견하는 자연의 모습을 글로 기록하기도 하고, 사진에 담기도 한다. 일상에서 아름다움을 느끼는 행위, 그것을 나만의 아름다움으로 다시 재창조하여 표현하는 행위. 나는 예술을 시작하고 있다고 조심스럽게, 그러나 응원하는 마음으로, 적어도 마음의 소리만큼은 조금 크게 말하고 싶다.

내 삶의 영역 안에서 아름다움을 느끼는 활동이 분명히 있을 것이다. 조금만 고민해 보면 아주 다양한 활동을 찾을 수 있을 것이고, 그 활동이 나에게 '아름답다.'라고 느껴진다면 그 아름다움을 충분히 경험하는 시간을 가져보라고 권하고 싶다. 음악이 될 수도 있고, 그림이 될 수도 있고, 글이 될 수도 있다. 조용히 산책하는 사색의 시간도 가능하고, 핸드폰으로 사진을 찍는 것 또한 가능하다.

그리고 그 안에서 점점 다양해지고 깊어지는 생각은 나만의 철학이 될 것이고, 분명한 메시지와 함께 아름다움을 마음껏 표현하는 예술을 하는 행위가 될 것이다. 이런 나의 일상이 곧 예술을 하는 삶이 아닐까?

예술은 멀리 있지 않다. 우리의 일상에서 충분히 가능하다. 일상에서 마음껏 누리라고 말하고 싶다. 내가 매일 살아가는 내 삶의 영역 안이 좁은 것 같지만 결단코 좁지 않다. 내게 주어진 시간이 얼마 없는 것 같지만 절대 짧지 않을 것이다.

내게 주어진 것에서 내가 어떻게 살아가느냐. 답은 내 마음속에 있다. 내 마음속의 아름다움을 스스로 꼭 찾았으면 좋겠다.

나, 너, 그리고 우리가 함께 각자의 아름다움을 마음껏 펼치는 일상이 답이 되어 줄 것이다.

4장

일보다 관계가 버거워
지친 우리

- 관계 -

이미라

❶
더 빨리 알았더라면
우리 관계가 달라졌을 텐데

가장 이상적인 인간관계란 어떤 형태일까? 나는 이 질문을 늘 마음속에 품고 살아가고 있다.

한계에 도달한 관계

살면서 우리는 수많은 사람을 만나고, 그들과 다양한 관계를 맺으며 살아간다. 그중에는 깊은 우정을 나누는 이도 있고, 단순히 스쳐 지나가는 인연도 있다. 때로는 이 관계들이 예상치 못한 방향으로 흘러가며, 후회와 아쉬움을 남기기도 한다. 만약 그때 내가 조금 더 일찍 알았더라면 그 관계가 달라졌을 텐데, 하는 순간을 맞닥뜨려지기도 한다. 우리가 맺는 인간관계가 늘 좋은 추억으로만 가득하길 바라지만, 복잡하고 미묘해서 때로는 우리를 지치게 만들기도 한다. 이러한 관계 속에서 어떤 현명한 태도를 지녀야 할까? 인생의 중요한 순간에 내렸던 결정이 우리의 삶을 어떻게 변하도록 했는지 생각해 본다. 관계에서 중요한 결정을 내려야 했던 순간, 조금 더 현명하게 행동했더라면 하는 경험들이 마치 한 편의 드라마 장면처럼 기억되기도 한다.

　나는 유달리 혼자 있는 시간보다 사람과의 만남과 대화를 좋아하는 편이었다. MBTI 성격유형 검사를 하면 언제든 F(감정형) 인간관계 중심형으로 결과가 나온다. 하지만, 언젠가부터 누군가를 만나 오랜 시간 대화를 나누고 나면 에너지가 충전되는 게 아니라 방전되는 느낌이 들기 시작했다. 더 이상의 에너지 소진이 힘들다고 느껴진 순간, 단절이라는 것을 경험하였다. 이때쯤 되니 나는 곧 관계를 맺는 방식에 문제가 있다는 것을 어슴푸레 깨달았다.

　십 년 전 우연히 옷 가게의 사장님과 고객으로 만나게 된 그 날로 거슬러 올라간다. 첫 만남에서 그녀의 솔직 담백한 언행은 마법처럼 나를 끌리게 했다. 가게 옷이 취향에 맞아서가 아닌, 그녀가 사장님이라는 이유로 자주 들러 이야기도 하고 옷을 사곤 했다. 고민이 있으면 나에게 늘 털어놓고 이야기하는 그녀가 고마웠다. 평범한 나에게 그녀의 속마음을 들려주었기 때문이다.

　시간이 흐르면서 그녀의 인간관계에도 많은 변화가 생겼다. 어김없이 나에게는 모든 고민을 이야기했고, 나는 밤낮을 가리지 않고 몇 시간씩 들어주었다. 오지랖 넓은 성격이 발동하여 그녀의 일이 나의 일인 거 마냥 함께 고민하였다. 그러나, 사람의 마음이란 생각처럼 쉽게 움직이지 않는 법이다. 함께 방법을 고민했지만, 그녀의 상황은 늘 제자리에 머물러 있었다. 반년이 지나는 동안 그녀의 삶은 다람쥐 쳇바퀴처럼 변화되지 않는 듯했고, 나는 점점 안타까움과 함께 내가 지쳐가고 있다는 것을 느꼈다. 어느 순간부터 그녀에게서 전화가 오거나 카톡이 오면 '또 어떻게 하지?'라는 생각부터 하게 되었다. 그해 반복되는 상황에 지친 나는 나는 그녀에게 '행복했으면 좋겠다.'는 문자 메시지를 보낸 후 연락처를 삭제했다.

그녀에게 마지막 문자를 보낸 후 나의 마음이 매우 불편할 것이라 생각했지만, 쓸데없는 기우였다. 웬일인지 오히려 늪에서 해방되는 기분이 들었고 나의 정신적,물리적 여유시간이 많아졌다. 그녀의 문제가 아니라 나의 문제라는 걸 직감하는 순간이었다. '그녀의 삶 속에 내가 너무 깊이 들어갔었구나.' 하며 나를 되돌아보았다. 처음은 그녀를 이해하려 하고, 함께 문제를 바라보고 해결하려는 선한 마음이었다. 그녀와 나의 경계선이 모호해지는 순간, 그녀 삶 속에 쳇바퀴를 돌리고 있는 사람은 나였다는 것을 깨달았다. 관계의 맺고 끊음이 부족하고 적절한 경계를 유지하지 못했기 때문이다. 그녀에게는 단절이라는 나의 선택이 뜬금없는 연락 두절로 기억될지 몰라도 내게는 관계의 한계에 대해서 돌아보는 첫 경험이었다. 얽힌 관계에서 해방은 시간이 한참 지난 지금도 지워지지 않는다.

'가장 큰 실수는 능력 이상으로 친절하려고 노력하는 것이다.'
– 월터 배젓

고등학교 시절, 두루두루 친구들과 잘 어울리는 친구도 있었지만, 나는 늘 항상 같이 다니던 친구들과 함께 다니는 것을 선호하는 편이었다. 우리는 많은 것을 함께했고, 서로에게 비밀은 없다고 생각했다. 어느 날 단짝 친구가 나와 영화를 보기로 했던 약속을 잊고 다른 친구들과 놀러 갔다는 사실을 알게 되었다.

'난 항상 네가 먼저이고 너도 내가 가장 먼저일 거라 생각했는데, 어떻게 나와의 약속을 잊어버리고, 다른 친구들과 놀러 갈 수 있어?' 당시 내가 느낀 배신감과 서운함은 말로 다 표현할 수 없었다. 그 후로 서운한 감정을 숨기고 친구와 거리가 멀어지게 되었다. 오십 대가 된 지금 상황이라면 별 서운함도 없는 소소한 해프닝에 불과했겠지만, 십 대의 나에게는 속상했던 기억으로 남아 있다.

시간이 한참 흐른 후 우연히 한 세미나에서 그 친구를 다시 만나게 되었다. 서먹한 분위기 속에서 우리는 서로의 안부를 물었다. 성공적인 커리어를 쌓고 단란한 가정을 이룬 그간의 못다 한 이야기들을 어느새 나누고 있었다. 대화를 하다 보니 친구가 그때 왜 그렇게 행동할 수밖에 없었는지를 알게 됐다.

당시 친구는 부모님의 이혼 문제로 큰 스트레스를 받고 있었다. 부모님 사이의 갈등이 극에 달해 집안 분위기가 좋지 않았고, 그로 인해 정신적으로 매우 힘들었는데, 그것을 털어놓기 어려웠다는 것이다. 그런 마음으로 차마 영화를 보며 즐길 수가 없었노라고. 영화관이 아닌 어디론가 탈출을 하고 싶었다고 했다. 그 말을 듣고 나니 '왜 친구가 약속을 어길 수밖에 없었는지 물어보았으면 참 좋았겠구나.' 하는 아쉬움이 생겼다. 먼저 다가가 한 번이라도 이야기를 시도했더라면 그때 우리의 관계와 지금 우리의 관계는 또 달라졌을 텐데 말이다.

돌이켜보면 관계는 놀이터에 있는 시소의 원리와 비슷한 듯하다. 상대방의 마음을 모른 채 자신의 마음에만 무게를 얹어버리면 시소는 한쪽으로 기울어진다. 상대방의 마음 무게를 보면서 타면 수평을 이루며 재미있게 탈 수 있다. 타인과 내 마음의 힘듦 무게가 늘 같을 수가 없고, 매 순간 바뀌기 때문에 관계는 어려울 수밖에 없는 게 아닐까.

인간관계는 또한 쉽게 맺어지고 쉽게 끊어질 수 있다. 그렇기 때문에 소중한 관계일수록 서로를 이해하고 배려하는 마음을 기본으로 해야 함을 다시 한번 새기는 기회이기도 했다. 관계의 핵심은 소통하는 것과 이해하는 것에 있다는 것을 당시 우리는 알지 못했다.

서로 다른 배경과 경험을 가지고 살아가기 때문에, 때로는 상대방의 처지를 온전히 이해하기 어려울 수 있다. 상대의 입장을 이해하려는 순간, 관계는 달라지지 않았을까? 그 이해의 순간이야말로 관계의 전환점이 될 수 있는 중요한 시점일 것이다.

존중은 단순히 예의 바르게 대하는 것을 넘어서, 상대방의 의견과 감정을 진심으로 받아들이는 것을 의미한다. 또한, 적절한 경계를 유지하는 것은 서로의 개인적인 공간과 시간을 존중하며, 과도한 간섭을 피하는 것을 뜻한다. 이 두 가지가 조화를 이루는 관계는 서로에게 긍정적인 영향을 미치며 함께 성장할 기회를 제공할 수 있을 것이다.

사람들은 인생의 중요한 순간들을 되돌아보며 '만약 그때 그것을 알았더라면'하는 생각을 한다. 나 역시 그런 순간들이 많았다. 어쩌면 우리의 관계가 서툴렀더라도 서로에 대한 믿음이 자리 잡고 있었다면 또 어땠을까? 더 깊고 단단한 관계를 유지할 수 있었을지도 모르겠다.

물론, 이미 지나간 일들을 후회하는 것은 무의미할지도 모른다. 그러나

이러한 깨달음과 반성은 앞으로의 인간관계에서 더욱 현명하게 행동할 수 있는 밑거름이 된다. 이제는 '더 빨리 알았더라면'이라는 후회를 남기지 않기 위해 현재의 모든 관계에서 더 신중하고 싶다.

❷ 당신은 왜 그렇게 휘둘릴까요?

사람은 누구나 같은 상황이라도 생각이나 반응이 다를 수밖에 없다. 관계 속에서 이런 이야기를 한번 쯤은 들어 본 적이 있을 것이다.

"미안한데, 어렵겠지만 부탁 하나만 들어줄 수 있니?"
"넌 참 착하고 좋은 사람이야."

이런 이야기를 들으면 마음이 불편해지고 쉽게 부탁을 거절하기 어려워진다. 똑같은 상황에서도 어떤 이는 "싫은 걸 싫다고 하면 되지, 왜 이끌려 다녀?"라고 말하기도 한다.

최근에 아끼는 후배로부터 금전적 부탁을 받았다. 이미 지인에게 돈을 빌려주었던 터라 곤란한 상황이었다. 한참을 고민하다 얼마 전 돈을 빌려

쳤으나, 약속한 날짜에 해결되지 않아 관계가 불편해졌다는 사실을 솔직하게 전했다. 후배는 오히려 미안해하며 문제에 대해 조언을 부탁했다.

늘 그렇듯이 "부탁이 하나 있는데, 너 들어줄 거지?" 하며 아무렇지도 않게 이야기를 꺼내는 사람들이 어디에나 있다. "이번에는 다른 일이 있어서 안 될 것 같아요."라고 말하면 "우리 사이에 이 정도는 해줄 수 있지 않아?"라고 되묻는다. 재차 부탁을 받으면 의도적으로 불편함을 주려는 것은 아니지만 고민에 휩싸여 결국 들어주게 된다. 이런 상황이 반복되고 빈도수가 증가하면 부탁을 수긍했던 일들이 마치 거절하는 내가 나쁜 사람이 된 것 같은 경험도 있었기에, 거절이 그 무엇보다 어려웠다.

타인의 반응이나 평가에 지나치게 신경을 쓰다 보면 객관적으로 상황을 바라보기 어려워진다. 자신의 의지와 상관없이 상황에 휘둘리게 되는 것이다. 이는 단순히 외부 환경의 영향 때문만이 아니라 자신 내면의 취약함에서 비롯되는 경우가 있다.

사람들은 누구나 고민이 되는 순간들이 많다. 가족, 친구, 연인, 동료 등 각각의 관계에서 우리는 서로에게 영향을 받으며 생각하지 않았던 방향으로 휩쓸려가기도 한다. 하루 24시간, 일 년 내내 사람들에 둘러싸여 살아가다 보니, 누군가와 얽혀 있는 관계에서는 늘 고민과 생각, 마음앓이가 있기 마련이다. 관계에서 어려움이 생길 때는 다음 명언을 깊이 새겨보자.

"사랑하는 사람이 우리를 지배하는 것은 아니다. 우리 자신이 그 사람에게 지배당하기 때문이다." - 프랑스 작가 앙드레 모루아이 명언은 우리가 관계 속에서 느끼는 고민과 갈등의 근본적인 원인을 통찰하게 한다. 외부의 영향보다 우리 내면의 자세와 태도가 더 중요하다는 것을 의미한다. 상대방의 행동이나 태도 때문이 아니라 우리 자신의 내면을 돌보고 강하게 만드는 것이 타인과의 관계에서도 중요하다.

우리가 관계 속에서 중심을 잡지 못하고 휘둘리게 되는 이유는 무엇일까? 해 줄 수 없다고 거절하고 싶은 마음이 굴뚝같지만 "네."라고 답하는 상황은 나 중심이 아니라 늘 상대의 부탁이 우선순위에 있기 때문이다. 상대를 기쁘게 해주고 싶은 마음에 자신의 욕구를 무시하게 되는 순간, 자신의 욕구는 뒷전으로 밀려나고 점점 자신을 잃어버리게 된다.

관계의 사이클에서 힘들어하는 것은, 반대로 보면 모든 사람과 잘 지내려고 노력함으로 인해 생기는 것이 아닐까? '어떻게 하면 저 사람과 잘 지낼 수 있을까?'라는 생각을 버리면, 진정한 관계로 거듭날 수 있지 않을까? 하는 생각을 넌지시 던져본다.

인간은 사회적 존재이기에 타인과의 관계 속에서 자신의 정체성을 만들어 내고 성장시키기도 한다. 타인에게 휘둘리는 가장 큰 이유는 나 중심이 아니라 타인에 대한 의존성을 가지기 때문이다. 사람들은 관계에서 타인에게 인정받거나 사랑받기를 원한다. 타인의 인정을 갈망하기에, 자신의 감정이나 선택의 결정 상황에서 의존도를 높인다.

때로는 타인의 비판이나 지적을 과도하게 신경 쓰게 되며, 자신의 신념이나 가치관을 잃고 상대방의 기대에 맞추려는 성향이 강해질 수 있다. 그 결과, 자신을 잃고 공허감에 시달리기도 한다. 삶의 중심이 자신에게서 벗어나 있을 때, 우리는 자신을 타인과 비교하게 된다. 타인과의 비교는 자존감을 낮추고 스스로 부족함을 느끼게 만든다. 타인의 기대에 부응하기 위해 노력하게 되고 결국 자신의 행복에너지는 점점 소멸한다.

어린 시절의 대인관계나 가정환경 등과 같은 과거 경험들도 타인에게 휘둘리게 되는 이유가 되기도 한다. 예를 들어, 부모의 사랑을 받지 못했던 사람은 타인의 사랑을 갈구하기도 하고, 그러한 사랑을 얻기 위해 자신의 감정을 억누르거나 타협해 버리기도 한다. 자신이 원하는 것보다 타인이 요구하는 대로 행동하게 되면, 본인에게 좋지 않은 스트레스(distress)와 불안을 초래한다. 결국 인간관계에 휘둘리지 않기 위해서는 과도한 의존성을 없애고, 사회적 비교와 과거의 부정적인 경험으로부터 멀어지는 것이 좋다.

원하는 대로, 느끼는 대로 자신을 위한 선택을 할 수 있어야 한다는 것을 소중한 시간들을 흘려보내고 나서야 뒤늦게 깨달았다.

나 자신을 스스로 지킨다는 것,

누군가에게 거절의 말을 꺼내는 것이 결코 나쁜 일이 아니라는 것,

오히려 그것이 건강한 관계를 유지하는 첫걸음이 라는 것을 너무 늦게 알았다. 하지만 이제 더 늦지 않기 위해 실천하고 있다.

관계라는 것은 상호작용이 이루어지는 공간이다. 그 속에서 나 자신을 잃지 않기 위해 때때로 단호해 질 필요가 있다. "네."라고 답하는 것이 항상 올바른 선택이 아닐 수 있음을 인지하며, 나의 소중한 시간을 지키려 애쓴다. 그리고 내 안의 취약한 부분 때문에 필요 이상의 감정이 소진되는 것을 막기 위해 관계마다 명확한 경계를 만들면 어떨까 싶다.

우리가 관계 속에서 휘둘리지 않기 위해 자신을 돌보려는 노력이 때로

는 부수적으로 외로움을 동반할 수도 있다. 그러나 이러한 선택은 자신 스스로의 가치를 잃지 않고 살아가기 위한 중요한 과정이기도 하다.

늦었지만 생의 중반기에 이 사실을 깨닫게 된 나를 칭찬한다. 만약 과거의 내가 현재의 나에게 어떻게 하겠느냐고 조언을 구해온다면 난 이렇게 말해 주고 싶다.

"그럼, 좀 어때!"
"그게 뭐라고! 좀 멀어지면 어때!"
"생각하고 싶은 대로 하라고 해!"
"네가 좋으면 해!"

과거 늘 관계 속에서 당혹스러워했던 자신에게 관계에서의 불편함과 불안함을 없애주고 싶다. 마음을 휘감았던 무거운 생각을 가볍게 해줄 수 있는 주문을 걸어본다.
"더 이상 휘둘리지 않아도 돼."

❸
때로는 피하고 싶고,
때로는 의지하고 싶다

왜 자석이 N극과 S극이 같은 극끼리 밀어내고 다른 극끼리 끌어당기는지는 과학적으로 명확하게 이론이 정립되어 있다. 자석은 아무리 잘라도 한쪽은 N극, 반대쪽은 S극이 된다는 사실도 변하지 않는다. 사람의 마음도 자석처럼 두 갈래의 성향을 가지고 있다. 1886년 로버트 루이스 스티븐슨의 고딕 소설 《지킬 박사와 하이드》는 자신의 진정한 자아 안에 내재하는 또 다른 자아에게 쫓기는 인간의 이중성을 묘사한 바 있다. 세상에 모든 사람과 조화를 이루며 살아갈 수 있으면 좋겠지만, 자석의 원리처럼 그렇게 되기는 어렵다.

우리는 대부분 자신과 결이 맞는 사람과 함께하고 싶고, 맞지 않는 사람은 피하고 싶어 한다. 관계에서 타인과의 다름을 인정하기란 어려운 일이다. 누구나 자기 자신의 내면에 N극과 S극이 존재한다는 것을 인정해야 하지만, 이는 결코 쉬운 일이 아니다.

　몇 해 전 상담으로 만났던 J는 환하게 웃고 있으면서도 행복하지 않다고 했다. 마흔이 넘었지만, 아직 미혼으로 어머니와 함께 살고 있었다. J는 어머니의 목소리가 듣기 싫고, 어머니의 행동 하나하나가 모두 거슬린다고 하였다. "나이가 어느 정도 되었으니 독립하는 것이 어때요?"라고 제안했지만, J는 겁이 많고 외로워서 혼자서는 절대 살 수가 없다고 했다. 간혹 숨쉬기도 힘들어 공황장애약을 먹고 있다고 말하면서 자신이 가장 원하는 것은 집에 들어갔을 때 편안함을 찾는 것이라며 한숨을 자주 내쉬었다.

　J는 어릴 적 어머니를 '나를 엄청 미워하고 싫어하던 사람'으로 기억하고 있다고 했다. 특히 아버지와 불편한 상황이 생길 때마다 J에게 신경질적으로 높고 날카로운 짜증을 냈던 기억을 성인이 되어서도 고스란히 가지고 있었다. "내가 엄마였다면 절대 그러지 않았을 거예요."라며 거듭 되뇌었다.

　상담이 진행되면서, 그녀는 과거의 어머니도 자신에게 화를 내고 싶어서 그런 행동을 한 것이 아님을 조금씩 이해하기 시작했고, 일주일 후 그녀로부터 카톡을 받았다.

　"선생님~ 엄마의 말소리, 목소리, 엄마가 먹는 소리, 핸드폰이 울리는 소리, 하물며 엄마가 보는 TV 소리조차 다 거슬리고 짜증이 났었어요. 그런데 신기하게도 그런 사실들이 아무 감정 없이 다 사라졌어요." 그녀는 삼십 년 동안 가슴에 머물러 있던 하나의 큰 돌멩이가 여러 개로 쪼개져서 하나씩 없어지는 느낌이라고 표현해 주었다.

분명 상담의 시작은 엄마에 대한 미움과 분노로 가득했는데, 어떻게 이런 감정의 변화가 일어났을까? J는 지금까지 살아오면서 엄마의 입장에서 이해하려고 해본 적이 없었다. 그러한 J가 자신의 묵혀있던 생각을 바꾸는 순간, 미움이 고마움으로 변화하는 경험을 했다. 게임으로 비유하자면, 무기라고 생각했던 날카로운 칼을 버리고 '감사'라는 아이템을 하나 장착하게 된 셈이다. 현재 그녀는 어머니가 싸 주는 도시락, 간식, 식사에 감사하며 대화가 조금씩 많아지는 회복기의 시간을 보내고 있다.

그녀가 어머니를 미워하며 힘들어했던 시간은 헤아릴 수 없을 정도로 길었다. 하지만 마음의 거리가 가까워지면서 변화가 일어나기 시작했다. 서로를 더 끌어당기고 싶기도 하면서, 때로는 밀어내기도 하면서 그들은 점차 새로운 관계를 형성해 나가고 있다.

관계는 자석의 N극과 S극이 순식간에 달라붙거나 거침없이 튕겨내는 현상과도 비슷하다. 또한 인간관계와 너무나 흡사해서 서로 사랑하면 할수록 더 강하게 끌어당기고, 미워하는 마음이나 증오하는 마음이 클수록 서로 밀어내려고 한다. 아무리 잘 맞고 대화가 잘 통하더라도 타인과 나는 100% 같을 수는 없다. 분명히 다른 점이 존재하고, 영혼의 단짝이라 생각한 상대방에게서 다른 점이 보일 때, 실망하거나 이해하지 못하는 부분이 생길 수 있다. 처음에는 작은 신경이 쓰이는 것으로부터 시작해, 점점 마음속에 쌓이면 나중에 한꺼번에 펑 터져 싸움으로 이어지기도 한다. 이 상황이 반복된다면? 결국 감정은 나쁜 방향으로 깊어져 관계는 틀어지고 슬픈 결말을 맞이하게 되기도 한다.

우리는 간혹 짧은 시간의 만남인데도 불구하고 대화만 나눠보고도 '아,

이 사람 좋은 사람 같다.'는 생각을 하고 끌린다는 느낌을 가지기도 한다. 나 또한 처음 배우자를 만났을 때, 비슷한 성향 때문에 편안함을 느끼고 그가 좋은 사람이라고 생각했다. 그러나 '남편이 나를 위해 맞춰주고 있었구나.'라는 생각은 신혼 생활이 어느 정도 지나고 나서야 깨달았다. 채식을 좋아하는 나와 달리, 남편은 육식을 좋아했고 식습관과 취미까지 모두 달랐다. 나는 집 밖으로 나가 자연을 즐기는 것을 좋아했고, 남편은 쉼을 통해 에너지를 충전하기를 원했다.

공통 분모를 찾기가 어려울 만큼 많이 다르다는 것은 서로의 다른 부분 때문에 부딪힘이 많을 법도 하지만, 또 한편으로는 서로의 관심사와 취향이 다르다 보니 의견 충돌이 적기도 하다. 남편이 자주 하는 말이 문득 떠오른다. "내가 별말 안 하잖아요. 당신이 하자는 대로 하지요." 내가 여행을 가자는 말에 자주 하는 남편의 대답이다.

때로는 이런 차이점이 피하고 싶을 정도로 부담스럽게 느껴지기도 한다. 그러나 반대로, 이런 차이 덕분에 서로를 배려하고 존중하는 법을 배우기도 한다. 가끔은 상상도 해 본다. 만약 우리가 정말 여러 면에서 취미와 생각이 같으면 좋기만 할까? 어쩌면 다르기 때문에, 그리고 그 차이에서 오는 갈등과 서로를 배려하는 방법을 통해 더욱 단단해지고 서로에게 의지하게 되는 것은 아닐까?

대부분의 사람들은 나와 결이 맞는 사람이라고 느껴지는 순간, 그러한 사람들끼리 만나고파 한다. SNS에서는 최근 관심 있는 분야를 검색하면 좋아하는 취향대로 음악, 드라마, 영화 등이 추천되고, 자동으로 유사한 글들을 연결해 준다. 사람들은 자신이 원하는 것에만 관심을 갖고 보고 싶어 하기 때문이 아닐까 싶다.

최근 세미나 참석을 위해 처음 만난 이와 함께 해외여행을 하게 되었다. 그녀와 나는 같은 지역에 거주한다는 이유로 장거리를 함께 이동하고 룸메이트가 되었다. 첫 대면은 KTX 열차 플랫폼이었다. 우리는 만남의 반가움에 집중하느라 동시에 도착한 열차를 제대로 확인하지 못해 눈앞에서 열차를 놓쳤다. 그 순간 우리는 누가 먼저라 할 것도 없이 얼굴을 마주하고 동시에 말했다. "괜찮아요, 다른 열차를 타면 되죠. 시간이 많이 남아서 다행이에요." 이 한마디는 서로가 금세 친밀해지도록 하는 촉매제 역할을 했다. 서로에게 같은 생각을 가진 사람이라고 깨닫는 순간 편안함을 느꼈고, 평생 잊지 못할 추억을 만들었다. 관계는 시간의 거리보다는 마음의 거리가 중요하다는 것을 다시 한번 경험하는 값진 시간이었다.

인간관계라는 것은 자석의 N극과 S극처럼 복잡하고 미묘하다. 매우 수동적인 듯하면서도 역동적으로 마음속에서 서로를 끌어당기고, 밀어내고 싶어 하는 것과 매우 흡사하지 않은가? 서로가 다른 성향을 가지고 있기 때문에, 또는 반대로 서로 같은 성향을 가지고 있기 때문에 감정의 갈등이 생기기도 한다.

어쩌면 그래서 더욱 가치가 있는 것이 아닐까? 피하고 싶은 마음과 의지하고 싶은 마음 사이의 균형을 스스로가 찾아가는 것이니 말이다. 인간관계의 힘은 서로 다름을 인정하는 것이다. 그리고 그 차이에서 오는 갈등을 해결하면서 더욱 가까워질 수 있다. 피하고 싶은 순간과 의지하고 싶은 순간이라는 복잡한 관계 가운데 더 깊이 공감하며 이해하는 법을 배우게 된다면 인생에서 더욱 의미 있는 관계를 만들어 갈 수 있지 않을까 기대해 본다.

❹
80세 할머니에게도 필요한
관계의 기술

한국은 초고령화(super-aged society) 시대로 진행 중이다. 언젠가부터 어린이집, 유치원이 점점 사라지고 요양원, 주간보호센터로 많이 바뀌고 있다. 최근 경도성 치매를 진단받은 분들이 주간보호센터를 많이 이용한다고 한다.

흔히 '노치원'이라 불리는 주간보호센터를 등록해서 이용하시는 어르신 중에는 적응이 쉽지 않아 그만두시는 분들도 꽤 있다고 한다. 나는 우연한 계기로 주간보호센터를 방문해서 한 어르신과 짧은 대화를 나눈 적이 있다.

"어르신, 여기 이용하시는데 재미있으세요?"

"그럼, 이 나이에 어디 가서 하루에 몇 번씩이나 '000 어르신!' 하며 내 이름을 불러주겠어."

주간보호센터에서 어르신은 아마 자신의 존재감을 확인하는 시간을 보내고 계신 것 같았다. 직원에게 듣기로, 이 어르신은 다른 분들과도 잘 어울리시고 편안한 성격을 가지신 분이라고 한다.

"어르신, ○○○ 주간보호센터에서 굉장히 모범생이라고 하시던데요?"

할머니는 미소를 지으며 말씀하셨다.

"아, 그래요? 내가 아무 말도 안 하고 웃으며 고개만 잘 끄덕여서 그런가 봐요."

상대방의 이야기를 편안한 얼굴로 귀 기울여 경청하는 어르신의 모습은 내게 뜻깊은 인상을 남겼다.

사람은 누구나 타인의 이야기를 듣는 것보다 자신의 이야기를 하고 싶어 한다. 나이와 상관없이, 우리는 모두 자신을 인정해 주는 사람들을 만나고 싶은 욕망이 있다. 어떤 이는 마음속 깊은 이야기를 시시콜콜하게 꺼내어놓고 싶어 하기도 한다. 그러나 복잡한 남의 이야기에 큰 관심을 기울이는 사람이 과연 얼마나 될까? 상대방의 이야기가 길고 복잡한 경우, 사람들은 그저 듣고 흘려버리는 듯 "그런 걸 가지고 뭘 그래, 그냥 잊어버려."라고 쉽게 말하곤 한다.

그 순간 이야기를 꺼낸 사람은 이러한 반응을 어떻게 받아들일까? '아, 이 사람은 내 이야기에 관심이 없고 더 듣기 싫어하는구나.'라고 생각하며 마음의 문을 닫게 될지도 모른다. 나는 대화할 때, 다른 사람의 말을 들어줄 여유를 얼마나 가지고 있을까 잠시 생각해 보며 나를 반성해본다. 노치원에서 잠깐 대화를 나눴던 어르신이 떠오른다.

어르신이 단순히 상대의 이야기를 들어주며 자신의 이야기를 늘어놓지 않았던 것인지, 진심으로 경청하며 상대에게 자신이 인정받고 있다는 느낌을 전달해 주었는지는 잘 모르겠다. 하지만 어찌 됐든, 어르신이 대화에 임하는 자세는 서로가 존중을 받게 되는 좋은 결과를 가져왔다. 우리는 모두 복잡한 사회 속에서 각자의 상황에 적응하며 크고 작은 스트레스를 받고, 그런 관계 속에서 공감을 받고 싶어한다.

관계에서 가장 중요한 것은 진심으로 상대방의 말을 잘 듣고 공감하는 것이다. 때로는 옆에 있는 것만으로도 위로와 힘이 될 수 있지만, 진정한 친밀감은 호기심을 가지고 눈과 귀, 마음으로 상대의 이야기를 들을 때 더해진다. 상대방의 이야기를 들을 때에는 에너지를 상대에게 집중하는 것이 필요하다.

스페인 사람들은 오른쪽 뺨부터 시작해서 왼쪽 뺨까지 교차해서 양쪽 볼을 맞대는 Beso(베소)라는 낯설고 어색한 인사법이 있다고 한다. 통상적으로 악수로 인사하는 우리와는 조금 다르다.

나에게도 베소 인사처럼 낯설었던 경험을 한 적이 있다. 독특한 기억으로 남은 친구가 있는데, 그 친구는 여행 중 자주 나를 안아 올려주면서 귓속으로 "○○아, 고생했어." "고마워." 이렇게 표현을 자주 해주었다. 그런데 참으로 묘하다. 나를 귀하게 여겨주는 느낌이 온몸으로 퍼졌다. 그 친구의 말이 아직도 생생하게 귓가에서 맴도는 듯하다. '미라야, 넌 참 소중해, 넌 참 훌륭해.'

사람과의 관계에서 감사를 표현하는 것은 꽤 가치가 있는 일이라는 것은 누구나 다 알고 있는 사실이다. 미국 심리학 매체 '사이콜로지 투데이'

에서는 "감사는 인정 욕구를 채워줄 중요한 말이다."라고 언급했다. 그러나 우리는 어느 순간부터 가장 가까운 사람에게 감사를 표현하는 것에 대해 인색해지고 있다.

맞벌이 부부인 나는 퇴근 후 늦은 시간, 조바심 찬 마음으로 식사 준비를 한다. 일과 후 피곤한 몸을 이끌고 저녁 식사를 준비했을 때, 가장 듣고 싶은 말은 "고마워."라는 말이다. 배우자가 저녁 식사를 준비하거나 쓰레기를 버려줄 때, 매번 고맙다고 말하는 것이 불필요하게 느껴지거나 때로는 이상하게 보일 수도 있다. 하지만 우리가 하는 행동을 인정받는다는 것은 너무나 기분 좋은 일이다.

집안일이라는 것이 때로는 정말 하기 싫고 귀찮은 일이기도 하다. 그러나 상대가 고마워할 때, 자신이 다른 이를 위해 무언가를 했다는 사실에 행복감을 느끼게 된다. 마찬가지로, 누군가에게 선물을 받거나 친절한 대우를 받았을 때도 감사의 표현은 큰 의미가 있다. 감사는 어려운 일이 아니다. 단 몇 초의 시간이면 충분하다는 것을 우리는 잘 알고 있다. 단지 익숙하지 않을 뿐이다. 문득 감사했던 기억이 떠올랐다면 지금 바로 감사의 표현을 실천해 보면 어떨까?

살아오면서 관계에서 느낀 중요한 두 가지를 이야기하라고 한다면, 나는 자신 있게 경청과 감사라고 말하고 싶다. 이것은 내가 제일 잘하고 싶은 부분이지만, 여전히 서툴고 어색하게 느껴지는 일이다.

사람은 태어나서 두 살 무렵 말하는 법을 배우고, 제대로 듣는 법을 배우는 데는 평생이 걸린다는 말이 있다. 나는 남편과의 대화에서 그런 경험을 자주 한다. 남편에게 대화를 건넬 때, 가까운 거리에서 말해야 한다는 것을 알면서도 가끔씩 멀리서 이야기를 하다가 핀잔을 듣는다. 잘 알지만 나도 모르게 상대가 편하다는 이유로 쉽게 저지르게 되는 잘못된 행동이다.

또한 때로는 상대의 대화에 집중하지 않고 다른 일을 동시에 한다거나, 머릿속에 다른 생각으로 가득 차 건성으로 대답을 하기도 한다. 그럴 때 남편은 어김없이 말한다. "당신, 내 말 듣고 있나? 제대로 이해는 했어?" 내 생각은 이미 다른 곳에 가 있는 것이다. 경청하는 일은 쉽지 않다. 경청은 단순히 상대방의 말을 듣는 것을 넘어서, 그 말을 이해하려는 노력까지 포함하기 때문이다.

우리는 모두 동등하게 주어진 같은 시간을 살아가고, 그 속에서 그 속에서 많은 사람을 만난다. 사람들은 누구나 좋은 사람과 관계를 맺고 싶어 하는 욕구가 있다.

인생의 어느 시점이든, 관계의 기술은 중요하다. 나이가 들수록 그 중요성은 더욱 커지는 것 같다. 그중에서도 경청과 감사는 나이가 들어도 변함없이 가치 있는 덕목이다. 왜냐하면 사람은 나이가 들면서도 여전히 사랑받고 이해받고 싶어 하기 때문이다. 생의 어느 구간에서든 우리는 더 자주, 더 진심으로 경청하고 감사하는 일들에 익숙해지도록 자신을 훈련할 필요가 있다. 그렇게 할 때, 우리의 관계는 더욱 깊어지고 의미를 갖게 되지 않을까? 나이가 들수록 관계의 본질을 더 잘 이해하게 되는 것에 대해 감사하게 된다.

나이가 지긋이 들어 80세 할머니가 되었을 때, 세상살이의 상처로 관계가 좁아지고 고집이 세진 할머니로 남고 싶지 않다. 그때쯤엔 지금보다 더욱 삶의 소소한 순간과 관계 속에서 의미를 느끼며 감사한 마음으로 하루하루를 채워가고 싶다. 평생에 걸쳐 배우고 또 깨달으며 말이다.

⑤
좋은 관계를 위해
혼자 설 수 있는 용기

　'오롯이'라는 단어는 사전적으로 '고요하고 쓸쓸하게, 호젓하게'라는 의미를 담고 있다. 나는 그런 '오롯이'라는 단어가 타인을 의식하지 않고 비교 없이 혼자서 무언가에 몰두하고 싶어지는 느낌을 주어서 유독 좋아 한다.

　과거의 나는 혼자 있는 시간을 즐기지 못했다. 항상 누군가를 만나고 함께 시간 보내는 것을 좋아했고, 친구들과 자주 어울리며 시간을 보냈 다. 집에서 혼자 있는 시간은 지루하다고 느꼈고, 주말에 집에만 있으면 무기력함에 빠지곤 했던 외향적인 성격이었다. 그러나 지금은 다르다. 이 제는 카페에서 혼자 책을 읽고, 차를 마시고, 걷는 시간이 가장 행복한 순 간으로 여겨진다.

　대학을 졸업한 후, 직장생활을 시작한 지도 어느덧 올해로 삼십 년이 되었다. 간호대학을 졸업했으니 병원에서 근무하는 것이 자연스러웠을 테지만, 임상에서 일 년을 근무한 후 나는 이직을 결심했다. 그때 다른 직장에서 제의가 들어왔기 때문이다. 돌이켜보면, 병아리 간호사였던 나에게 신규과정 훈련을 모두 해 주었던 병원 측에 너무나 미안했던 일이기도 하다.

어찌 됐든 나는 그 당시 아무런 정보도 없이 낯설기만 했던 새로운 사업장으로 이직을 했다. 그때 병원 과장님께서 하셨던 말씀이 아직도 기억에 남는다. "물고기는 물에서 살아야 하는데 괜찮겠니?" 그 말씀의 의미를 당시에는 어렴풋이 이해했지만, 시간이 꽤 흐른 후에야 과장님의 걱정 어린 마음을 제대로 이해할 수 있었다.

보건관리자라는 이름으로 병원이 아닌 회사라는 곳의 어느 한 팀에 소속되었을 때, 나에게 새로운 환경은 많은 도전이었다. 직업 특성상 근무하는 장소가 팀원들과 다소 동떨어진 곳에 있다 보니 자연스레 식사도 함께하기 어려웠다. 건강관리실이라는 독립된 공간에 혼자 있는 시간이 많았다. 때로는 외롭고 다른 직원들과의 괴리감을 느끼는 순간도 잦았다. 그제야 이전 직장에서 선배님들이 해 주셨던 말씀이 하나둘씩 이해되기 시작했다.

처음에는 혼자서 일하는 시간이 너무나 불편스럽게 느껴졌다. 외향적인 성격 덕분에 늘 누군가와 함께하는 시간을 즐겼고, 대화에서 오고 가는 에너지가 삶의 중요한 부분이었기 때문이다. 혼자 있는 시간이 늘어날수록 내면에서 점차 불안함과 고립감이 커졌다. 낯선 환경에서 홀로 업무를 처리해야 하는 부담감과 사람들과의 교류방식이 다른 환경이 힘들었던 것이다.

하지만 다행히도 시간이 흐르면서 조금씩 변화가 생기기 시작했다. 혼자 있는 시간이 늘어나자 처음에는 불편했던 시간이 점차 새로운 의미를 갖기 시작한 것이다. 누군가와의 대화에서 얻는 즐거움 대신 책을 읽고 새로운 지식을 배우는 일에 몰입하게 되었다. 그 덕분에 혼자만의 시간을 보내는 것이 더 이상 고독의 시간이 아니라 자신을 성장시키고 내면을 채우는 소중한 기회가 되어준 것이다.

일과시간 후 그리고 주말은 이제 더는 외로움을 채우는 시간이 아닌, 나 자신을 돌아보는 소중한 시간으로 변했다. 오랜 시간이 지난 후, 돌아보니 내 삶은 부의 재산보다는 삶을 깊이 있게 즐길 줄 아는 정적 재산으로 가득 차 있었다. 만약 그 허전함을 사람들과 어울림으로만 채웠다면, 지금의 나는 아마도 또 다른 삶을 살고 있었을지도 모른다.

이제 나는 혼자 있는 시간이 절대 두렵지 않다. 오히려 그 순간들이 나를 더 풍요롭게 만들어 주고, 나 자신과 깊이 있는 대화를 통해 진정한 나를 발견할 기회로 만들어 주는 선물이라는 것을 안다. 그렇게 '오롯이'라는 단어는 단순히 고독을 의미하는 것이 아니라 나에게 집중하는 탐구하고 성장할 수 있는 소중한 시간임을 깨닫게 해 주었다.

몇 해 전 우리는 코로나19 팬데믹을 겪으며 인간관계의 방식에도 많은 변화를 맞이하게 되었다. 팬데믹으로 인해 고립과 사회적 거리두기는 처음에는 두려움과 불안까지도 안겨주었다. 자가격리 기간 동안 우리는 혼자 있는 법을 배워야 했고, 이는 마치 〈나는 자연인이다〉라는 TV 프로그램 주인공처럼 혼자만의 시간을 경험하는 계기가 되었다. 관계 중심이었던 사회 분위기도 이로 인해 많이 변해가고 있다.

요즘 식당에서는 혼자 식사할 수 있도록 마련된 자리도 쉽게 찾아볼 수 있다. 혼자 술을 마시고, 혼자 노래방에서 노래를 즐길 수 있는 세상이 되었다. '혼밥', '혼술', '혼여행', 같은 신조어가 생겨난 것도 이런 변화를 반영하는 것이다. 혼자서 무언가를 한다는 것은 타인의 시선에서 벗어나 해방감을 느낄 수 있게 해주며, 또 다른 형태의 즐거움으로 다가올 수도 있다.

나 또한 혼자 있는 시간이 많아지면서 내면의 시간을 가지게 됐다. 코로나19로 인해 외부와의 접촉이 제한되면서 스스로 문제를 해결해야 하는 상황을 경험했다. 이런 독립적인 경험은 우리의 자존감을 높이고, 타인에게 의존하지 않고도 행복을 찾는 방법을 깨닫게 해 준다.

참 아이러니하게도, 사람들은 혼자 있으면 외로움을 느끼고, 사람들과 어울리면 관계 속에서 예상치 못한 스트레스를 겪기도 한다. 나이가 들수록 주변에 많은 사람이 있어도 여전히 외롭다고 느끼는 경우도 많아진다. 이런 경험을 통해, 나는 결국 좋은 관계를 위해서는 혼자 설 수 있는 용기가 필요하다는 것을 깨달았다. 혼자서도 내면이 충만할 수 있을 때, 비로소 타인과 진정한 의미의 관계를 맺을 수 있기 때문이다.

누군가와 만나기 위해 약속을 잡고, 함께 식사하며 이야기를 나누고, 집으로 돌아오는 길에 헛헛함을 느껴본 적이 있는가? 그럴 때마다 나는 스스로 묻게 된다. 내가 정말 혼자 있기를 스스로 선택한 것인지, 아니면 어쩌다 보니 혼자가 된 것인지. 누군가를 만나는 것이 중요한 만큼 누군가를 만나지 않는 것도 중요하다. 적어도 나의 시간을 낭비하는 느낌을 주는 관계는 과감하게 구조조정을 해도 좋다,

패션업계에 유명한 코코 샤넬은 새로운 아이디어가 필요할 때면 이렇게 이야기했다고 한다.

"혼자 있고 싶으니 그만 돌아가세요." 그리고 피카소, 스티브 잡스 등 수많은 창조자가 세상 모든 위대한 창조물들을 혼자 있는 시간에 탄생시켰다는 것을 보면 혼자 있는 시간의 힘은 대단하다.

혼자 있는 시간이 두렵지 않다. 더는 관계에 집착하지 않는 법을 알기 때문이다. 타인과의 관계에서 자유롭다. 그렇기 때문에 오히려 더 건강하고 의미 있는 관계를 맺을 수 있다는 것을 나는 잘 알고 있다.

혼자 설 수 있는 용기가 있는가? 그렇다면 당신은 외로움에 흔들리지 않고 자신의 존재감을 단단히 세울 수 있다. 우리가 원하는 관계를 선택하고, 필요할 때는 과감히 그 관계를 내려놓을 힘이 된다. 타인에게 의존하지 않고 자신을 온전히 지키면서 의미 있는 관계를 만들어 갈 수 있다면 당신은 진정으로 '좋은 관계를 위한 혼자 설 수 있는 용기'를 가진 자이다.

진정한 홀로서기는 타인과의 관계에 울타리를 치는 것이 아니라 자신과 마주하는 시간을 중요하게 생각하는 것이다. 나무에 비유하자면, 뿌리가 튼튼한 사람이기에 내면세계 또한 건강할 수밖에 없는 것이 아니겠는가.

인생길은 자동차를 타고 갈 수도, 기차를 타고 갈 수도 있으며, 혼자일 수도 여럿이 함께할 수도 있다. 그러나 마지막 한 걸음만큼은 반드시 혼자서 걸어야 한다. 결국 아무리 힘겨운 일일지라도, 홀로 꿋꿋이 해내는 사람은 그만의 향기를 가진 이로 멋진 사람으로 보인다.

⑥ 결국 스스로 처리하지 못한 관계는 상처가 된다

인생을 살다 보면 많은 사람들과 교류를 하게 되고, 특히 직장생활에서는 개인의 선택과는 무관하게 선후배 및 업무 등으로 다양한 관계를 형성하게 된다. 대개 이러한 인연은 긍정적인 경험으로 이어지기도 하지만, 모든 만남이 좋은 결과로 마무리되는 것은 아니다. 어떤 관계는 복잡하고, 때로는 예상치 못한 갈등을 초래하기도 한다.

L은 자신보다 15살 어린 후배와 깊은 유대감을 형성하며 지냈다. 나이 차이가 무색할 만큼 두 사람은 서로의 공감대가 잘 맞았고, 커피 한 잔으로 시작된 대화는 다이어트 실패담, 불우했던 가정사, 그리고 속 깊은 남녀 관계에 이르기까지 다양한 주제로 이어지며 그들의 친밀감은 더욱 깊어졌다.

어느 날, 후배는 자신의 고민을 털어놓기 시작하며 L에게 의지하고자 했다. L은 후배의 허물없이 대하는 모습과 그녀가 의지하는 태도에 마음이 열렸고, 밝고 귀여운 분위기에 매력을 느꼈다. 두 사람은 가족 모임에도 함께하고 여행을 다니며 즐거운 추억을 쌓았고, 서로를 친자매처럼 여기게 되었다. L은 이 관계가 앞으로도 변치 않을 것이라고 확신했다.

그러던 어느 날, 후배의 가족이 갑작스럽게 수술을 받게 되었고, 후배는 L에게 도움을 요청했다. L은 후배에게 더욱 깊은 유대감을 느끼며, 수술실 앞에서 보호자 대리로 사인까지 하며 그녀를 지지해 주었다. 이 사건은 두 사람의 관계를 한층 더 돈독하게 만드는 계기가 되었다.

6년이 지난 어느 날 두 사람은 함께 여행을 떠나게 되었다. L이 운전대를 잡고 있었고, 차창 밖으로는 아름다운 풍경이 펼쳐져 있었다. 라디오에서는 감미로운 노래가 흘러나오고 있었다. 평소와 다름없이 후배는 최근에 썸을 타기 시작한 남자에 대해 쉴 새 없이 이야기를 늘어놓고 있었다. 30대 초반의 미혼인 후배에게는 이보다 중요한 일이 없겠지 싶었다.

하지만 그날은 예전과는 다르게 반응하게 됐다. 새로 알게 된 남자 동료의 모든 행동과 그 의미를 묻는 끝없는 질문에 L은 처음으로 조심스럽게 부탁했다. L에게는 용기가 필요한 행동이었다. "우리 그 얘기 나중에 하면 안 될까? 운전 중이라 집중하기가 힘들고, 무엇보다 지금, 이 순간이 너무 아름답지 않니?"

L은 단순히 그 순간의 아름다움을 함께 즐기고 싶어 한 말이었다. 그러나 그 순간 이후 L은 후배에게 있어 엄청난 가해자가 되어버렸다.

"언니는 마음대로 다하고 살면서 이런 말도 못 들어줘요?" 후배의 말에 L은 더는 말을 이어갈 수가 없었다. 안타깝게도 그렇게 여행은 끝나버렸고, 후배와의 관계도 끝나버리고 말았다. 추억을 쌓아 올리는 데에는 6년이라는 오랜 시간이 걸렸지만, 멀어지는 것은 한순간의 물거품과도 같았다.

　L은 분명 세상의 모든 사람이 항상 변하지 않고 언제까지나 같은 마음으로 함께 할 수만은 없다는 것을 경험으로 느꼈을 것이다. 관계는 일방적이 아니라 양방향이어야 한다. 너무나 믿고 의지했기에, 그럴 일이 없을 것이라고 자신과 같은 마음일 것이라는 착각이 만들어 낸 기대치가 혹독한 이별을 불러온 것은 아니었을까? L은 이후로도 후배와 해결되지 않은 깊은 상처로 타인들과의 관계에 어려움을 겪었다.
　관계가 아프고 힘들어질 때, 우리는 그 상처를 대하기가 매우 어려워진다. 대부분 사람은 이런 관계에서 상처를 받게 되면 새로운 관계를 만들어 가는 데 큰 두려움과 불안감을 느끼게 된다. 이전 경험이 트라우마로 남아 새로운 관계에 대한 신뢰를 쌓기 어렵게 만들기 때문이다. 상처받은 관계를 치유하기란 절대 쉽지 않다. 내면의 상처를 마주하며 스스로 해결하기 위해 우리는 어떻게 해야 할까?

　사람과의 관계로 혼란스럽고 치유하고 싶을 때 주문처럼 말하게 되는 문장이 있다. '그럴 수 있어. 그럴 수 있지.' '그래도 그건 아니지.' 때로는 자신조차 이해하기 어려운 일이기에, 타인을 이해하기가 늘 쉽지만은 않다. 그렇기에 3자의 시선으로 상황을 바라본다면, 관계 속에서 많은 부분이 달라져 보이지 않을까? 이러한 태도는 벌어진 상황에 대해 자신을 이해시키고 감정적인 상처를 다독이는 데 도움을 주기도 한다.

특히 가까운 관계일수록 우리는 '말하지 않아도 알겠지.', '굳이 말로 해야 하나.'라는 생각을 하게 되기 쉽다. 하지만 감정이라는 것은 어떤 가? 순간에 따라 쉽게 변할 수 있고, 묵혀둘수록 풀기가 더 어려워진다. 그렇기 때문에 다시 꺼내기 어렵더라도 솔직하게 대화를 시도해 보는 것이 중요하다. 인간관계는 옳은 정답을 찾기는 어렵다. 나를 불편하게 하는 사람들을 피할 수 있다면 좋겠지만, 현실적으로 그리 쉬운 일은 아니다.

매도 빨리 맞는 게 낫다.라는 속담처럼 불편한 상황의 매듭은 빨리 풀수록 좋다. 관계에서의 상처 예방을 위한 주사는 항체를 형성하기가 어렵다. 그러나 상처를 피하기는 힘들지 몰라도 최소화할 수는 있다. 상대방의 행동이나 말에 대해 그들의 상황을 이해하고 공감하려는 노력을 해보면 어떨까? 상대방이 나의 감정을 이해하지 못한다면, 솔직하게 나의 감정을 표현해 보는 것도 좋다. 관계에서 문제가 생겼을 때, 대부분 사람은 긍정적인 자신감을 가지기보다는 자신을 비하하거나 부정적인 생각에 빠지기 쉽다. 이런 상처로부터 자신을 보호하기 위해 자기 자신의 감정을 솔직하게 표현하며 존중해 주는 것이다.

불교 용어로 '시절 인연'이라는 말이 있다. 인연이 오고 감에는 적절한 시기와 때가 존재한다는 뜻이다. 어느새 나에게 인연으로 다가왔던 사람들도 시간이 지나면 관심사와 흥미가 달라져 자연스럽게 관계가 멀어질 수 있다. 타인과 잘 지내다가도 갑작스러운 감정 변화나 이해와 소통의 문제로 문제가 생긴다면, 그것이 당신의 문제가 아닐 수도 있다는 이야기를 건네고 싶다. 그 시기에는 그렇게 바람이 불어올 뿐이며, 우리는 그 바람을 어떻게 할 수 없다는 것을 말이다.

관계가 아프고 힘들어질 때, 그 상처를 제대로 돌봐주지 않고 방치한다면 마음속에 오래도록 흉터로 남을 수 있다는 것을 알게 된다. 시간이 약이라는 말이 있지만, 오랜 기간이 지나도 쉽게 치유되지 않는 상처는 또 다른 새로운 관계를 시작하는 데 큰 걸림돌이 된다는 것도 우리는 잘 알고 있다. 어떻게 하면 좋을까? 먼저, 스스로의 감정을 솔직하게 마주하고 바람이 남기고 간 흔적을 돌보는 노력을 해 보자.

우리가 관계를 어떻게 처리하느냐에 따라 상처는 점점 작아질 것이며, 더 성숙한 관계를 쌓아갈 수 있는 계기들이 열리게 될 것이다. 꼭 기억하자.

결국 스스로 처리하지 못한 관계는 상처가 될 수밖에 없다는 사실을.

⓻
자신을 더 사랑하는 것은
이기적인 것이 아니다

자신을 더 사랑한다는 것에 대해 우리는 어떤 느낌들을 가지고 있을까? 내 인생의 미래가 궁금하고 오로지 자신에게만 집중하던 이십 대 시절, 엄마는 오십 대를 지나며 갱년기를 경험하고 있었다. 당시에는 갱년기에 대한 개념조차 잘 알려져 있지 않았기에, 엄마도 자신이 왜 그런 변화와 어려움을 겪고 있는지 확실히 알지 못했던 것 같다. 나 또한 젊고 철이 없던 시절이라, 엄마의 고통을 제대로 이해하거나 공감하지 못했었다.

단지 추운 겨울인데도 경상도 사투리로 "아이구, 화딱지 난다!" 하시며 몸이 자꾸 덥다고만 하셨던 걸로 기억한다. 평소 추위를 잘 타던 나는 그저 '엄마는 몸에 열이 참 많으시구나.'라고 생각했을 뿐이다.

Y는 친구들과 자주 만나 서로 이야기를 하며 소소한 일상을 나누고는 했다. 그날도 여느 때와 다름없이 친구들과 모임을 했다. Y는 최근 갱년

기로 종종 무기력함을 느끼고, 작은 일에도 예민하게 반응하곤 했던 터였다. 감정이 오르락내리락했던 Y는 그 모임이 크게 내키지는 않았지만, 기분 전환도 할 겸 마음을 돌이켜 참석했다. 평소 유쾌하고 밝던 Y가 말없이 커피를 마시고 있는 모습을 유심히 지켜보던 K는 그녀가 걱정스러워 보였다.

"Y야, 괜찮아? 요즘 힘든 일 있니?"

"괜찮아, 신경 쓰지 마."

모임이 진행되면서도 Y가 계속 신경 쓰였던 K는 Y의 기분을 풀어볼 양으로 가볍게 말을 던져보았다.

"Y, 넌 항상 다른 사람들 웃겨주잖아~ 좀 웃어봐!" 순간 분위기가 싸늘해졌다.

"내가 왜 너희들 기분 좋으라고 웃어야 하니? 내가 힘든 상황에 있는 걸 알면서도 장난치는 게 정말 싫어!"

카페 안의 분위기가 갑자기 싸늘해졌다.

갱년기는 신체적, 정신적으로 큰 변화를 겪는 시기이다. 엄마에게도, Y에게도 그리고 갱년기가 가까이에 와 있는 우리에게도 자신을 돌보고 사랑하는 것이 특히나 중요해지는 시기가 아닐까 생각한다. Y는 평소에 늘 타인의 기대에 맞추며 살아왔고, 자신을 표현하는 데는 소극적인 친구였다. 어쩌면 그랬기 때문에 이 시기를 겪으면서 감정이 더 예민해지고 작은 일에도 큰 반응을 보이게 된 것이다. 그동안 억눌러왔던 감정을 표현해 내려는 것은 자신을 보호하고 지키려는 본능이었던 것이다.

만약 Y가 평소에 자신을 더 사랑하고 돌봤다면, 자신의 감정을 좀 더 인정하고 표현했다면, 이러한 갈등 상황이 덜했을지도 모르겠다.

물론 주변 사람들을 상관하지 않고 무턱대고 억지를 부리거나 화를 내는 것은 바람직한 모습이 아니다. 그러나 이러한 행동들이 그들 자신을 지켜내기 위한, 자신을 사랑하기 위한 몸부림이라고 생각한다면, 그들을 이해하는 데 큰 도움이 될 듯하다. 십 대 때 겪는 사춘기나 갱년기에 일어나는 격한 감정과 변화들이 이런 관점에서 보면 자신을 사랑하고 존중하려는 애씀이다.

상대를 미워하거나 피해를 주려는 것이 아닌, 자신의 감정을 인정받고 스스로를 지켜내려는 진심이 담긴 노력 말이다. 그러하다면 이런 과정에서 나타나는 행동이 과연 이기적이라고만 할 수가 있을까?

우리는 살아가면서 타인을 배려하는 것이 중요하다는 것을 사회적으로 꾸준히 배우며 성장해 온 것 같다. 하지만 타인을 위한 배려가 자신의 감정을 숨기거나 소홀하게 되는 원인이 되기도 한다. 그 결과, 우리는 종종 자신의 감정을 숨기고, 타인을 위해 희생해야 한다는 압박감을 느끼며 살아가고 있지는 않은가.

인기 드라마 〈이상한 변호사 우영우〉에서 여주인공 우영우는 자폐 스펙트럼을 가진 변호사이다. 어느 날, 그녀가 친구에게 말했다.

"나는 나를 사랑하기로 했어.
그게 이기적이라고 생각하지 않아.
나를 사랑해야 다른 사람도 사랑할 수 있잖아."

이 대사는 나에게 오래도록 깊은 여운을 남겼다. 자신을 사랑하는 것이야말로 타인을 위하고, 진정으로 상대를 사랑할 수 있는 첫 번째 길임을 잘 보여줬기 때문이다. 우리의 여정은 단순히 개인적인 행복을 좇는 것이 아니다. 드라마 속 여주인공의 고백처럼, 우리의 감정을 솔직하게 표현하고, 때로는 필요할 때 자신의 목소리를 낼 수 있어야 한다.

처음에는 이런 행동이 이기적이라고 비판을 받을 수도 있다. 우리는 타인보다 자신을 먼저 생각하고 사랑하는 것이 남을 배려하지 않는 이기심이라고 자연스럽게 배워왔기 때문이다. 하지만 자신을 더 배려함으로써 결국 주변 사람들에게도 더 많은 이해와 사랑을 전할 수 있게 된다. 스스로를 더 사랑하는 용기를 가지면 좋겠다.

'내가 행복해야 주변도 행복하다.'는 말이 있다. 우리는 종종 타인의 능력과 재능에 감탄사를 연발하기도 하고 칭찬과 격려를 아끼지 않는다. 반면, 자신의 진정한 모습을 가장 보지 못하는 이가 바로 본인일 수도 있다. 자신을 가장 잘 안다고 여기지만, 자기 내면에 있는 진짜 모습을 제대로 보지 못하고 있는 것은 아닌지 생각해 보자.

우리는 태어나면서부터 세상을 잘 살아가는 방법, 학문, 그리고 열심히 사는 법에 대해 배운다. 하지만 이런 교육 과정에서 간혹 간과되는 것이 있다. 바로 자신을 사랑하고 돌보는 법이다. 나 또한 많은 사람들을 배려하고 사회적인 책임을 다하는 데 집중하느라 내 감정과 요구를 소홀히 하고는 했다. 오히려 나 자신을 먼저 챙기는 것이 이기적인 행동이라며 스스로 질책하기도 했다. 그 결과, 타인의 요구와 감정에 끌려다니기 일쑤였다. 상한 마음으로 내면의 평화가 깨지는 경험들이 반복되다 보니, 다른 이들을 멀리하게 되었고 관계가 어려워졌다.

당장은 자신을 사랑하는 것이 이기적인 행동으로 비춰질 수 있다. 하지만 타인과의 관계에서도 긍정적인 변화를 가져오는 핵심은 자신을 먼저 소중히 여기는 것임을 이해해야 한다.

자신을 사랑하는 것이 결코 이기적인 것이 아님을 깨닫는 것이 바로 당신의 인생과 관계를 더욱 풍요롭게 하는 그 출발점이 될 것이다.

"세상에서 가장 큰 사랑은 자기 자신을 사랑하는 것이다."

❽
사랑을 주면서
떠나는 것이 인생이다

생의 끝자락에서 준비된 사랑

행복의 중요한 조건 중 하나는 사랑하는 관계를 안정적으로 유지하는 것이다. 누군가와 육십 년 이상을 함께 살아간다는 건, 표현하지 않아도 익숙함 속에 편안함이 배어 있으리라 본다. 팔십이 넘으신 어느 날 갑자기 홀로 되신 엄마를 뵐 때면 으레 하시는 말씀이 있다.

"미우나 고우나 같이 있을 때가 좋다. 함께 있을 때 잘해."

부모님께서는 평상시 좋아하는 표현을 자연스레 자주 하시는 분들도 아니었고, 특별히 잉꼬부부로 여겨지지 않았음에도 불구하고 그렇게 말씀을 하신다.

2022년 코로나 환자가 최고점을 향해 가고 있을 무렵, 아버지께서는 기력이 없으시다며 병원을 가셨다. 바쁘다는 핑계, 직장생활을 한다는 이유로 아버지와 함께 가질 못했다. 아버지는 혈액검사를 모두 하고 돌아오셨고, 이후 자꾸 어지럽다고만 하셨다. 그리고 어느 날 쓰러지셨다는 연락을 받고 응급실로 모시고 갔다.

응급실에서 혈액검사 결과 "급성백혈병이 의심되니 정밀 검사를 해봐야겠습니다."라고 통보를 받았다. 순간 어벙벙해지고 머릿속이 백지 상태가 되어버렸다. 순간 나는 나도 모르게 "왜 하필 많은 병중에 이렇게 힘든 병에 걸리셨어요."라고 말해버렸다. 아버지는 전혀 놀란 기색도 없이 "나는 살 만큼 살았지 않냐... 그래도 1~2년은 더 살 수 있으려나 생각했다."라고 하시면서 소리 없이 눈물을 훔치셨다. 이후 아무런 선택의 여지가 없었다.

아버지와 함께하는 시간을 보내는 것이 최선이라고 생각했다. 집 가까이에 있는 2차 병원에 우선 입원을 하고 수혈을 받으셨다. 곧 아버지는 잠시나마 기력을 찾으셨다.

'정말 저 모습 그대로 퇴원을 하시면 얼마나 좋을까?' 하며 마음속으로 기도를 하고 또 했다. 항암치료를 해 보자며 권유를 드리니, 순순히 그러자 하셔서 3차 병원으로 이동했다. 태어나 처음으로 아버지의 발을 씻어드리고 머리를 감겨드렸다. 아버지께서 좋아하셨을지, 내가 더 좋았을지 생각해 보면 나 자신이 더 흐뭇했던 것 같다. 단 한 번도 해드리지 못한 일을 아프실 때 한다는 것이 너무나 죄송스러웠다. 그렇게 아버지와의 투병 생활의 여정이 함께 시작되었다.

대학병원 무균실에 입원하시고 보호자로 같이 입실을 하면서 전혀 몰랐던 아버지를 알게 되었다. 아버지는 생선을 싫어하시고 과일도 싫어하신다. 특히나 콩자반은 아예 입에 대지도 않으신다. 그동안 아버지는 김치를 싫어하신다 생각했는데, 가장 좋아하시는 음식이란다. 병원 살림인데도 이리저리 물건들이 흩어져 있는 것을 그냥 넘기지 않으셨으며, 이불 하나라도 깔끔하게 정리해야 맘이 편하다고 하셨다. 생소하면서도 내가 알고 있던 아버지의 모습이 낯설기까지 했다.

남편과 자녀가 싫어하는 음식이 무엇인지는 그토록 잘 알면서 어떻게 아버지의 식습관은 얼렁뚱땅 알았을까? 이래서 내리사랑이라는 표현이 있는 건가 보다. 병실에 입원해서도 운동을 게을리하면 안 된다시며 수액이 걸려있는 이동식 폴대를 잡고 열심히 운동하셨다.

항암치료가 시작되면서 몸이 부어오르고 폐렴까지 오면서 아버지는 점점 버티기 힘들어하셨다. 3주 차에는 가족을 못 알아보시기도 하고, 가끔씩은 현실과 동떨어진 말씀을 하셔서 상황을 이해하기가 어렵기도 했다. 그때 나눴던 대화가 오래도록 기억에 생생하다. "아버지~ 나한테 할 말 없나요?" "미라에게는 과자를 사줘야 하는데…" 그 한마디가 너무 애틋하게 들렸다. 어릴 적 아버지가 과자를 사주면 내가 좋아했던 기억이 마지막까지 남아 있으셨나 보다. 다행이라고 해야할지 슬프다고 해야할지 생의 마지막 순간에 과거의 좋았던 기억이 떠 오르는가 보다.

아버지는 그렇게 먼 길을 떠나셨다. 집으로 돌아와서 아버지의 유품을 정리하던 날, 병원 진료의뢰서를 보고 너무나 놀랐다. 이미 검사를 하고 진료 권유를 받으셨음에도 불구하고 아무 이야기도 없으셨던 것이다. 게다가 병원비를 현금으로 모두 준비해 놓으시고, 위층 어르신께는 본인이 없으면 엄마를 잘 부탁한다는 당부까지 하셨다는 걸 뒤늦게 알았다.

아버지께서 돌아가시고 빈자리에서 바라보게 되는 아버지는 누구보다 웃음이 많으셨단다. 베풀기를 좋아하는 따뜻한 분이셨다고 말이다. 그런데 나는 아버지를 어린 시절 무서운 아버지, 술을 좋아하셨던 아버지, 표현을 잘 하지 않으셨던 아버지로 기억하고 있었다. 가족이면서 이렇게 아버지를 몰랐을까? 아버지에 대한 여운은 꽤 긴 현재진행형으로 남아 있다. 아버지와 함께했던 투병 여정을 통해 슬프고 아팠지만, 긴 여운과 추억, 그리고 사랑을 배웠다.

사랑은 우리 인생에서 늘 큰 의미를 지닌다. 흔히 '사랑은 주는 것이다.'라는 표현을 한다. 이 표현이 틀린 말은 아니지만 그렇다고 모든 관계에서 성립되는 말은 아니다. 부모와 자식과의 관계에서 부모가 자식을 대할 때 온전하게 성립한다.

> '언젠가 당신이 말했었지~
> 혼자 남았다고 느껴질 때 추억을 생각하라 그랬지~
> 누구나 외로운 거라 하면서 그리고 이런 말도 했었지~
> 지난날이 자꾸 떠오르면 애쓰며 잊으려 하지 말랬지~
> 사랑은 받는 것이 아니라면서 당신은 내게 들려주었지~
> 진정한 사랑을 하고 싶다면 오로지 주려고만 하랬지~'
> – 해오라기의 〈사랑은 받는 것이 아니라면서〉

아버지가 생각날 때면 흥얼거리는 습관이 생겼다. 사랑은 받을 때 행복하다고 느끼지만, 누군가에게 주고 나서야 비로소 진정한 만족을 느낄 수 있지 않을까? 항암 중 힘드시면서도 웃으려고 애쓰시는 모습에서 사랑이 느껴졌다. "아버지, 많이 힘들죠?"라는 물음에 "내가 무얼 아냐? 너를 믿고 하지."라는 대답은 '딸아, 사랑한다.'라는 말씀으로 들렸다.

아버지께서 남겨주신 마지막 말씀이 있다. "인생이 길지 않으니 소중한 사람들과 함께하는 시간을 소중히 여겨라. 그 시간을 아끼지 말고 서로 사랑하며 보내라." 너무나 잘 알지만 실천하기 어려운 진리이다.

예전엔 아버지를 무서워했다. 이젠 '진심으로 사랑합니다.' 이 마음을 전해드릴 아버지는 곁에 없지만 나는 아버지의 사랑을 전할 가족들과 함께하고 있다. 자주 아낌없이, 표현하면 할수록 샘물처럼 솟아나는 것이 참 기이하다. 나는 오늘도 아버지께서 해주신 "인생 너무 애쓰며 살지 말아라."를 오늘도 기억하며 살아가고 있다.

이별은 아픔을 남기지만, 그 아픔은 우리가 누군가를 진심으로 사랑했던 증거가 되기도 한다. 아버지께서 사랑을 주면서 떠나셨기에, 그 사랑의 힘을 누군가에게 전하고픈 절실한 마음이 든다.

우리는 가족, 친구, 연인 등 소중한 사람들과의 관계 속에서 살아가며 서로를 사랑하고 돌본다. 하지만 그들과 함께 있는 시간은 언젠가 끝나게 마련이다. 부모님의 시간이 다하고, 친구들은 각자의 길을 가며, 연인들은 헤어지는 시절이 있다. 이렇듯 인생은 사랑하는 이들과의 이별의 연속이다. 그렇지만 그 시간들이 우리를 성장시키고 더 나은 사람이 되게 한다. 사랑하는 이들을 떠나보내는 아픔을 겪으며 우리는 삶의 의미와 가치를 깨닫게 되는 것이다.

오십이 넘어서 바라보게 되는 인생은 떠날 때 누구에게도 미안한 마음이 없으면 좋겠다고 혼자 생각해 본다. 사랑을 주면서 떠나는 인생에 대하여 말이다.

❾
부디 있는 모습 그대로
사랑하고 사랑받기를

특별한 의사 선생님을 만났던 기억이 있다. 마취통증의학과 선생님은 첫 진료 대면에서 꺼내신 대화의 첫마디가 "어디가 불편하신가요?"가 아니라 "최근에 있었던 재미있는 이야기를 해 보시겠어요?"라는 질문이었다. 순간 나는 당황스럽기도 했지만, 동시에 그의 따뜻한 마음이 느껴졌다. "최근에는 즐거운 일이 아니라 힘든 일이 있었답니다." 나는 자연스럽게 말문을 열었다. 당시 나는 인생의 여러 관계에서 힘든 순간을 겪고 있었기에, 좋은 일보다 힘든 일이 많았던 시기였다. 그렇게 이야기를 시작하자, 의사 선생님은 내 이야기에 귀 기울이며 깊이 있는 공감을 해 주셨다. 그의 눈빛과 태도에서 진정한 이해와 지지가 느껴졌다.

물리치료를 받으면서 나는 그 질문을 다시 되뇌어 보았다. '왜 그런 질문을 하셨을까?' 곰곰이 생각해 보니, 아마도 오랜 연륜으로 환자를 만나온 선생님은 육체적인 통증이 심리적인 고통과 깊은 연관이 있다는 것을 알고 계셨던 것 같다. 사람은 힘든 감정을 겪을 때, 그로 인해 몸도 아프게 느껴지기 마련이니까.

치료가 끝난 후, 나는 병원의 내부를 둘러보았다. 직원들을 위한 커피 라운지와 반려 식물들로 가득 차 있는 로비의 모습은 마치 환자들을 위해 준비된 작은 힐링 공간 같았다. 의사 선생님은 단순히 의료기술로 환자를 치료하는 것이 아니라 마음으로 환자를 대하고자 하셨던 분으로 느껴졌다.

비록 단 한 번의 만남이었지만, 선생님이 남겨주신 따뜻함은 내 마음에 깊은 여운으로 남아 있다. 선생님과 짧은 시간 속에서 나는 관계에 대한 큰 깨달음을 얻었다. 처음에는 당황스럽기도 했지만, 선생님의 따뜻한 질문 덕분에 내 감정을 솔직하게 털어놓을 수 있었고, 그로 인해 마음의 짐을 조금이나마 덜어낼 수 있었다. 진심 어린 공감이 누군가에게 얼마나 큰 힘이 될 수 있는지를 깨닫게 된 것이다.

"주근깨 빼빼 마른 빨강머리 앤, 예쁘지는 않지만 사랑스러워~"

나는 루시 모드 몽고메리의 《빨강머리 앤》의 열렬한 팬이다. 앤은 항상 '가족'과 '친구'를 갈망했다. 그녀가 바랐던 것은 거창한 것이 아니었다. 그저 함께 웃고 떠들며, 슬픔을 나누고, 감정을 공유할 수 있는 사람들, 그리고 자신의 이야기를 들어주고 이해해 줄 사람을 원했다. 그 안에서 안정감을 찾기를 바랐다. 매튜 커스버트는 앤에게 그런 존재였다.

매튜는 앤의 말을 끊지도 않고 불편함을 표하지도 않았다. 있는 그대로의 순수한 아이로 바라봐 주었으며, 무엇보다 앤을 진심으로 사랑해 주었다. 앤과 매튜의 대화에서, 앤은 매튜에게 이렇게 말한다.

"만일 제가 아저씨가 원하시던 남자아이였더라면 지금쯤이면 크게 힘이 돼서 여러 가지 면에서 편하게 해드릴 수 있을 텐데요. 그걸 생각하면 남자아이였더라면 좋았을 텐데, 그걸 생각하게 돼요."

이에 매튜는 이렇게 답한다.

"글쎄다…. 난 말이다. 남자아이들 열 명보다 네가 있어 주는 게 더 좋단다. 그렇지 에이브릴 장학금을 받은 건 남자아이가 아니었잖아. 여자아이야. 내 딸이란다. 내 자랑스러운 딸이야." 이 대사는 매튜가 앤을 그저 그녀의 존재만으로도 사랑하고 있음을 잘 보여준다. 앤이 누구이기 때문에, 또는 그녀가 무엇을 해낼 수 있어서 사랑한 것이 아니라 있는 모습 그대로 앤을 사랑해 주는 매튜의 마음이 고스란히 담긴 대사다.

우리가 관계 속에서 바라는 것은 대다수 비슷하지 않을까 싶다. 우리 역시 누군가가 우리의 편이 되어주고, 우리의 이야기에 귀 기울여주며, 보이는 모습 그대로 인정해 주기를 바란다.

앤은 낭만과 긍정을 통해 삶을 살아가는 법을 알고 있었다. 그녀는 어려운 상황에서도 긍정적인 면을 찾으려 노력했고, 자신을 둘러싼 모든 것에 감사할 줄 알았다. 나 또한 그러한 삶을 동경한다. 그런 태도를 통해 다른 사람들을 더 진실하게 사랑하고도 싶다.

매튜가 앤을 사랑했던 마음 또한 누군가가 나를 있는 그대로 사랑해 주고, 내가 있는 그대로의 나로 존재할 수 있게 해주는 것에 대한 갈망을 불러일으킨다. 우리는 그런 관계 속에서 안정감을 찾고, 행복을 느낄 수 있기 때문이다. 결국, 《빨강머리 앤》이 우리에게 전하는 가장 큰 메시지는

'있는 모습 그대로 사랑하고, 사랑받기'에 대한 것이 아닐까.

삶을 살아가고 있는 모든 이들이 앤처럼 자신을 사랑하고, 타인에게도 있는 그대로의 사랑을 전하며, 삶을 더욱 풍요롭고 의미 있게 살아갈 수 있기를 바란다.

인간관계는 자연의 사계절과 참 많이 닮았고 변화무쌍하다. 봄의 따뜻한 햇볕과 꽃의 만개, 여름의 열정과 활력, 가을의 수확과 성찰, 겨울의 고요와 회복처럼, 인간관계 또한 이러한 계절의 흐름을 반영한다. 서로 사랑하고 사랑받는다는 것은 마치 사계절의 변화처럼, 각기 다른 감정과 경험으로 가득 차 있다. 그 모든 순간이 참 소중하다.

나는 유달리 사계절 중 봄을 기다리기를 좋아한다. 봄을 기다리듯, 관계의 시작은 언제나 설렘이 가득하다. 그러나 봄만이 지속될 수 없는 것처럼, 관계도 변화를 겪는다. 봄, 여름, 가을, 겨울, 시기마다 다른 의미를 지니는 것처럼 관계도 그러하다.

봄은 새로운 시작과 희망의 상징이다. 누군가와 관계를 맺게 되는 순간, 우리는 가장 순수한 모습으로 서로에게 다가간다. 서로를 알아가고, 작은 것에 감동하며, 진정한 나를 보여주고 싶어 하는 마음으로 꽉 찬다. 때로는 관계에도 봄꽃이 지듯 갈등이 생기기도 한다. 이때 기억해야 할 것은 상대방을 있는 그대로 받아들이고, 자신 또한 진정한 모습을 보여주는 것이다. 진정한 사랑은 상대를 변화시키는 것이 아니라 있는 그대로의 모습을 사랑하는 데서부터 시작되기 때문이다.

여름이 되면 관계는 더 깊어진다. 마음속 이야기들을 조심스럽지만 진지하게 꺼내어 볼 수도 있는 계절이기도 하다. 서로의 감정과 생각을 있는 그대로 존중하는 것이 필요한 때이다. 상대방의 진심을 그대로 받아들이고, 자신의 진실한 모습도 거리낌 없이 보여줄 수 있다면 이 계절엔 친밀감으로 함께 성장하는 시기가 될 것이다.

가을에 이르면 관계는 더욱 무르익는다. 오랜 시간을 함께 보내며 관계가 깊어지고 서로에게 위안과 위로가 되는 시기일 수도 있다. 가을의 관계는 무언가를 꼭 같이하지 않아도 함께 있는 것만으로도 평온해지는 관계. 자주 만나지는 못하지만 오랜 시간 떨어져 있다가도 만나면 반가운 관계, 가을이 그런 것 같다. 가까워질수록 적절한 거리를 유지하는 것이 중요하다. 있는 모습 그대로를 사랑하되, 서로의 독립성을 존중하는 지혜 말이다.

겨울은 관계의 끝맺음이나 변화의 시기를 의미할 수도 있다. 늘 함께이면 좋겠지만, 때로는 각자의 길을 응원해야 하는 시간도 있고, 그 과정에서 차가움을 느낄 수도 있다. 마치 '언제 우리가 친구였나?' 싶을 정도로 말이다. 관계의 끝맺음이 비록 아쉬울지라도, 서로의 모습을 인정해주고 좋은 기억을 간직해 보는 것은 어떨까? 억지로 관계를 붙잡기보다 자연스럽게 흘러가는 것을 받아들이는 것이야말로 인상적인 관계 모습일 테니.

계절이 자연스럽게 변하는 것처럼, 인간관계도 변한다. 시작이 있다면 종결이 있을 수 있고, 종결이 있다면 또 다른 시작이 있을 수 있다. 어떤 관계는 가을에 머물러 있을 수도 있지만, 중요한 것은 그 모든 순간에 서로를 있는 그대로 사랑하고 사랑받는 것이다. 계절의 변화 속에서 관계가 힘들어진다면, 그 흐름을 자연스럽게 받아들이고, 마음을 편히 놓아보는 것은 어떤가. 마치 계절이 자연스럽게 흘러가듯, 관계도 그렇게 흐르도록 말이다.

관계가 어떠한 계절을 맞이하든, 서로의 있는 모습을 존중하고 사랑할 때. 그 관계는 아름답게 지속될 수 있을 것이다.

그대,

부디 있는 모습 그대로 사랑하고 사랑받기를~.

5장

잘하려는 '야망'과
하고 싶어 하는 '욕망' 그 사이

- 내면 -

이미란

① 오십이라는 나이에 다시 시작한 인생 수업

장마철이다. 습하고 꿉꿉하다. 제습기를 틀고, 비 내리는 거실 창문을 바라보며 따뜻한 커피를 마신다. 불쾌했던 몸과 마음이 커피와 함께 이내 녹아내린다. 내내 내리던 비가 멈추고 잠깐 햇살이 비춘다. 반갑다. 뽀송 뽀송하게 빛나는 햇살이 참 예쁘다. 오십쯤의 인생에 대한 내 느낌도 그 러하다. 눅눅한 마음을 녹여주는 커피 한 잔과 장마철의 반가운 햇살처럼 포근하고 산뜻하다. 길고 긴 터널 속에서 마침내 도착한 출구의 반짝거 림! 암흑 속을 걷다가 문득 깨닫게 되는 귀한 순간들! 오십은 이런 순간 들이 많아지는 시기가 아닐는지.

어느새 내 나이 오십이다. 어렸을 땐 마흔이 되면 자기 이름에 책임을 져야 하고, 대단한 무언가가 되어 있어야 한다는 생각에 사로잡혔다. 줄 곧 인생 전반을 통찰할 줄 아는 멋지고 점잖은 어른이 되리라 마음먹었

다. 오십쯤의 어른들이 어찌나 근사해 보이던지, 어서 빨리 어른이 되고
싶었다. 당시에 내가 생각했던 어른이란 완벽함 그 자체였다. 오십의 내
모습을, 그 무엇에도 흔들리지 않는 신념과 포부를 품은 위풍당당한 모습
을 상상하곤 했다.

그러나 이 모든 게 십 대 시절의 착각이었음을. 마흔은커녕 오십이 된
지금도 나에게 인생이란 아리송하고 묘한 물음표다. 다들 그렇지 않은
가? 참 재미난 것은 오십이 되고 보니 또 온통 물음표만은 아니더라는 것
이다. 오십이어야만 깨달을 수 있는 기분 상쾌한 느낌표! 해 질 녘 바다에
반짝거리는 윤슬 같은 순간들. 그런 순간에 늘 함께하는 내면의 통찰. 나
는 어리석게도 이 나이가 되어서야 비로소 마음을 들여다보기 시작했다.
잘하려는 야망과 하고 싶어 하는 욕망 사이에서 방황하는 내면과 대면하
기 시작한 것이다.

오십에 이른 내 마음이 무얼 더 원하는지 몹시도 궁금해졌다. '유교의
반역자' 또는 '양명학 좌파' 등으로 불리는 명말청초(明末淸初)의 사상가
탁오(卓吾) 이지(李贄, 1527~1602)는 이렇게 고백했다.

"나이 오십 이전의 나는 한 마리 개에 불과했다. 앞에 있는 개가 자기
그림자를 보고 짖으면 같이 따라서 짖었던 것이다. 만약 누군가 내가 짖
은 까닭을 묻는다면 벙어리처럼 입을 다물고 쑥스럽게 웃을 수밖에."

사이다 같은 고백에 속이 뻥 뚫린다. 이거다. 오십 이전의 내 인생은 그
저 남들이 성공이라고 하는 것에, 남들 눈에 좋아 보이는 것에 달려들었
던 삶이었다. 더 높이 오르려 했고, 더 많이 가지려 했다. 내면의 목소리
는 듣지 않고, 타인과 사회의 요구에 순응하며 이리저리 흔들렸다. 나만
의 기준과 원칙도 없이 숨 가쁘게 내달렸다. 내 인생에 내가 없었던 나날

들이었다. 잘하려는, 완벽히 해내려는 목표에 함몰되어 제대로 숨도 쉴 수 없었다. 그것도 나를 위해서가 아닌, 오로지 타인에게 인정받기 위한 열망에 말이다.

이제는 그러기 싫다. 내가 좋아하고 원하는 것을 하며 살고 싶다. 남들 보기에 거창한 희망을 꿈꾸기보다는 나만의 소소한 재미를 느끼며 오십의 여유와 행복을 누리고 싶다. 탁오 이지가 말한 한 마리 개처럼 누군가가 짖어대니 까닭도 모른 채 따라서 짖는 그런 삶을 살고 싶지는 않다. 우리에게 오십이란 인생의 맛을 제대로 음미하기 시작하는 나이가 아니던가.

삼십에 결혼한 나는 입시학원의 열혈 국어 강사였다. 당시 나는 그저 아이들의 국어 성적만을 위해 달리고 또 달렸다. 아이들의 국어 100점이 곧 내 성적표인 양 착각하면서 가르치고 또 가르쳤다. 어찌나 무섭고 호되게, 그리고 집요하게 아이들을 물고 늘어졌는지 모른다. 오죽하면 별명이 호랑이였을까. 그래도 막상 100점을 맞으면 아이들을 비롯한 학부모님과 원장님의 칭찬이 끊이지가 않았다. 마약 같은 칭찬에 점점 중독되었다.

최고의 족집게 국어 강사라는 환호 속에서 나는 활활 타오르고 있었다. 완벽한 강사가 되기 위해 독서·논술 지도사, 스토리텔링 지도사, 자기주도학습 지도사 등 관련 자격증을 미친 듯이 취득했다. 주마가편이라! 달리는 말에 계속 채찍질을 해대며 주말도 반납한 채 질주했다. 그렇다. 당시 나는 미친 말이었다. 지금 돌이켜 생각하면 너무나 끔찍하고 무섭다. 생각해 보라. 이미 죽을힘을 다해 달리고 있는데 더 빨리 달리려고 내달리는 모습을. 지금도 그때 생각만 하면 아찔하다. 이런 나를 아무도 말리지 않았다. 결국 태양 마차를 제대로 몰지 못해 세상을 불바다로 만든 파에톤처럼 망가지고야 말았다.

아내 노릇은 고사하고 엄마가 되지도 못한 채 속절없이 마흔을 맞이했다. 그렇게 십이 년을 보내고 보니 남은 건 몸도 마음도 피폐해진 초라한 모습뿐이었다.

'내가 뭘 하는 거지?'

'도대체 무엇을 위해 살아가고 있는 거지?'

잠시도 숨돌릴 틈 없는 일상에 멈춤 버튼을 눌렀다. 그제야 내 마음에 묻기 시작했다. 마흔 중반에야 내면과의 대화를 시작했다. 그동안 돌보지 못한 내면의 서운함을 다독이고 어루만져 주었다.

심리학자 배리 슈워츠는 그의 저서 《선택의 심리학》에서 말했다.

"적당한 만족이란 적당히 좋은 것에 만족하고 더 좋은 것이 있으면 어쩌나 하는 염려를 하지 않는 것이다. '적당히 만족하는 법'을 배우는 것은 인생을 즐기기 위한 방법이다."

이 문장이 내게 큰 깨달음을 주었다. 최고를 찾고 끝없이 원하기보다는 '이만하면 괜찮은 것', '내가 하고 싶고 즐기고 싶은 것'에 만족하며 누릴 수 있어야 한다는 의미가 아닌가.

오십인 나는 이제 적당히 만족하며 살아가려 한다. 하늘의 뜻과 세상의 이치를 알기 이전에 내 마음이 원하는 것을 오늘 하루 실천할 것이다. 반백 살 나이에도 불구하고 현실 속에서는 한없이 흔들리기도 한다. 그런데 이왕지사 흔들릴 수밖에 없는 인생이라면 신나게 흔들리면 또 어떤가. 오십이라는 나이에 다시 시작한 나 자신의 인생 수업 중 가장 중요한 필수

과목이 있다. '하고 싶은 일을 하면서 신나는 인생을 사는 것!'

신나는 인생을 위해 매일을 활기차고 즐거운 시간들로 채워간다. 자신이 원하는 흥미로운 활동을 하며, 사랑하는 가족이나 친구들과 소중한 시간을 보낸다. 나는 운동할 때 에너지가 샘솟는 느낌을 받는다. 특히 점핑을 할 때, 마치 하늘을 나는 듯한 해방감과 짜릿함을 느낀다. 트램펄린 위에서 뛰는 순간, 온몸에 도파민이 폭발하며 황홀하기까지 하다. 독서는 내게 큰 기쁨을 준다. 책을 읽는 동안 마음이 따뜻해지고, 특히 로맨스 소설을 읽을 때는 감미로운 사랑 이야기에 마음이 녹아내린다. 남편이랑 딸과 함께 시간이 날 때마다 여행을 떠난다. 셋이 함께 맛집을 탐방하며 새로운 음식을 경험할 때마다 우리는 더 가까워지고 행복이 넘친다. 가족과 함께 만든 소중한 추억들은 인생의 가장 큰 보물이다.

때로는 아무것도 하지 않는 시간도 필요하다. 운동과 독서가 즐겁지 않은 날도 있다. 그러면 하루 종일 좋아하는 음악을 들으며 보고 싶었던 영화를 감상한다. 집안일이나 육아에 지칠 때면 배달 음식을 시켜 먹거나 남편에게 아이를 맡기고 이불 김밥을 말고 있기도 한다. 인생의 순간마다 적절한 타이밍에 나에게 필요한 에너지를 채우기 위해 노력하고 있다. 스스로 무엇을 원하는지 늘 파악하고, 그때그때 자신을 들여다보는 시간을 게을리하지 않으려 한다.

"얘들아, 할아버지랑 너희 엄마가 그러더구나.

그때 할미의 얼굴에서 웃음이 떠나지를 않았다고. 쉰 살쯤이라는 게 무색할 정도로 반짝반짝 빛났다고. 누구보다 활기차고 행복해 보이는 모습이 참 예쁘고 멋져 보였었다고 말이야.

어때? 너희들 보기에 지금도 꽤 근사한 할미 아니니?

할미의 소망은 너희가 이 할미보다는 좀 더 일찍 인생의 재미를 깨닫고 마음의 소리를 따라 살아가는 거야. 그래서 그저 행복하기만을 바라."

여든이나 아흔을 맞은 어느 날, 손주들에게 건네고 싶은 소소한 마음이랄까. 이것이 내가 오십이라는 나이에 다시 시작한 인생 수업이다.

❷
내 영혼이 후회하지 않도록
나를 발견해 간다

늘 엄마가 돌아가실까 봐 두려웠다. 2남 2녀 중 셋째인 나를 유난히 사랑해 주셨던 엄마. 엄마는 간 담도암으로 3년 동안 투병 생활을 하셨다. 신장 투석까지 받으며 최후까지 버티시더니 그토록 아끼던 막내딸의 출산을 보지도 못한 채 결국엔 돌아가셨다. 8년 전 그땐 뭘 어떻게 해야 할지 막막했다. 모든 걸 잃어버렸던 순간이었다. 엄마는 떠났고, 내 배 속에는 얼마 후면 태어날 딸이 자라나고 있었다. 그렇게 나는 엄마를 보내고 엄마가 되었다.

"미란아! 하고 싶은 거를 하고 살아라.
네가 진짜 좋아하는 일에 푹 빠져보렴.
엄마는 장사하는 게 그렇게 재미나더라.

네 눈에는 평생 돈만 벌어대는 억척스러운 엄마였을지 몰라도 나는 품질 좋은 내 물건을 이문 조금 남겨서 팔 때가 신나고 좋았어.

물론 엄마로, 주부로서는 아주 부족하고 소홀했었지.

그건 너희들이나 아빠에게 참 미안해.

그래도 신명 나게 내 힘으로 일해서 번 돈으로 우리 식구를 건사해 나갔다는 자부심이 있어. 비록 내 맘대로 돈을 펑펑 써보지도 못하고, 그 흔한 여행 한 번 제대로 가본 적 없지만, 하고 싶은 장사를 건강이 허락했을 때까지 충분히 해봤다는 만족감은 있다.

불량 엄마 밑에서 너희들도 제법 잘 자라주었고. 엄마는 평생에 하고 싶은 일을 찾았고, 재미나게 했기에 후회 없는 인생이었지."

– 투병 생활하기 전 어머니 말씀

엄마와 영원한 이별을 했을 때, 배 속에 있던 아이가 어느새 여덟 살이 되었고, 나는 오십에 접어들었다. 요즘 들어 생전에 엄마가 하시던 말씀이 주문처럼 머리에 맴돈다. 투병했던 삼 년을 제외하곤 장터에서 치열하게 장사를 하시고 불꽃 같은 삶을 사시다가 칠십에 영면하신 엄마. 장사할 때가 가장 신났다는 천생 장사꾼 그녀. 병원에서도 장사에 관련된 이야기만 하면 깔깔거리시며 좋아하시던 당신이 무척 그립다. "엄마! 그곳에서 잘 지내고 계시죠?"

작년부터 즐겨 부르는 노래가 있다. 최성수의 〈whisky on the rock〉

'나이를 먹는다는 건 나쁜 것만은 아니야.

세월의 멋은 흉내 낼 수 없잖아.

멋있게 늙는 건 더욱더 어려워. (중략)

얼음에 채워진 꿈들이 서서히 녹아가고 있네.'

혀끝을 감도는 whisky on the rock.

다들 이 노래에서 중년의 이루지 못한 꿈과 희망에 관한 허무함을 느끼게 된다지만, 내 나름의 해석은 좀 다르다.

나는 여름에 태어났다. 얼마 후면 쉰한 번째 생일을 맞는다. 노래 가사처럼 이 나이쯤 되고 보니 나이를 먹는다는 게 나쁜 것만은 아니더라. 마음에 가득 찼던 욕심을 비우고, 감사와 여유를 장착하게 되니 인생이 더 살만하게 느껴진다. 오히려 멋있게 늙는 건 더욱더 어렵다는 가사가 가슴에 콕 박힌다. 나는 멋있게 나이 들고 싶다. 내가 생각하는 멋짐이란 내면의 목소리에 충실한 삶을 사는 것, 돌아가신 엄마처럼 하고 싶은 일을 신나게 하면서 나이 드는 것이다.

단, 엄마가 그랬던 것처럼 가족만을 위해 희생하기보다는 내 영혼을 더 가꾸고 돌보고 싶다는 게 다르다고 할까. 내 생각엔 인생이 꼭 스트레이트 위스키처럼 진하고 강렬할 필요는 없을 것 같다. 온더 락스처럼 연하고 부드러운 삶이 더 근사할 수도 있다. 나에게는 위스키 잔에서 서서히 녹아가는 얼음이 슬프고 허무한 게 아니라 조화롭고 느긋하게만 느껴진다. 감미롭게 술술 넘어가는 목 넘김에 얼굴에는 만족스러운 미소가 흐르니까 말이다.

오십을 넘어서니 시간이 정말 빠르게 흘러간다. 이미 꿈처럼 지나간 시간은 후회 없이 보내버리고 앞으로의 시간에 충실하고 싶다. 앞만 보며 달려왔던 인생에 사과하고, 옆도 둘러보면서 찬란한 순간 속에서 영원히 반짝거리고 싶다.

만홧가게 딸이었던 어린 시절, 내 단짝 친구는 만화책이었다. 하루 종일 가게에 앉아 당시 인기 있었던 만화책들을 읽고 또 읽었다. 만화책 속에서 나는 어디든지 갈 수 있었고, 누구라도 될 수 있었다. 그 시절 나에게 만화책은 보물이었고, 우리 가게는 보물이 가득 찬 궁전이었다. 생각해 보면 아무런 욕심과 의무감 없이 그저 책에 몰입했던 그때가 가장 행복했던 것이 아닐까?

성인이 되어 결혼하고 아이들에게 국어를 가르치면서 아이러니하게도 책과 멀어지게 되었다. 아이들에게만 읽으라고 강요하고는 정작 나는 읽지 않았다. 세월은 어느덧 흐르고 여전히 책을 좋아하긴 하지만 그때처럼 행복한 책 읽기 시간은 다시 오지 않았다.

그럼에도 내 영혼은 늘 외치고 있었다. '너는 책을 읽을 때 가장 행복하단다. 기억하니? 어릴 적 늘 책과 함께했던 너의 모습을 말이야.' 간절하게 내가 하고 싶은 일을 찾아갈수록 책을 향해 가는 나를 발견했다. 닥치는 대로 읽기 시작했다. 계속 읽다 보니 흔적을 남기고 싶었다. 책을 읽으면서 느꼈던 감정들을 끄적이고 싶어졌다. 읽은 책들에 관해 기록하기 시작했다. 그 결과, 지금의 '미란북스'라는 책 스타 그램 인스타 계정이 탄생하게 되었다. 남들 눈을 의식하지 않았다. 누가 내 계정에 '좋아요'를 누르고 몇 개가 되는지, 팔로워 숫자도 중요하지 않았다. 그저 읽고 싶은 책을 마음껏 읽고 글로 남겨보기로 했다.

엄마가 된 후 처음으로 내가 하고 싶은 일을 스스로 선택하고 실행했다. 참 행복하고 소중한 경험이었다. 도서 인플루언서가 된 지도 어느새 일 년하고 반이 지났다. 이 기간에 500여 권의 책을 읽었고, 공저책 한 권《원씽을 읽은 사람들》과 전자책 한 권《매일 오전 10시! 나는 프로 운동러가 된다》를 출간했다. 초보 작가이지만 나름 많은 책을 읽고 접하다 보니 또 쓰고 싶어졌다. 그래서 지금도 또 한 권의 책 쓰기를 하고 있는 것이 아닌가.

'꿈을 꾸되 늘 깨어있으라.', '고여있는 물은 썩는다.', '구르는 돌엔 이끼가 끼지 않는다.'.

누구나 어쩔 수 없이 나이를 먹고 늙는다. 나는 늙어도 낡고 싶진 않다. 과거에 익힌 정보나 감성에만 파묻혀 고여있는 꼰대는 절대 되지 않을 것이다. 늘 흘러가고 싶다. 흐르는 강물처럼 살고 싶다. 단 세차게 흐르거나, 마구 구르지는 않을 것이다. 적당히 즐기면서 유영하며 부드럽고 유연하게 졸졸거릴 테다.

내 인생에서 발견한 책 읽기는 늙을지언정 초라하게 낡지 않으려는 나만의 필살기다. 뻔한 사실이지만, 이 나이쯤 되니 더 실감한다. 이십 대의 젊음을, 삼십 대의 열정을, 사십 대의 야망을, 그리하여 오십 대의 성공을 추구하며 꿈꿔왔지만, 지금의 나는 그저 평범하고 나이 든 엄마이자 주부다. 하지만 내가 이렇게 살든 저렇게 살든, 남들은 나에게 그다지 관심이 없다.

내가 어떤 사람이며 어떤 삶을 원하는지 찾았고 깨닫게 되었으니, 이제 나는 어머니가 늘 말씀하셨던 후회하지 않는 삶을 위해 그 길을 걸어가련다. 읽고 쓰는 삶! 읽고 쓰고 배우는 인생! 내 영혼이 후회하지 않도록 나를 발견해 가던 중에 알게 된 아름다운 나만의 꽃길을 향해, 이제 나는 자신을 찾고 행복을 좇는 길을 걷는다. 얼굴에 미소가 번진다.

❸
야망과 거리두기 대
욕망과 대면하기

어느 날 토끼들이 모여서 두려움에 떨며 사는 것을 한탄했다.

"우리 토끼는 결국 사람이나 개, 독수리, 그리고 다른 동물들의 먹잇감
이 아닌가?
이런 공포 속에서 사느니 한꺼번에 죽어버리는 게 낫겠다."

이렇게 결정을 내린 토끼들은 물에 빠져 죽으려고 연못으로 돌진했
다. 이때 연못 근처에서 웅크리고 있던 개구리들은 토끼들이 달려오는 소
리를 듣자마자 물속으로 뛰어들었다. 그러자 가장 앞에 있던 토끼가 말했
다.

"친구들, 멈추시오. 나쁜 짓은 하지 맙시다.

여기에 우리보다 더 두려움에 떨고 있는 동물이 있소."

– 이솝우화《토끼와 개구리》중

　비단 우화 속 토끼들만 이런 눈을 가졌을까? 우리도 다를 바 없다. 자신보다 성공했거나 힘이 세거나 유명한 사람들을 쳐다보며 현재의 처지와 비교해 우울해한다. '나는 왜 이 모양 이 꼴일까? 이제껏 잘한 게 하나도 없네. 나는 살 가치가 없어.' 여기저기 잘나가는 완벽한 사람들을 올려다보니 목만 아프다.

　나도 그랬다. 진솔한 글을 쓰겠다는 생각보다는 잘 팔리는 책을 써서 완벽하게 성공하고 싶었다. 베스트셀러 작가가 되어 유명해지고 돈도 많이 벌고 싶었다. 그러나 내 글쓰기 실력은 형편없었고, 이를 개선하려는 노력보다는 남들에게 보여주기식 작가 놀이에 빠져 버렸다. 매번 결심만 했을 뿐이다. '써야지, 써야지.' 오늘은, 이번 주에는, 이번 달에는, 상반기에는, 올해가 가기 전에는….

　'더 준비되면 써보자. 이렇게 글발이 없는데 어떻게 집필하겠니? 일단은 완벽한 주제와 에피소드를 생각하자. 사람들을 유혹할 만한 특별한 제목과 목차를 완성하자. 지금은 아직 아무것도 결정된 게 없으니, 나중에 쓰자.'

　우물쭈물하다가 내 이럴 줄 알았다. 쓰고자 했던 열망을 처음 가졌던 2년 전과 마찬가지로 여전히 나는 초보 작가에 머물러 있고, 그나마 간신히 집필한 공저책과 전자책은 기대만큼 많이 팔리지 않았다. 우화 속 토끼처럼 위만 올려다보며 한없이 위축됐다. 조금만 아래를 내려다 볼 걸. 나에게 필요한 건 이 정도면 된다는 만족과 자신감이었을 텐데 말이다. 나는 나보다 잘나가는 사람들을 바라보다 지쳐가고 있었다.

이제는 그저 쓰려한다. 완벽하게 잘 쓰지 못해도, 잘 팔리지 않아도, 내면에서 속삭이는 생각들을 글로 자유롭게 표현하고 싶다. 베스트셀러 작가가 아니어도 좋다. 글쓰기를 시작하기에 완벽한 타이밍은 없다. 종국엔 베스트셀러 작가가 될지언정 지금 당장은 아니어도 괜찮다. 무슨 일이든 마찬가지다. 마음먹은 지금, 이 순간이 바로 실행의 최적기이다. 언젠가로 미루다 보면 내년에도, 십 년 후에도 시작하지 못한 모습 그대로 제자리에 머물러 있을 뿐일 테다.

결심만 반복하다가 2년이라는 소중한 시간을 허비했다. 5년이나 10년이 아닌 게 그나마 다행이구나 싶으면서도 아쉬운 마음은 어쩔 도리가 없다. 하지만 시행착오를 겪으며 깨달은 귀한 발견이 있다. 할 수 있는 만큼 실행하며 행복한 작가로 성장하고 싶다는 소망, 그리고 욕심을 비우면 하고 싶은 일을 즐겁게 실행하며 하루하루를 채워나갈 수 있다는 사실이다.

이제는 타인에게 인정받으려는 야망으로부터 자유로워지고 싶다. 매일매일 나 자신을 위한 계획 속에서, 내가 하고 싶은 일을 즐겁게 누리는 것 외에는 모든 것으로부터 해방되고 싶다.

인생에 정답은 없다. 많은 이들이 심심찮게 던지는 좋아하는 일과 잘하는 일의 선택 속에서는 더욱 그렇다. 좋아하는 일을 하다 보면 잘하게 되는 게 모두가 바라는 이상적인 결과일 것이다. 하지만 내 생각은 여기서 좀 더 확장된다. 잘하지 못하더라도 좋아해서 즐긴 것만으로도 충분하다. 모두가 다 최고의 자리에 올라야만 하는 건 아니지 않은가.

3년 전, 딸을 유치원에 보내면서 아이를 낳고 엄마가 된 후 처음으로 나만의 시간이 주어졌다. 필라테스, 요가, 스피닝, 줌바, 에어로빅, 웨이트, 헬스 등 3년 동안 다양한 운동을 섭렵했다. 하나하나 배워가는 기쁨에 시간 가는 줄 몰랐던 나날들이었다. 인생 책만 있는 게 아니었다. 인생 운동도 만나게 되었는데, 바로 '점핑'이다.

트램펄린 위에서 폴짝폴짝 뛰며 춤을 추는 점핑은 맨땅에서 하는 다른 운동들에 비해 매력이 넘쳤다. 반동을 이용하기 때문에 무릎에 부담이 없고, 체력 안배에도 효과적이라 하루 종일이라도 할 수 있었다. 신나는 음악에 맞춰 점프하다 보면 내 안에 있는 모든 스트레스가 다 사라졌다. 그렇게 나는 치명적인 점핑 마법에 빠져버렸다. 2년 반가량 점핑에 푹 빠져 있다 보니 강사가 되고 싶어졌다. 그리고 3개월의 노력 끝에 마침내 '점핑 강사 1급 자격증'을 취득했다. 인내는 쓰나 열매는 달다고 했던가. 연습하는 과정은 힘들었지만, 결과는 만족스러웠다.

센터에서 회원들을 진두지휘하며 열정적으로 수업하는 내 모습을 상상했다. 자격증만 따면 꽃길이 열리는 줄만 알았다. 하지만 강사가 되기 위한 수업에 집중하면서 이전과 사뭇 달라진 공기를 체감했다. 얼굴에 웃음이 사라졌다. 외워야 할 동작과 안무 창작, 신호 넣는 법 등을 익히느라 더 이상 점핑이 재밌지 않았다. 강사로서의 두려움과 근심만이 가득했다.

독서 수업을 핑계로 3개월간 점핑을 멀리하다가 다시 센터를 찾았다. 함께 자격증을 취득한 동기들이 벌써 수업을 진행한다는 소식을 들었다. 그들의 유려한 안무를 보니 마냥 부러웠다. 연습도 하지 않고 실력도 아직 갖추지 못한 상태에서 나도 얼른 수업에 투입되기를 바랐다. 결국 스스로 이 정도면 됐다고 만족하며 나보다 먼저 강사가 되어있는 동기들을 부러워만 하고 있었다. 천천히 현재의 과정을 즐기며 하나씩 실력을 쌓으면 저절로 수업을 맡게 되는 때가 올 텐데, 욕심만 한가득 부리며 자신을 망가뜨리고 있었다.

우화 속 토끼와도 같다. 타인의 인생 의미와 가치는 나와 다르다. 더군다나 때를 맞는 시절도 다르다. 그런데 나와 맞지도 않는 그들의 존재 의미를 따라가려 하고, 그들의 인생 가치를 내 인생에서 찾으려 하니, 어느 순간 열정을 가졌던 것들이 금세 내게 무의미해져 버려 당혹스러웠지 않은가. 허울좋은 모습으로 나도 그들과 같이 되겠다는 과욕을 부리며 말이다.

인생에 단 한 가지 정도는 아무런 목적과 의무 없이 즐길 수 있다. 어쩌면 순수하게 즐길 거리가 많을수록 재미있는 인생이다. 나는 나이 오십 이후의 삶을 재미있게 살고 싶다.

아직은 점핑 전문 강사로 나서기 위한 마음의 준비가 되지 않았다. 실력도 좀 더 갖춰가고 있는 중이다. 천천히 나 자신과 깊은 대화를 하며 욕심을 떨쳐내고 진정으로 즐기며 실력을 갖출 수 있는 때를 기다리고 있다. 시간이 흘러갈수록 야망과 거리를 두며 욕망과 대면하는 자세를 취하는 것이 내가 오십에 깨달은 중요한 교훈이지 않을까.

❹
이제 인생 굽잇길이
지루하지 않다

결혼하고 20년 동안 살았던 아파트를 떠나 단독 주택으로 이사 온 지석 달째다. 이토록 평화롭고, 편안하고 여유로울 수가 없는 나날들의 연속이라니 가슴이 벅차오른다. 정원이 있는 집과 각종 채소가 있는 텃밭 화분, 베란다 평상에서 누리는 바비큐 파티. 무엇보다 땅을 딛고 살 수 있다니 꿈만 같다. 나의 판단 착오로 자칫하면 이런 생활을 누릴 수 없었을 거라고 생각하니 아찔하다. 다행이다. 이사 오길 정말 잘했구나. 인제야 굳건히 단독 주택을 고집해 온 남편이 참 고맙다.

이사 오기 전에 남편과 많은 의견 충돌이 있었다. 나는 결혼 전에 이미 단독 주택에서 30년을 살았다. 나에게 단독 주택은 춥고, 덥고, 지저분하고, 살기에 불편한 공간이었다. 신혼의 단꿈을 안고 난생처음으로 아파트에 입주했을 때, 얼마나 기뻤는지 모른다. 남편이 오직 아내인 나를 위해 낡은 아파트를 세련되게 리모델링해 주었다. 베란다를 확장해 광활한 거실을, 깔끔하고 예쁘며 실용적이기까지 한 우드톤의 부엌을 선물해 주었다. 최고 히트였던 것은 당시 나의 로망이었던 전면책장으로 도배된 서재를 꾸며 준 것이었다. 31년 인생 최초로 나만의 공간이 생겼던 벅찬 순간이 아직도 생생하게 기억난다. '결혼하길 잘했구나. 남편이 나를 많이 아끼고 사랑하는구나.' 하는 생각에 사랑이 샘솟았던 시절이었다. 지금 생각하면 별거 아닌 인테리어일 수도 있겠지만, 20년 전에는 구경하는 집으로 소문이 자자했었다. 많은 주민이 우리 아파트를 보러 오곤 했으니까 말이다.

그때만 해도 살림을 완벽하게 잘 해내야겠다는 욕심이 많았다. 우리 둘만의 소중한 공간에 먼지 한 톨도 허락하지 않으리라는 다짐으로 매일 쓸고 닦기에 여념이 없었다. 우리는 맞벌이 부부에다 딩크족이었다. 특히나 늦게 출근하고 퇴근하는 입시학원의 강사였던 나였다. 시험 기간에는 눈코 뜰 새 없이 바빠서 주말도 반납하고 수업을 했다. 어느새 살림은 뒷전이 되었다. 완벽한 살림을 하겠다는 다짐은 자연스럽게 사라져갔다. 온 집안이 먼지투성이가 되는 건 시간문제였을 뿐이었다. 그렇게 둘 다 바빴던 12년이 지나고 결혼 13년 차에 소중한 딸이 태어났다.

엄마가 되고부터는 아예 살림을 놓아버렸다. 워낙에 늦은 나이였던지라 육아만으로도 체력은 금세 바닥이 나기 일쑤였다. 내 머릿속은 그저 아이 하나만은 잘 보살피리라는 사명감으로 꽉 차 있었다. 그나마 아파트에 살아서 다행이었다. 나 같은 불량 주부가 살기에 최적의 주거 형태가 바로 아파트 아니던가! 그렇다. 나는 아파트 예찬론자였다. 아파트는 모든 면에서 편리하고 실용적이니까. 이런 나에게 작년 가을에 던진 남편의 말은 충격 그 자체였다.

"나는 아파트가 싫어. 답답해. 주차하기도 불편하고, 늘 붕 떠 있는 것 같아 불안해. 이제는 마당이 있는 집에서 살고 싶어. 나무랑 꽃도 심고, 자그맣게 과일과 채소도 기르면서 말이야. 우리 딸도 흙을 밟고 만지며, 벌레들과 친구하고, 맘껏 뛰놀 수 있게 단독 주택으로 이사 가자. 아파트 팔고, 우리만의 새로운 공간에서 다시 행복하게 살아보자."

순간 머리가 띵했다. 이게 무슨 날벼락이지. 나는 싫다. 이사를 할 거면 더 넓은 아파트로 가면 되지 무슨 단독 주택이란 말인가. 우리는 계속 싸웠다. 급기야 남편은 아파트를 부동산에 내놓더니만 혼자 집을 보러 다녔다. 아파트만 고집하는 나에게는 그 어떤 상의도 하지 않은 채. 그러더니 덜컥 계약하고 싶은 집이 생겼다며 보러 가자고 했다.

삐딱한 마음을 가득 담고 집을 보러 갔다. 아뿔싸! 이건 아니다. 그래도 제대로 된 멋진 이층집을 기대했던 나는 실망스러움과 함께 화가 났다. 낡아빠진 집, 결혼 전에 살던 집보다 더 상태가 안 좋은 집이 내 눈앞에 펼쳐져 있었다. 싹 고친다고 했다. 뼈대만 남기고 완전히 새롭게 리모델링할 거란다. 꼼꼼하게 설계해서 살기 좋고 편하게 다시 지을 거라며 안심하라고 했다. 하지만 나는 계속 무어라 설명하는 남편의 목소리가 하나도 반갑지 않았다.

내면의 악마가 속삭인다. 20년 동안 아파트에서도 완벽하게 잘 해내지 못했던 살림을 주택에서 어떻게 하려고 하느냐고. 영원히 너는 살림을 잘할 수 없을 거라고 비웃는다. 순간 나 자신조차 믿지 못하는 주부로서의 삶이 몹시도 부끄러워졌다. 정작 제대로 실천하지도 못했다. 요리도, 청소도, 빨래도 그저 근근이 해내고 있었을 뿐.

모든 일은 하면 할수록 잘하게 되는 게 맞다. 한데 집안일만은 그렇지가 않았다. 몸에 맞지 않은 옷을 입은 채 20년이 흘렀다. 뭐가 문제일까. '일체유심조'라. 나에겐 살림을 좋아하는 마음이 쏙 빠져있었다. 아니 아예 없었다. 하고 싶어서 하는 게 아니라 해야만 하는 의무만이 가득 차 있었으니, 재미도 없고 지루하기만 했다. 언니가 말했다.

"대충하고 살아. 할 일은 또 쌓인다. 어차피 내가 또 해야 해. 매일 매일 완벽하게 해내려는 생각 자체를 버려. 너만 힘들어진다. 그냥 마음을 비워. 할 수 있을 때 할 수 있는 만큼만 해. 쉬엄쉬엄 네 시간도 즐기면서 집이 굴러가게만 기본만 하라고 응? 그러면 어느 순간 살림이 재밌어질 때가 온다."

여태껏 머리를 짓눌러 왔던 허울뿐인 야망을 버리기로 했다. 이제는 잘 해내야만 하는 살림이 아니라 하고 싶어 하는 살림을 꾸려나가고 싶은 소망이 생겼다. 20년 동안 편했지만, 마지못해서 해냈던 아파트 살림 생활을 청산하고도 싶어졌다. 저렇게도 단독 주택을 원하는 남편을 실망시키기가 두렵기도 했다. '변화를 원한다면 공간을 바꿔라.'라는 말이 문득 떠올랐다. 그래 까짓것 가 보자. 싹 바뀐 다른 환경에서 새롭게 시작해 보자고 마음을 고쳐먹었다.

어느새 나는 아파트가 아닌, 단독 주택 예찬론자가 되었다. 아파트의 좋은 점이 열 개라면 단독 주택은 무려 백 개가 넘는다. 매일 자기 전에 남편의 다리를 주무르며 이사 오길 잘했다. 이사를 오게 해줘서, 근사하게 집을 고쳐줘서 고맙다고 속삭인다. 마음이 바뀌니 집안일이 전보다 훨씬 흥미롭고 새롭다. 새로운 공간이 주는 신선함과 깔끔함이 나를 다시 움직이게 했다. 흡사 신혼 초로 돌아간 듯한 설렘에 하루하루가 즐겁다. 바뀐 내면의 목소리가 들린다.

'천천히 움직이자. 이곳은 나와 가족의 안전 공간이다. 완벽하지 않아도 된다. 여유롭게 할 수 있는 만큼만 하자. 이왕이면 신나게 해보자. 어떻게든 되겠지. 잘 되겠지.'

원하는 걸 얻지 못하면 인간은 괴롭다. 욕망과 현실의 불일치가 괴로움을 낳는다. 나는 20년 내내 집안일을 잘 해내고 싶은 바람에 시달렸다. 그리고 이사를 와서야 그 집착에서 완벽하게 벗어났다. 새로운 환경에 동화되어 신나게 피리 부는 아내로 변신했다. 늘 그렇듯 변화의 시작은 내면에서 비롯됐다. 가질 수 없는 걸 쫓기보다는 이미 가진 거에 만족하고 즐기기로 한 순간, 나를 둘러싼 모든 것들에 감사하게 되었다.

나는 이제 살림을 잘 해내려 하지 않는다. 필요할 때 적절한 만큼의 노동으로 최대의 효과를 누린다. 그러다 보니 집안일이 하나도 지루하지 않고 재밌다. 마치 임무를 완수하는 것 같은 짜릿함과 희열이 있다. 더 깨끗하게, 더 맛있게, 더 깔끔하게 해내려는 욕심을 버리니 오히려 더 착착 완성되는 느낌이 든다.

아침에 일어나면 이부자리를 정리하고, 창문을 열어 상쾌한 공기를 마신다. 그리고 정원으로 나가 반려 식물들에게 인사를 한다. 아파트에서는 상상할 수 없는 일상에 행복을 느끼며 다짐한다. '오늘도 신나게 보내자. 오직 마음이 이끄는 대로 움직이며, 그 어떤 것에도 스트레스를 받지 말자. 오늘은 또 어떤 재미난 일들이 나를 기다리고 있을까.'

이 집에서 보낼 모든 시간과 오십쯤의 내 인생에서 만나는 즐거움들이 기대되는 요즘이다. 나는 이제 인생 굽잇길이 지루하지 않다.

❺
이토록 인생이
유쾌해지는 순간이라니

미국의 심리학자 웨인 다이어는 《인생의 태도》에서 말했다.

"우리가 인생에서 궁극적으로 도달해야 하는 건, 밖에서 무슨 일이 벌어지든 강하고 밝게 살아가야 함을 아는 것, 그와 같은 내면의 성장이다."
라고

그는 이 책에서 내적 성장이 삶의 최우선 목표인데, 내적 성장의 요체는 어떤 조건에서도 강하고 밝게 사는 것이라고 강조한다.

오십 이전의 나는 내면의 성장보다는 외면의 성과에 집착했었다. 자신의 만족보다는 타인의 평가에 좌지우지되는 인생이었다. 하루하루 열심히 살아내기에 늘 급급했다. 마음에 여유라곤 찾아볼 수가 없었다. 늦은 나이에 엄마가 되어 경단녀의 삶을 살아가다 보니 아등바등 살아온 내 인생이 그렇게 아깝고 서러울 수가 없었다. 웨인 다이어의 말처럼 강하고 밝게 살아가고 싶은데 방법을 몰라서 헤매었다. 많은 고민과 생각 끝에 나름의 답을 찾았다. 그건 바로 하고 싶은 대로 하자였다. 남들 보기에 대단한 사람이 아닌, 나 스스로가 나를 예뻐하고 인정해 주기로 마음먹었다. 마음이 시키는 대로 하고 싶은 것들을 조금씩 실행하며 살면 강하고 밝게 살 수 있을 거라 믿고 있다. 내면의 목소리에 집중하다 보면 내적 성장은 자연스레 따라올 것이라 확신한다.

생각지도 못한 상황에서 욕망이 들끓었던 적이 있다. 늦둥이 딸이 4살 무렵, 나는 무척 지쳐있었다. 늘 바쁜 남편은 일찍 출근하고, 늦게 퇴근하는 생활을 반복했다. 임신 막달에 돌아가신 엄마 생각이 간절해 한없이 우울하고 슬펐다. 견디기 힘든 독박 육아로 몸과 마음이 만신창이가 되어버리는 나날들이었다. 그때 신기한 일이 벌어졌다. '트로트'라는 음악이 내 안에 들어왔다. 당시 선풍적인 인기였던 〈내일은 미스터트롯〉이라는 프로그램이 나를 구원했다. 이 프로그램이 나에게 끼친 영향은 실로 대단했다. 2020년의 시작과 함께 막을 올린 위대한 오디션 프로그램으로 인해 나는 지금도 여전히 트로트에 심취해 있다. 트로트는 노인들이나 듣고 부르는 노래인 줄만 알았다. 그런 노래를 내가 흥얼거리고 있다. 그것도 아주 신명 나게.

점핑이라는 운동을 만나기 전에 먼저 푹 빠져있던 건 바로 트로트였다. 처음 '이찬원'의 노래를 들었던 충격을 잊지 못한다. 절절한 그의 목소리가 내 가슴에 파고들었다. 나도 배우고 싶었다. 예전 같으면 배우고 싶은 게 있으면 시간과 돈을 투자해서 완벽하게 해내려고 했을 나였다. 당장이라도 트로트 보컬학원에 등록해 제대로 배웠을 나였다. 이번에는 달랐다. 욕심을 버렸다. 그저 즐기고 싶었다. 잘 부르려고 애쓰지 않았다. 마음껏 목 놓아 진한 감정을 쏟아냈다. 집안일을 하면서, 육아하는 짬짬이 애정을 담아 부르고 또 불렀다. 듣기도 참 많이 들었다. 들으면 들을수록, 부르면 부를수록 즐겁고 신이 났다. 제법 잘 부르는 듯 느껴지기도 했다. 순전히 내 생각이지만 말이다. 내가 가장 좋아하는 노래는 나훈아의 〈홍시〉다.

> 생각이 난다 홍시가 열리면 울 엄마가 생각이 난다
> 자장가 대신 젖가슴을 내주던 울 엄마가 생각이 난다
> 눈이 오면 눈 맞을세라 비가 오면 비 젖을세라
> 험한 세상 넘어질세라 사랑땜에 울먹일세라
> 그리워진다 홍시가 열리면 울 엄마가 그리워진다
> 눈에 넣어도 아프지도 않겠다던 울 엄마가 그리워진다 (중략)

처음엔 울면서 부르다가 결국에는 웃으면서 끝나는 이 노래! 흡사 엄마를 향한 내 주제곡인 듯했다. 이 노래를 듣고 부를 때마다 홍시를 몹시도 좋아했던 울 엄니가 무척이나 그립다. 나는 이 노래만큼은 참 잘 부른다. 이 나이에 가수를 할 것도 아니고 맘 편히 부르면 그만이다. 앞으로도 난 엄마 생각이 날 때마다 이 노래를 흥얼거릴 테다.

1월에 출간한 전자책 《매일 오전 10시! 나는 프로 운동러가 된다》에서도 밝혔듯이 나는 운동을 사랑하고 즐긴다. 어느덧 오전 운동 2시간을 시작한 지 3년이 훌쩍 지났다. 인생 중반이 되어보니 열심히 하는 것보다 중요한 건 지속력이라는 사실을 깨닫게 된다. 지속력을 가능하게 하는 것

이 내게는 '재미'다. '생각을 바꾸면 인생이 바뀐다.'라는 말이 있다. 운동은 지겹고 힘든 것이라는 생각을 버렸다. 운동하는 시간을 기쁨과 환희의 시간으로 바꿔버렸다. 그러자 더욱더 운동에 집중하게 되었고, 오롯이 내 몸과 마주하는 2시간은 나에게 극강의 쾌락을 선물해 주었다.

잘하려고 하지 않았다. 완벽히 해내려고 하지 않았다. 더는 살을 빼려고 연연하지도 않았다. 나에게 주어진 기적과도 같은 매일 오전 10시를 신나게 누리고 만끽했다. 인생에는 즐거움이 참 많다. 내가 원하고 행동하기만 하면 인생의 모든 것이 즐거움이 될 수 있음을 깨달았다. 나에겐 트로트와 운동이 그랬다. 이 두 가지를 어린아이처럼 순수하게 즐기고만 싶었고, 실천했다. 내면의 변화가 외부의 변화를 일으킨다. 스스로 자신을 돕지 않으면 세상 그 누구도 나를 돕지 않는다. 내 영혼의 뿌리인 내면의 아름다움을 가꿔가다 보니 삶이 점점 유쾌해진다.

누구나 좀 더 나아지고 싶어 하는 욕망이 있다. 마음에 즐거움이 가득할 때, 우리는 행복을 느낀다. 우선은 내 마음부터 돌아보자. ○○ 때문에 기쁘고 행복한 나, 건강한 자아로 가득 찬 내면세계를 구축하자. 타인은 내가 통제할 수 없지만 내 마음은 나만이 조절할 수 있다. 항상 앞으로 나아가려고 애쓸 필요는 없다. 멈추지 않고 계속 지속하는 것 자체로 인생은 의미가 있다. 나 자신을 우선순위에 두고 마음이 원하는 가치 있는 일에 몰두하련다. 남 보기에 좋은 사람이 아닌, 자신에게 좋은 사람이 되고 싶다. 나다운 재미를 쫓으며 유쾌하게 살고 싶다. 처음에는 낯설었던 트로트와 운동이 이제는 내 삶의 일부가 되어 나를 행복하게 만든다. 낯선 것에 도전한다는 것은 나와 친숙해진다는 뜻이기도 하다. 낯선 경험이 주는 삶의 활기를 느끼는 지금이 참 좋다.

많은 사람이 죽기 전에 후회하는 단 한 가지는 자신에게 하고 싶은 것을 할 기회를 주지 않은 것이라고 한다. 하고 싶은 일을 하기에 늦은 나이는 없다. 그것이 무엇이 됐든 간에 그 어떤 나이일지라도 삶의 의미를 찾아야 하고, 하고자 하는 일에 도전해야 한다. 그래야만 '활력', 즉 살아갈 힘을 느낄 수가 있다. 욕망이 꼭 나쁜 것만은 아니다. 무모한 욕심만 버리면 된다. 내면에 충실한 긍정적인 바람은 삶을 더욱 풍요롭고 유쾌하게 만든다.

나는 지금의 내 나이가 좋다. 내가 원하는 삶을 살아가기 위한 행복한 고민에 빠져있는 이 순간들이 즐겁다. 하고 싶은 일을 신나게 하면서 내 삶을 사랑하는 법을 실천하는 중이니까 말이다. 나 자신에게 칭찬과 격려를 아끼지 않는다. 삶을 사랑하고 즐기는 나 자신이 자랑스럽다. 하고 싶은 바를 최선을 다해 신나게 즐기고, 어떤 결과라도 담담하게 받아들이는 내가 좋다. 내면의 긍정적인 생각들이 나를 더 좋은 곳으로 이끌고 있음을 느낀다.

하늘의 주어진 몫을 안다는 '지천명'을 맞이한 나는 지금이라도 내면을 들여다볼 수 있게 된 것을 참 다행이라 여긴다. 오늘은 또 어떤 일이 내 가슴을 뛰게 할까? 내가 만끽할 수 있는 행복은 무엇일까? 타인을 바라보던 부드럽고 다정한 눈길을 이제는 나에게로 돌려본다. 나를 아끼고 사랑하고 내면의 소망을 실행하며 유연하게 흘러간다. 나는 날마다 모든 면에서 점점 더 여유로워지고 있다.

'즐겁게 살자. 하고 싶은 일을 하며 유쾌한 인생을 살아보자.' 내 안에 있는 내면 아이와 약속했다. 어쩌면 이토록 인생이 유쾌해지는 순간이라니!

⑥
싹을 틔워도
꽃이 피지 않을 수 있지

바람과 현실의 불일치는 괴로움의 시작이다. 세계적 베스트셀러 작가인 유발 하라리는 《21세기를 위한 21가지 제언》에서 말했다.

"내가 깨달은 가장 중요한 것은, 괴로움의 가장 깊은 원천은 바로 내 마음의 패턴이라는 사실이다. 내가 어떤 것을 원하는데 그것이 일어나지 않으면, 내 마음은 괴로움을 만들어 반응한다. 괴로움은 외부 세계의 객관적 조건이 아니다. 그것은 내 마음이 만들어 내는 정신적 반응이다."라고

내 나이 마흔넷, 결혼한 지 13년이 지난 겨울에야 엄마가 되었다. 우리 부부는 난임으로 3년간 갖은 고생을 했다. 원래는 결혼 전부터 남편과 아이 없이 둘이 잘살기로 약속했었다. 약속을 이행하며 딩크족 부부로 오랜 기간이 흘렀다. 그땐 마음만 먹으면 임신이 뚝딱 되는 줄만 알았다. 아, 나는 얼마나 오만했던가! 정작 아이를 원했을 때, 내 오만의 결과를 온몸

으로 겪어내야만 했다. 원하는 걸 얻지 못했을 때, 인간은 괴롭다. 인생이 슬퍼진다. 이후로 유발 하라리의 제언이 확 와닿는 날들이 지속되었다.

임신을 원했던 3년 동안 네 번의 시험관 시술, 두 번의 인공수정, 두 번의 유산을 경험했다. 계속되는 배란 유도로 호르몬의 변화가 심해 체중이 붙고, 정신이 피폐해졌다. 면역력 저하로 대상포진에 걸리기도 했었다. 엄마가 되고 싶다는 바람이 간절할수록 내 몸과 마음은 점점 더 힘들어졌다. 생각해 보면 내 인생에 그토록 힘들었던 적은 없었다. 엄마까지 암으로 투병 중이셨기에, 홀로 괴로움과 사투를 벌여야만 했다. 물론 남편이 많이 도와주긴 했지만, 시험관 시술을 해본 사람은 알 것이다. 남편이 해줄 수 있는 게 별로 없다는 사실을.

철학자 에픽테토스는 '자신이 컨트롤할 수 없는 것들에게 마음을 주지 말라'고 했다. 우리가 바꿀 수 없는 것들에 대해 걱정해 봐야 아무 소용이 없다는 뜻이리라. 과감히 미련을 버렸다. '우리 사이에 아이는 없는가 보다.'고 한바탕 같이 울어버리고는 부모 될 생각을 포기했다. 아마 그때쯤 나는 깨달은 듯하다. '싹을 틔워도 꽃이 피지 않을 수 있음'을 말이다. '반드시 엄마가 되어야지' 하는 야망을 버리고, 차근차근 내면을 가다듬었다. 마음을 비우니 그제야 그토록 원했던 임신이 되었다. 무척 기뻤던 동시에 인생사가 참 아이러니함을 느꼈던 순간이었다.

어렵게 엄마가 되고 보니 내 인생에 처음이자 마지막인 소중한 아이를 잘 키우고 싶었다. 또 다른 욕망이 내면에서 꿈틀거렸다. 완벽한 육아, 완벽한 케어, 완벽한 엄마가 되리라는 불가능한 임무가 나에게 손짓했다. 나는 자진해서 경단녀가 되었다. 적어도 3년 정도는 오직 아이에게만 집중하고 싶었다. '반드시'와 완벽주의 병이 또 도진 것이다. 코로나로 인해 가정 보육 기간은 4년으로 늘어났다.

아이가 6개월이 될 무렵부터 문화센터 수업을 들었다. 일주일에 네 번을 걷지도 못하는 아이를 업고 강행군을 했다. 마흔다섯의 늙은 엄마 체력으로는 감당이 되지 않았다. 그래도 아이를 위한다는 마음 하나로 최선을 다했다. 첫돌이 지난 후부터는 엄마표 영어, 미술, 음악, 과학, 가베, 한자, 한글 등 이른바 엄마표 홈스쿨링의 모든 것을 섭렵했다. 책 육아는 기본이었기에 무슨 일이 있어도 잠자리 독서만은 철저하게 지켰다.

아이랑 놀아줄 생각은 하지 않고 많은 경험과 지식을 욱여넣으려고만 했다. 또래 아이들보다 압도적으로 빠르게 말문이 트이고, 한글을 떼고, 영어도 곧잘 하는 아이가 신기하고 대견했다. '잘하고 있어. 바로 이거야. 계속 잘 가르치자'라며 자신을 스스로 칭찬하며 나아갔다. 나에게 와준 귀한 씨앗을 야무지게 싹틔워 아름답게 꽃피우고 싶었다. 내가 잘 이끌기만 하면 영재 소리를 들으며 자라날 딸을 생각하니 힘들어도 참을 수 있었다. 실제로 언어와 미술 영재라는 칭찬을 듣기도 했기에, 활활 타오르는 욕심을 멈추지 못했다.

급기야 영어를 가르치다가 아이에게 화를 내고 말았다. 그것도 못 하냐며 호통을 쳤다. 겨우 네 살인 딸에게 말이다. 무섭다고 했다. 잔뜩 주눅이 든 채로 울먹이는 아이를 보고야 제정신을 찾았다. '네가 정말 미쳤구나. 저렇게 어린아이에게 완벽한 영어를 기대하고, 기대에 못 미친다고 야단을 쳐대는 게 엄마가 할 짓이냐. 남편도 아이랑 그냥 잘 놀아주면 족하다는 걸 내 욕심에 이리 사달을 내는구나. 대체 누구를 위한 육아란 말이냐?' 내면의 목소리가 울부짖었다.

잘하고자 하는 마음과 하고 싶어 하는 마음은 늘 나를 시험에 들게 했다. 두 개의 마음이 합쳐져서 '집착'이라는 광기가 만들어졌다. 엄마로서 모든 걸 잘 해내려는 욕심이 좋은 엄마가 되고 싶은 마음을 집어삼켜 버렸다. 결국엔 그 누구도 행복하지 않았다. 아이는 아이대로 지쳤고, 남편은 남편대로 불편했고, 나야말로 힘들고 버거운 날들이었다. 불현듯 존경하는 작가 헤르만 헤세의《만발한 꽃》이라는 시가 떠올랐다.

> 복숭아나무에 꽃이 만발해도
> 하나하나가 다 열매가 되지는 않는다.
> 푸른 하늘과 흐르는 구름 속에서
> 꽃은 장밋빛 거품처럼 밝게 반짝인다.
>
> 하루에도 백 번이나
> 꽃처럼 많은 생각이 피어난다.
>
> 피어나게 두어라. 되는대로 되라지.
> 수익은 묻지 마라.
>
> 놀이도, 순결도,
> 꽃이 만발하는 일도 있어야 한다.
> 그렇지 않으면 세상이 살기에 너무 좁아지고
> 사는 데에 재미가 없어질 것이다.
>
> – 헤르만 헤세 1918년 4월 10일

어쩌면 이 위대한 작가는 이리도 인생을 꿰뚫어 보고 있단 말인가! 헤세의 꾸짖음을 깨닫고서야 아이에 대한 끝없는 집착을 멈췄다. 아이를 위한다는 모든 행동은 나만의 위선이고 착각이었다. 모든 게 내 만족과 욕심이었음을. 스스로가 아이를 잘 키운 대단한 엄마라는 칭찬에 목말라 있었음을 인정했다. 오직 딸만을 향했던 시선을 이제는 나에게로 돌려본다. 어떤 내가 되면, 딸이 자랑스러워할 만한 엄마로 존재할 수 있는지를 고민한다.

사랑이다. 그저 사랑해 주련다. 무언가를 잘해서 칭찬하는 그런 사랑이 아닌, 아이의 존재 자체를 사랑하련다. 간절히 원했을 때 오히려 멀어졌던, 내 커다란 소망이었던 아이. 마음을 비웠을 때 기적처럼 나에게 와준 딸이 아니던가. 완벽한 엄마라는 타이틀을 벗어버리자. 감사와 자족을 내면 가득 품고, 행복한 삶을 살아가자. 마지막으로 크게 외쳐보자. '싹을 틔워도 꽃이 피지 않을 수 있지.'라고. 엄마라는, 딸이라는 존재 자체만으로 찬란히 빛나는 우리 일지니 말이다.

❼
인생 바다에서 춤추는
나는 낭만 고양이

입시학원 강사 시절에 있었던 일이다. 하루는 수업 도중에 닮은 꼴 연예인에 관한 이야기를 나누게 되었다. 아이들이 이구동성으로 내게 록 밴드 '체리필터'의 보컬을 닮았다고들 했다. 그래서 〈낭만 고양이〉라는 노래를 들으면 내 얼굴이 떠오른다나. 왠지 선생님은 낭만적이고 자유로운 영혼의 소유자인 것 같다는 말이 아직도 또렷하게 남아 있다. 내가 여태까지 이 노래와 '낭만' 그리고 '자유'라는 단어를 동경하게 된 이유라고나 할까? 특별히 주목한 가사는 이 부분이다.

'이젠 바다로 떠날 거예요 (더 자유롭게), 거미로 그물 쳐서 물고기 잡으러'

하고 싶은 것을 맘껏 펼쳐보는 나는야 인생의 낭만 고양이! 인생이라는 바다에서 자유롭게 춤추는, 자기만의 그물을 던져 맛있는 물고기를 쏙쏙

낚아 올리는 낭만 어부! 잘나가는 댄서일 필요도 없고, 꼭 월척을 낚을 필요도 없는 한가로운 일상을 소망한다.

20년 동안 아파트에서 살다가 이곳으로 이사 온 지 5개월에 접어들었다. 나는 지금 단독 주택 살이의 매력에 푹 빠져있다. 제일 좋은 건 정원이 있는 삶이다. '마당이 있는 집'의 낭만을 흠뻑 느끼는 일상이 참 좋다. 함께 숨 쉬며 살아가고 있는 꽃과 나무, 각종 채소와 벌레들. 아름다운 색깔과 다채로운 향기, 신비한 소리. 생명의 신선함을 내뿜는 모두를 사랑해 마지않는다. 우리 세 식구의 조그만 관심과 보살핌으로 하루하루 변화하는 존재들을 어찌 사랑하지 않을 수 있으랴. 오직 기쁨의 향연만이 가득할 뿐.

정원 가꾸기와 돌보기는 야망과 욕망을 초월하게 하는 낭만적인 일 중 으뜸일 것이다. 이 나이쯤 되어보니 이런 일을 찾아내고 실행하기란 쉽지 않다. 그야말로 남편 덕에 알게 된 행운이다. 남편이 아니었다면 이곳으로 이사를 올 리도 없었기에 말이다. 우선 남들보다 더 정원을 돋보이게 하고자 하는 욕심이 없다. 단지 소중하게 가꾸고 돌보며 만족할 뿐이다. 매일매일 보고 싶고, 만지고 싶고, 냄새 맡고 싶은 욕구도 강하지 않다. 그저 평범한 일상일 뿐이니까. 다음은 문유석 에세이 《쾌락독서》에서 인용했다.

"뭔가 새로운 시도를 할 때마다 벽에 부딪히곤 한다. 그럴 때 떠올린다. 그래, 나는 에이스가 아니었어. 팀의 주역이 아니면 어때? 그냥, 내가 좋아하는 걸 하고 있으면 그걸로 족한 거 아냐? 어설프면 어설픈 대로, 나는 나만의 '풋내기 슛'을 즐겁게 던질 거다. 어깨에 힘 빼고, 왼손은 거들 뿐."

문 작가님의 말씀에 힘입어 나는 요즘 피아노를 배우고 있다. 오십이 되니 하고 싶은 것도, 배우고 싶은 것도 참 많다. 피아노 학원에 다닌 지 8개월째인 딸은 가을이면 첫 콩쿠르에 나간다. 단독 주택으로 이사 온 가장 큰 이유는 딸을 위해서였다. 2층에 딸만의 공간을 만들어 주고 싶었다. 그녀만의 거실에 피아노를 사서 넣어주고 싶은 마음이 간절했다. 요즘 딸은 신나게 피아노 연주를 한다. 그 누구의 간섭과 눈치도 볼 필요 없는 자유로운 공간에서. 이런 딸이 나와 함께 연주하는 게 소원이란다. 딸이 원하고, 집에 피아노도 있으니 주저 없이 개인 레슨을 신청했고, 한 달째 수업이 진행 중이다.

내가 딸만 한 나이엔 집안 형편이 넉넉지 않아서 피아노 학원에 다닌다는 건 꿈도 못 꿨다. 하교하면서 들려오던 동네 교습소의 피아노 소리에 발걸음을 멈추고 하염없이 서 있곤 했다. 가끔은 까치발로 교습소 안을 살펴보며 신기해하기도 했다. 피아노를 치는 친구, 언니, 오빠들을 부러워하면서. 이런 까닭에 나에겐 오십 년 만에 처음으로 피아노를 배우는 감회가 남달랐다. 그것도 개인 지도라니 설렘이 폭발이었다.

교습 첫날 부푼 가슴을 안고 피아노 앞에 앉았다. 어린아이처럼 순수한 마음과 열정이 온몸에 솟구침을 느꼈다. 성인 수업이라 이론은 생략하고 곧바로 연주에 돌입했다. 마치 처음 독수리 타법으로 컴퓨터 자판을 두드리는 것처럼, 손가락 하나하나에 잔뜩 힘을 주었다. 어라, 잘해야겠다는 욕심이 또 스멀스멀 올라오기 시작했다. 긴장으로 어깨가 우뚝 솟은 나에게 선생님은 편하게 하라고 처음치곤 잘 따라오고 있다며 격려해 주셨다.

다시 마음을 비웠다. 딸 덕분에 찾게 된 어린 시절의 소망이 고통이 되면 안 되니까 말이다.

너무 늦긴 했지만, 하고 싶었던 것이니 즐기면서 배우기로 나 자신과 약속했다. 순간 얼굴에 미소가 번졌다. 어느새 손가락엔 힘이 빠져 약간은 부드러워지고, 한껏 올라갔던 어깨도 자연스럽게 내려왔다. 미숙하지만 난생처음으로 양손 연주까지 마치니 세상을 다 가진 것처럼 충만하고 행복했다.

문 작가님의 말씀대로 어설프면 어설픈 대로 나는 나만의 '풋내기 슛'을 즐겁게 던질 거다. 어깨에 힘 빼고, 왼손은 거들 뿐이다. 아직 한 달밖에 안 된 초보 수강생이지만 내가 이 나이에 피아니스트가 될 것도 아니니, 딸과의 합주라는 행복한 목표를 향해 조금씩 천천히 나아갈 것이다. 그냥, 내가 좋아하는 걸 하고 있으면 그걸로 족하다.

누가 비아냥거려도 웃을 수 있게 된다. 아니, 이 나이쯤 되니 타인의 인정보다는 나 스스로 만족하는 삶이 소중하다는 것을 깨달았다. 많이 경험할수록 더 많이 느끼게 되고, 인생이 풍요로워진다는 것 또한 오십에 배운 낭만과 지혜로구나.

오십 이전의 나는 목표를 계획하고, 목표를 이루기 위해 노력하고 성취하는 삶을 살았다. 반드시 ~~해야 한다는 마음과 완벽을 추구하려는 욕심으로 최선을 다해 뛰었다. 때로는 나 자신에게 너무 많은 짐을 요구하며 소진에 빠지기도 했다. 내면의 균형이 무너져 힘든 시간들을 참고 견뎠다. 다음은 손미나 작가의 《어느 날, 마음이 불행하다고 말했다》에 수록된 글이다.

"마음의 평정을 찾으면 바깥세상에서 어떤 일이 벌어지든, 남들이 나를 어떻게 평가하든, 지구상 어디에 있든 진정한 행복 안에서 살아갈 수 있어요."

인생 절반에 다다른 내 인생에 가장 귀한 깨달음은 바로 이것이다. '내면의 평정'만이 행복한 삶을 가능하게 한다는 사실. 그렇다면 마음의 평화로움은 어디에서 오는가? 자신에게 완벽을 기대하지 않아야 한다. 앞만 보고 달리기엔 인생이란 바다는 그 얼마나 낭만적인가! 눈높이를 조금 낮추고 편안한 시선으로 주변을 둘러보자. 최고가 되려는 욕심을 버리기만 하면 재미난 것도, 배울 것도 무궁무진한 세상이다. 자신에게 무리한 요구를 하지 말라고 손 작가도 말하고 있지 않은가. 지나치게 높은 곳을 바라보는 욕망을 버려야 한다.

앞으로 하고 싶은 것도, 배우고 싶은 것도 참 많은 내가 좋다. 조금씩 성취하며 느낀 기쁨을 타인과 나누며 살고 싶다. 거센 파도를 헤치고 끝끝내 목적지에 도착하는 커다란 배가 되고 싶은 적도 많았다. 하지만 오십인 지금은 잔잔한 물결이 흐르는 인생이라는 바다에서, 산들산들 춤추는 작은 조각배가 되고 싶구나.

이성보다는 감성이 충만한 삶을 꿈꾼다. 많이 보고, 느끼고 배우고 싶다. 아! 나는야 낭만 고양이가 되어 누구보다 신나게 춤추며 인생을 즐기고 싶어라.

❽
당당한 지금 모습이
가장 아름답습니다

어느덧 운동을 시작한 지 3년이 지났다. 어라! 이상하리만치 체중이 그대로다. 51kg에서 계속 멈춰 있다. 슬금슬금 욕망이 피어오른다. 앞의 숫자를 4로 바꾸고 싶은 욕망이. 맞다. 결혼 전에 나는 48kg이었단 말이다. 함께 운동하는 친구에게 하소연했다.

"나 요즘 운동하는 게 좀 재미가 없네. 드라마틱한 몸무게 변화도 더는 일어나지 않고, 매번 하는 운동이라 몸이 적응했나, 힘든 것도 덜하고, 땀도 덜 나는 것 같아. 이참에 체중도 40kg대로 감량하고, 딱 2kg만 더 빼면 소원이 없겠는데. 웨이트 PT를 끊어서 몸을 다시 만들어야 하나? 아무래도 나 지금 운동 정체기인가 봐. 만족이 안 되고 자꾸 조급증이 난다. 체중이 49kg만 되면 행복할 것 같은데. 다시 바디 챌린지와 바디 프로필 촬

영에 도전할까 봐. 전에 실패한 것이 마음에 걸리기도 하고 말이야."

친구가 대답했다.

"미란아! 제일 어려운 게 뭔지 아니? 딱 지금의 상태를 유지하는 거. 더 나빠지지 않는 거야말로 큰 축복이지. 꾸준하게 운동을 해나가면서 삶을 건강하고 긍정적으로 바라보는 지금이 바로 너의 태평성대야. 네 운동의 전성기는 바로 지금이다. 안달하지 말고 흔들리지 마라. 나이도 체중도 다 숫자에 불과한 것. 운동을 우리보다 더 많이 해도 오히려 체중이 늘어나는 사람도 있다고. 너는 식이요법 같은 것도 안 하면서 적당한 몸매를 유지 중이니 얼마나 다행이냐. 지금이 딱 좋아. 굿이여 굿. 쓸데없는 욕망에 휘둘리지 말아라. 제발."

유레카! 이 대화가 나에게 큰 울림으로 다가왔다. 내가 운동을 하는 목적이 무엇이었는지 되돌아보았다. 그래 나는 운동하는 게 즐거웠다. 태어나 처음으로 오롯이 내 몸과 마음에 집중하는 시간이 기다려졌고 설레었다. 건강하고 행복하기 위해서 운동을 시작했고, 운동이 정말 재미있었다. 그리고 지금까지 다양한 운동을 신나게 지속하고 있다. 누구에게 예쁘게 보이기 위해서가 아닌, 체중 감량이 아닌, 오직 내 인생의 재미를 위해서 말이다. 모든 일을 함에 있어 '오직 재미있게' 접근하자는 게 내 인생철학이자 낭만이지 않은가. 이런 내가 불필요한 욕망에 눈이 멀어 절망 끝에 포기했던 바디 챌린저와 바디 프로필 촬영을 재개하려고 했다니, 정신이 번쩍 들었다.

자기 계발의 심리학자 알프레드 아들러는 말한다.

"과거는 바꿀 수 없지만 미래라면 얼마든지 바꿀 수 있다. 외적인 원인은 바꿀 수 없지만 목적은 마음먹기에 따라 바꿀 수 있다."라고

'살 빠져 보인다. 야위어 보인다. 점점 날씬해지네. 부럽다 부러워.'
이런 말들이 나에게 독이 되어 돌아왔다. 마치 마약처럼 중독이 되었다. 하루라도 이런 칭찬을 안 들으면 괜히 헛헛하고 힘이 빠졌다. 초심으로 돌아가야만 했다. 운동하고 싶어서 신나고 재밌었던 시절의 나를 다시 소환했다. 만족과 감사를 모르는 욕심쟁이의 모습은 몰아내 버렸다.
그리고 물었다. 49kg이 정말로 되고 싶은 건지. 자신에게 묻고 또 물었다. 내 마음의 대답은 당연히 No!였다. 오십의 나는 이제 체중 감량에 대한 압박에서 완전히 벗어났다. 51kg 유지어터의 삶에 만족하고 감사하기로 마음먹었다. 아들러의 말처럼 미래를 바꾸기 위해 운동의 목적을 원래대로 바꿨기에 가능한 일이었다. '오직 재미나게, 건강하고 행복하게' 운동하기로 말이다. 그리고 다시는 흔들리지 않기로 나 자신과 약속했다. 나는 다시는 49kg이 되려고 애쓰지 않을 것이다. 건강한 몸과 마음으로 그 어느 때보다 당당하고 아름다워졌기 때문이다. 오십쯤의 내 마음을 대변해 주는 노래가 있다. 바로 록 밴드 자우림의 〈일탈〉이다.

매일 똑같이 굴러가는 하루
지루해 난 하품이나 해
뭐 화끈한 일 뭐 신나는 일 없을까 (중략)

모두 원해 어딘가 도망칠 곳을
모두 원해 무언가 색다른 것을
모두 원해 모두 원해 나도 원해

원하는 바가 없는 인생이란 지루하다. 오늘도 난 보다 재미난 중년의 삶을 위해 화끈한 일과 신나는 일을 찾아 나선다. 물론 그것이 돈과 명예, 성공은 아니다. 성공의 개념과 의미가 달라졌다는 게 나에게는 마음의 평온을 안겨준다. 정리의 여신 곤도 마리에는 《설레지 않으면 버려라》에서 강조했다. 설레는 물건만 잘 골라서 남기고 나머지는 버리라고. 그런 뒤 설렘을 온전히 느낄 수 있도록 각각의 자리를 정해주라고 말이다.

나는 곤도 마리에의 문장 중, 물건을 일이나 행동, 배움으로 치환하련다. 나를 설레게 하는 일을 찾아 실행하며 배우련다. 모든 것을 다 잘 해내려는 욕심을 버리고, 내가 좋아서 택한 것만을 온전히 즐기며 누려보리라. 단, 설렘의 기준은 철저히 나의 '순수한 욕망'이 되어야 할 것이다. '오직 재미있게 하고 싶은 대로' 직진이다.

예전에는 최고가 되어야만, 대단한 성취가 있어야만 사람들 앞에서 당당할 수 있을 줄 알았다. 타인에게 주목받고 싶은 마음과 인정 욕구를 버리니 비로소 행복한 내가 보였다. 당당함이란 무엇인가? 모습이나 태도가 자신 있고 거리낌 없이 떳떳하다는 뜻이 아닌가. 이 나이가 되어서야 꼭 1등을 하고 성공을 이뤄내야 당당해지는 건 아님을 깨달았다. 내면의 충실함과 평온함이 삶의 만족을 가져온다는 사실도 몸소 체험했다.

인생 중반에 접어들어 꾸는 꿈이 예전과 같을 수는 없다. 연암 박지원은 말했다.

"세상에서 부는 바람은 내가 어찌할 수 없지만, 내 안에서 부는 바람은 생각을 바꾸면 잠재울 수 있다."라고

　스스로 자신을 못살게 괴롭히는 어리석은 짓을 하지 말자. 이룰 수 없는 거대한 목표를 쫓느라 남은 인생을 허비하지 말자. 가볍고 여유로운 시선으로 내면의 소리에 귀를 기울여라. 그저 일상의 조그만 행복을 음미하는 삶이면 족하다. 오십부터는 타인과 세상을 위해 살지 말고, 오직 자신만을 위한 삶을 살자니. 내 나이가 어때서. 하고 싶은 걸 실행하기에 딱 좋은 나이 아니던가. 인생 중반을 살아온 그대들이여! 지금 모습 그대로 '당당하고 아름답게' 화이팅!

6장

눈에 보이지 않는 것들의
쓸모

- 실재 -

강사라

❶
불안하지
않기로 했다

바쁜 일상 속에서 스스로 질문을 던지고 시간을 들여 해답을 찾아가는 것에는 욕심을 내려놓는 용기가 필요하다. 당장 해야 할 일도 많고 그다지 효율적으로 시간을 보내는 것이 아닌, 오히려 반대로 시간을 낭비하고 있다는 생각이 대부분 들기 때문이다. 초보 사업을 할 때는 끊임없이 어떤 사람이 되고 싶었고, 무엇인가를 항상 나 자신과 남들에게 증명해 보이고 싶었다.

이미 진행하고 있는 프로젝트가 있음에도 새로운 아이디어와 이벤트들을 공장에서 기계가 제품을 찍어내듯 해야 직성이 풀렸다. 누군가는 이것을 '도파민에 중독됐다.'라고 표현하기도 한다. 결국 증명해 내고자 한 성취와 성과에 대해 간절함이 절박함으로까지 치달았을 때, 견디기 버거운 정서들을 경험하기 시작했다. 어쩌면 그때였을 것이다. 점차 성숙한 질문들이 만들어지고, 때마다 툭툭 자신에게 그 질문들이 던져질 때마다 하던 일을 잠시 멈추고 생각하는 습관이 생긴 것이 말이다.

나는 무엇을 위해 살아야 할까?
나는 이 땅에 어떤 목적을 가지고 왔을까?
내가 중요하게 생각하는 가치는 무엇이지?
내 길은 무엇인가?
힘들더라고 끝까지 할 수 있는 내가 원하는 것은 무엇일까?
지금 내게 가장 적절한 행동은 무엇일까?
옳은 마음가짐과 나의 선택과 결정은 무엇이어야 할까?
현재 내가 힘든 이유는 뭐지?
신이 내게 주신 인생길에 올바로 서 있는가.

이 글을 쓰기 위해 열 손가락을 타자기에 올려놓을 때만 해도 최근에 내게 불안이 있었을까 싶을 정도로 꽤 과거 같은 소리였다. 그런데 얼마 지나지 않아 내게 떨어진 과제에 가슴이 답답해지고, 머리가 뻐근하고, 무엇보다 자꾸 엉덩이를 들썩거리며 집안일을 하는 것을 보니 불안해하고 있는 것이 확실하다. '불안에 대한 글을 써야 하는 이 찰나에 꽤 때맞은 등장이라 반겨야 하나?' 생각하며 혼자 피식 웃었다.

시간을 맞춰야 하는 과제, 업적을 이뤄내야 하는 과제, 잘해야 하는 책임감과 의무감이 지워진 과제 앞에서 나는 언제나 약간의 부담감을 넘어 불안감과 초조감을 느낀다. 불안은 마음이 조마조마하고 걱정이 있는 상태로, 누구나 일반적으로 경험하는 정상적인 반응이라고 국어사전에서는 정의한다. 하지만 처음은 그렇게 가볍게 시작하는 듯해도 곧 초조해지고 안절부절못해지며, 좀 더 나아가 피로감을 느끼고 가슴이 답답해지기 시작한다면 이것처럼 불편한 것이 또 있을까.

누구에게나 그렇듯 사람에게 불안이라는 것은 지극히 자연스러운 정서 중 하나에 불과하다. 그렇다 할지라도 십 대 시절 불안정한 가정환경 속에서 자라난 내게는 익숙한 감정이면서도 건드려지면 나도 모르게 증폭돼 버리기가 쉽다. 대개는 스쳐 지나가도록 하지만 몇 가지의 예민한 상황들이 겹치고 최악의 컨디션까지 더해질 때는 영락없이 바닥으로 쑥 내려간다. 어두운 기운이 나를 덮는 것이 이젠 정말 싫다.

"슬럼프를 슬럼프라고 말하지 마세요."

벌써 이 년 정도 지났을 것이다. 첫 1인 사업을 시작하며 1인기업 CEO들을 교육하시는 1인기업 국민 멘토 김형환 교수님을 만났다. 그분의 철학이 고이 담긴 말씀이다. 내 주변에 딱 이러한 사람이 두 분 있다. 그 두 분 앞에서는 입 밖으로 내뱉는 말에 대해 나도 모르게 주의를 기울이게 된다. 해답을 찾기 위한 엉뚱하고 바보스러운 질문을 던질지언정 그분들 앞에서는 "힘들어요. 돈이 없어 못 해요. 바빠요. 우울해요." 같은 말이 목까지 올랐다가도 다시 들어간다. 심지어 속상한 마음에 누굴 탓하고 원망하려다가도 그분들의 눈빛을 보고 정신을 똑바로 차린다. '왜, 힘든데 힘들다고 말도 못 해? 그게 뭐 잘못이야?' 이런 생각이 올라오는 게 자연스러운 일이지만 어느 날 알게 됐다.

내게 합당하지 않다고 여겨지는 누군가의 잘못을 말하기보다, 인정하기 싫은 상대의 좋은 점 한 가지를 이야기했을 때. 그리고 다시 낙심하고 좌절하고 있는 것이 누가 봐도 확실한 상황에서, 스스로 '나는 좌절하지 않아. 다시 하면 돼. 시간이 필요한 일이야. 과정은 정직하게 가는 거니까.'라고 자신을 일으켰을 때, 시간이 흘러 돌아오는 나비효과는 엄청나다는 것을 말이다.

외면하라는 것이 아니다. 다만 거절하기를 선택하자는 것이다. 말로 어떤 에너지를 만들어낼 것인가에 대한 책임이다. 어려운 상황과 문제 대신 긍정적인 해결점에 시선을 고정한다면 내 안에 새로운 종류의 힘이 흐르게 된다는 사실을 이젠 알아버렸다.

스물아홉 살에 대학원 진학을 하는 남편을 따라 친구 한 명 없는 대전으로 이사를 했다. 신혼이 무색할 정도로 남편은 새벽에 나가 새벽에 들어왔고, 나는 직장생활을 하며 생활비와 남편의 학비를 밤낮으로 벌었다. 그때까지만 해도 외로울 틈이 없었는데, 첫 아이를 출산하고 혼자서 양육을 하려니, 아침에 눈을 뜨고 잠들 때까지 아이와 단둘이 남겨지는 시간이 그렇게 불안하고 초조할 수가 없었다.

힘들다고 하면 감당할 수 없을 정도로 힘들어졌다. '나도 사람인데 불평할 수도 있지!'라는 생각에 참았던 불평을 남편에게 한마디라도 내뱉으면 화가 치밀어 올라 금세 큰 다툼으로 번져버리고 말았다. 결국 이혼 얘기가 수십 번이나 오갔다. 가족들과 주변인들까지 혀를 내두를 정도였다. 다툼이 생기면 극심한 육아 스트레스로 가장 힘들어지는 건 정작 나 자신이라는 것을 매번 반복하고 나서야 영혼 깊숙이 깨달았다.

불평을 말하지 않기로 했다. 우울하다고 말하지 않기로 했다. 이혼하겠다고 말하지 않기로 했다. 보이지 않는 무기력하고 부정적인 에너지가 내 삶을 휘두르게 대충 내버려둘 수 없다고 결심했다.

'뇌는 진짜와 가짜를 구분하지 못한다.'

예쁘다고 말하면 예쁜 줄 알고, 감사하다고 말하면 내 상황이 전혀 그렇지 않더라도 그에 맞는 신체 반응을 하도록 정보를 보낸다. 가짜 웃음과 진짜 웃음을 구별하지 못하는 뇌의 특성을 활용해 웃음을 먼저 만들어 '하하하' 소리를 내 웃게 하는 웃음 치료가 놀라운 효과가 있는 이유도 마찬가지가 아닐까? 누군가는 그런 뇌를 보고 '뇌는 바보다.'라고 말하지만, 이것이야말로 신비 속에 감춰진 인간을 위한 신의 섭리와 비밀이 아닐까?

나는 불안하지 않기로 했다.

우리가 모두 겪는 자연스러운 정서지만, 그것에 휘둘리지 않기로 선택하는 것은 우리 손에 달려있다. 굳이 우리의 부족함이나 상처, 어려운 상황 등을 바라보며 두려워하고 걱정할 필요는 없지 않은가 말이다. 문을 열어줄수록 더 큰 구멍이 생긴다. 어떤 문을 열고 어떤 실체로 드러낼 것인가에 대한 책임을 우리는 매번 일상에서 기억해야 한다.

❷
꺾인 것이 아니라
다른 방향으로 나아가는 것이다

"지금 당장은 손해 보는 결정을 미래의 나를 위해 선택했습니다."
– 출처 〈인스타그램 게시물 인플루언서 염미솔〉

몇 달 동안 꾸준히 관심을 가지고 지켜보던 SNS 강사이다. 일 년간 인스타그램 활동을 쉬었다 다시 시작했을 때, 가장 먼저 눈에 들어왔던 인플루언서이기도 하다. 어쩌면 앞으로 내 사업을 위해 지향하고 싶은 면이 많았기 때문에 더 유심히 살펴보며 관심을 두고 있었던 것 같다. 그런데 몇 주 전, 그녀는 자신의 꿈을 담은 목표를 이루기 위해 사업에 집중하기로 결심하면서 더는 인스타그램 강의를 하지 않게 되었노라고 알렸다.

물론 이전부터 조금씩 병행을 해오고 있었으니, 수입에 크게 무리는 없겠다고 혼자서 생각했다. 하지만 눈앞에 보이는 성과들을 내려놓는다는 것이 어떤 것인지를 충분히 알기 때문에 나도 모르게 감탄이 흘러 나왔다. 그녀는 자신의 고백처럼 지금 당장 손해 보는 결정을 했다. 보이는 손해들이 눈앞에 아른거렸을 수도 있다.

본격적인 사업을 앞두고 그동안 좋은 성취와 결과를 가져왔던 안전 수익을 접는다는 것은 미래에 대한 불안을 가중시켰을 수도 있다. 사업을 성공궤도에 올려놓기까지는 또다시 그에 상응하는 시간과 에너지들을 쏟아야 하고, 과정을 쌓아야 하는 고된 작업일 테니 말이다.

주변 사람들의 시선에 관한 생각들도 머릿속을 한가득 채웠을 것이다. 그녀의 힘 있는 결단에 박수를 보냈다.

남들이 꺾였다고 생각할까 봐 그들의 시선이 신경 쓰이고 불편했다. 정작 내가 지쳐서, 잠시 쉼을 가지고 새롭게 시작하고 싶어서, 복잡해진 내면을 정리할 필요가 있어서 잠깐 손을 놓는 것인데도 도저히 멈출 수가 없었다. 내 인생의 우선순위를 세우고 질서를 되짚어보겠다는데 인스타그램 게시물을 잠시 중단하는 것이 뭐 그리 대단한 일인가? 이런 상황이라면 이미 목적과 수단이 바뀐 지 오래된 것이 아니냐는 생각을 했다.

제주로 이사하면서 새로운 환경과 새로운 일상을 맞이하게 되니, 신기하게도 모든 것이 심플해졌다. 우선은, 목적보다 앞서 나를 향방 없이 이끌어가던 많은 일을 정리해야겠다는 확신이 강하게 들었다. 생각했던 것처럼 그들 중에 내가 몇 주, 몇 달을 멈추고 있어도 알아차리는 사람이 몇 명 되지 않았다. 알았더라도 무심코 그런가 보다 하고 지나갔을 뿐, 인스타그램 내 계정에 오래 머물며 시간과 에너지를 쓰는 사람은 없었다.

실패한 사람, 포기한 사람, 열정이 식어져 한창 열심히 달리다 사라진 사람으로 비칠까 봐 멈출 용기를 내지 못했다. 그러다 어느 순간 모든 걸 비워낸 용기로 다시 나타났다. 그제야 타인의 시선과 평가, 그리고 눈에 보이는 일시적인 손해가 얼마나 부차적인지를 깨달았다.

중요한 것은 내가 진정 원하는 것을 이루기 위해 어떤 방향으로 나아가야 하는지를 깊이 사유하는 것이다. 내면의 소리를 듣고, 스스로의 우선순위를 재정립하는 것이야말로 올바르고 건강한 성장을 이끄는 길임을 알게 되었다. 이제야 마침내 신이 나를 위해 계획하신 인생의 목적을 향해 명확히 나아가고 있는 것 같다.

빛이 가진 특성 중에 '최소시간의 원리'라는 개념이 있다. 페르마의 원리라고도 알려져 있는데, '빛은 두 점 사이를 이동할 때 최소시간을 요구하는 경로를 따른다.'라는 물리학에서의 중요한 개념이다. 쉽게 설명하자면, 어느 지점에서 출발한 빛이 여러 가지 경로를 따라서 갈 수 있지만, 그중에서도 가장 빨리 가는 길을 따라간다는 것이다.

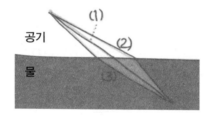

예를 들어 공기 중 어느 지점에서 빛이 출발해 물속으로 통과한다고 해보자. 이 중에서 빛의 속도는 공기 중에서보다 물속에서 더 느리기 때문에 물속에서의 거리를 최대한 줄일수록 좋다. 그렇다면 1, 2, 3번 중 가장 빠른 경로는 2번이 된다. 가장 빠른 시간에 도착하기 위해 가장 적당한 지점을 찾아 꺾이는 것이다.

남들 눈에 보일 때는 분명 꺾여있는 것이 확실하다. 하지만 본질에서 접근해 보면, 꺾인 것이 아니라 단순히 가장 빠른 경로를 찾기 위해 방향을 바꾼 것일 뿐이다. 마찬가지로, 우리 삶에서도 우리는 여러 가지 경로를 가지며 때마다 도전과 선택 앞에서 최적의 경로를 위해 방향을 조정할 뿐이다. 수시로 마주하는 어려움이나 예상치 못한 상황들이 실상은 우리가 목표에 도달하기 위한 최적의 경로를 찾는 과정일 뿐이라는 것을 안다면 삶을 대하는 우리 자세가 크게 달라지지 않을까?

인스타그램 활동을 쉬는 1년 동안 나는 인생의 중반 지점에서 나를 위한 일과 내 인생의 목적에 대해 깊이 고민했다. 물론 온라인 콘텐츠 프로그램을 시작하고 밤낮으로 열정을 쏟았던 2년 반이란 시간은 그동안 경험하지 못했던 선물 같은 시간이었다. 내 안의 이루고 싶었던 많은 시도를 마음껏 했으며, 원하고 바라던 소망들을 이뤄내는 과정이었다. 하지만 또 다른 성장과 차원을 위해 수많은 질문을 던지며, 어떤 방향과 경로를 선택할 것인지에 대해 책임 있게 숙고해야만 했다.

사람들은 누구나 자신의 인생에 대해 내뱉는 말에 어떤 형태로든 책임을 지고 살아간다. 특히 유명인일수록 가벼운 말조차 큰 책임이 동반되기도 한다. 하지만 때로는 우리가 그들에게 큰 책임을 물을 자격이 있는가 생각해본다. 연예인들이 "이제 저는 더는 방송하지 않겠어요. 연예인으로 사는 삶에 종지부를 찍고 은퇴합니다."라고 선언하더라도, 그들의 경로가 다시 조정되어 어느 방향으로든 나아갈 수 있다는 것을 존중해주고 싶기 때문이다. 누구나 충분히 그럴 수 있다.

나 역시 1년 동안 다시는 온라인 활동을 하지 않을 것처럼 중단했다. 몇 번 게시물을 올리며 다시 시작해 보고자 하는 마음도 들었다. 하지만 그때마다 '아직은 아니야!'라는 생각이 들며, 정말 다시는 시작하지 않을 수도 있겠다는 생각마저 들었다. 결국 이렇게 돌아와 사업을 이끌어가고 있다.

이 또한 꺾였던 그 자리로 다시 돌아온 것 같지만, 나는 그것이 전혀 같은 자리가 아님을 알고 있다. 가장 짧은 거리를 위해 적절한 지점에서 방향을 바꾸어 목표지점을 향해 끊임없이 나아가고 있다. 콘텐츠를 다루는 방식도, 내 프로그램을 필요로 하는 이들을 대하는 방식도, 시간과 공간을 대하는 자세도 이전과는 차원이 다르기 때문이다.

현재 내가 마음을 온전히 쏟고 있는 이 일들과 이 사람들에게 이번이 마지막일 수도 있다는 생각을 문득 해보기도 한다. 그래서 매 순간을 마지막을 대하듯 힘을 다하고 정성을 쏟고 있다.

내가 생각하던 방향과 또 다른 경로의 지점을 언제 맞이하게 될지 모르기 때문이 아닐까?

❸ 믿음이 실현되기 위해 준비가 필요하다

나는 확언의 힘을 믿는다. 긍정적인 자기 암시는 의식을 넘어 무의식에까지 영향을 미치며 자신의 능력에 대한 믿음을 강화한다. 생산적인 생각과 말을 꾸준히 반복함으로써 심리와 감정을 자극하고 행동의 변화를 이끌어 내기도 한다. 일반인들에게는 무척 생소한 부분이 있지만, 관련된 책과 자기 계발에 관심이 많은 사람이라면 누구나 쉽게 접했을 주제이다.

이러한 심리적 기법은 최근 일반인들 사이에서도 친숙하게 받아들여지고 있으며, 종종 인기를 끌기도 한다. 예를 들어 매일 아침 거울을 보며 "나는 매일 더 나아지고 있다.", "나는 능력 있는 사람이다."라고 외치거나 확언을 일백 번 쓰기, 확언을 포스트잇에 적어 눈에 잘 띄는 곳에 붙여두기 등이다.

문제는 확언의 힘이 잘못 사용되거나 과하게 의존하는 경향이 있다는 것이다. 확언이란 것이 본래 '나는 오늘도 잘될 것이다. 나는 잘될 사람이다.'와 같은 긍정적인 말을 할 때, 자신의 삶을 긍정적으로 이끌고, 반대로 부정적인 말을 할 때, 삶이 부정적인 에너지로 가득 찬다는 주장을 기반으로 한다. 그러나 이러한 확언들이 아무런 근거 없이 단순한 유행이나 욕심으로 주변 사람들을 따라 하는 것이라면 그 효과는 얼마나 있을까 싶다. 오히려 많은 부작용을 경험하게 될지도 모른다.

이토록 언급하는 이유는 확언이 우리 삶에서 꾸준히 실천하며 인생을 변화시키는 중요한 요소임에도 불구하고, SNS에서 일시적인 유행처럼 번졌다가 사라지는 현상으로 나타나는 것이 안타깝기 때문이다. 그래서 나는 수많은 확언 자체를 신뢰하기보다는 확언이 믿음을 나타내는 반증이라는 점에 초점을 둔다. 믿음을 실현하기 위해서는 단순한 반복 이상의 준비가 필요한 것이다.

한순간 유행에 끝나지 않고 개인의 변화와 성장을 이끌어 내기 위해 어떤 준비를 하면 좋을까?

생각의 준비

모든 변화는 의식과 인식의 변화로부터 시작된다. 나는 어린 시절 올바른 자아상을 갖지 못했다.《지금까지 산 것처럼 앞으로도 살 건가요?》의 저자 김창옥 교수가 사용한 표현 '셀프텔러'를 빌리자면, 내면이 단단하지 못했기 때문에 모든 환경과 사람들과의 관계 속에서 나의 '셀프텔러'는 자신을 질책하거나 탓하기 일쑤였다. 성인이 되고 결혼생활을 하며 기나긴 시간이 흐르면서 다듬어진 부분도 많았다. 그런데도 의식과 무의식 속에는 더 이상 성장하지 못하도록 막는 투명하지만 두꺼운 유리 벽이 존재했다.

5년 전쯤일까? 새벽 한두 시가 되면 슬그머니 안방을 나와 아이들 공부 방으로 들어간다. 한구석에 자리를 잡고 책을 펼쳐 들고 셋째 아이가 깨어 부를 때까지 마음껏 책을 읽었다. 하루 동안의 고된 수고가 한순간에 모두 보상받는 것처럼 결핍된 마음이 채워졌다. 독서 천 권을 읽고 나면 속도와 폭이 다른 임계점을 만나게 된다던데, 나는 도대체 언제쯤 그 임계점의 기적을 경험할 수 있을까. 워킹과 육아의 일상이 고될수록 더 간절해졌다. 아무리 책을 읽어도 아무런 변화도 없는 것 같아, 왜 이렇게까지 책을 읽고 있는지 마음이 피곤해지기도 했다.

그러던 어느 날, 나는 드디어 전환 지점을 만나게 되었다. 다양한 저자들의 생각과 경험을 접하면서, 나는 꾸준히 새로운 시각과 자신의 한계를 뛰어넘을 수 있는 방법들을 쌓아오고 있었고 브렌든 버처드의 ≪백만장자 메신저≫라는 한권의 책은 결국 그동안의 한계를 터트리기에 전혀 부족지 않았다.

"보잘것없어 보이는 당신의 인생에도 특별한 메시지가 있습니다. 그 메시지를 필요로 하는 누군가가 분명 있으니 당신의 경험을 메시지로 만드세요." 마치 직접 나에게 말을 전해오는 듯했다. 가슴이 뜨거워지고, 머릿속이 온통 밭을 갈아엎듯 뒤집어졌다. 의식의 뚜껑이 열리는 순간이었다. 그 이후로는 생각의 관점과 시각이 이전과 극명한 차이를 보이기 시작했다.

마음의 준비

생각이 새로워졌다고 해서 믿음이 실현될 준비가 모두 끝난 것은 아니다. 머리로는 많은 지식을 습득하고 깨달았지만, 여전히 변화를 경험하지 못하는 경우가 많지 않은가. 자신의 믿음을 실현하기 위해서는 생각을 새롭게 하는 것에서 시작해, 그 생각을 바탕으로 실질적인 행동으로 이어져야 한다. 이 과정에서 중요한 것이 바로 마음의 준비이다.

머리의 생각과 지식, 깨달음들이 마음으로 '툭' 떨어지는 시점이 마음의 준비가 완성되는 순간이다. 변화를 받아들일 준비가 된 것이다. 이때 새로운 인식들이 행동으로 자연스럽게 전환된다. 깨달음이 단순히 머리로만 이해되는 것이 아니라 마음이 함께 동의함으로 인해 그다음 단계로 나아간다.

남편과 신혼 초기에는 서로 준비되지 않았던 부분과 성격 차이로 많은 다툼이 있었다. 언쟁이 생길 때마다 남편은 큰 싸움으로 번지지 않도록 그 자리를 피해 집을 나가곤 했다. 집안일이나 육아로 지쳐 싸움을 시작했지만, 아무런 도움을 받지 못하고 아이와 단둘이 남겨지게 되니 결국 손해 보는 싸움이었다. 남편과 다투고 나면 두세 배로 더 고통스러웠기 때문에, 어떤 이유로든 싸우지 말자고 다짐했다. 처음에는 조금씩 기간이 뜸해졌지만, 싸움은 끊임없이 반복되었고, 몇 년이 지나서야 그만둘 수 있었다.

그 시점이 바로 머리에서 마음으로 '툭' 떨어진 때였다.

행동의 준비

자신이 해야 할 영역이 분명히 존재한다. 선택과 결정의 책임은 절대적으로 자신에게 있다는 말이기도 하다. '10년 후에 나는 100억 자산가가 된다!' 많은 이들이 똑같은 확언을 매일 썼지만, 누군가에게는 충분히 이뤄낼 수 있는 영역, 또 누군가에게는 허락되지 않은 영역이기도 하다.

J는 매일 자신의 인스타그램에 확언을 업로드했다. 책이나 영상, 세미나를 통해 그에 관한 내용을 접했을 것이다. 그녀는 매일 확언을 쓰고 선포하기 시작했다. 그러나 100억 자산가가 되기 위한 어떤 시도와 도전도 하지 않았다. 이곳저곳 여러 정보를 찾으며 돌아다녔고, 유명한 인플루언서나 강사들을 따르며 그들을 응원하고 인증했지만, 정작 자신을 위해 헌신해야 할 부분에는 어떤 투자도 하지 않았다. 마음의 준비와 행동의 준비, 어느 곳에 머물러 있는지는 오직 자신만이 알 수 있는 일이다.

《끌어당김의 법칙》, 《더 해빙》, 《꿈꾸는 다락방》, 이러한 책들은 공통으로 '상상하라, 어떤 생각을 할 때 그 에너지가 따라온다. 충만한 태도를 가지라.'는 원칙을 강조한다. 언뜻 보면 생각과 마음가짐만을 강조하는 듯 보이지만, 사실 이것의 기반 또한 깊이 뿌리내린 믿음을 전제로 한다는 점에서 중요한 의미가 있다. 그 믿음이 바로 실천하는 행동을 자극하며, 결국 삶의 변화를 이끌어 내는 원동력이 되는 것이다.

행동은 믿음을 드러내는 증거이다. 믿음이 아직 부족할 때, 행동을 먼저 취함으로써 믿음을 일으킬 수도 있지만, 이미 실천해 내는 행동은 자신이 그 행동의 결과를 믿고 있다는 확신의 증표가 된다. 따라서 생각과 마음이 충분하다고 해서 믿음이 저절로 실현되리라 생각하거나, 자신의 선택과 결정에 대한 책임을 회피하지 말자.

생각의 준비는 새로운 의식과 인식을 갖는 일이며 변화의 첫 출발점이다. 그러나 단순히 생각을 바꾸는 것만으로는 충분하지 않다. 생각이 마음속에서 깊이 자리 잡아 내면의 신념으로 자리 잡기까지 시간이 필요하다. 믿음이 마음에 뿌리내릴 때, 이제야 행동으로 옮길 준비가 된 것이다.

어떤가. 이제 깨달았다면 생각의 준비가 완료된 상태이니, 마음의 준비 또는 행동의 준비로 나아가 볼 텐가.

④
보이지 않는 세계는
보이는 세계만큼이나 실재이다

4차원이다 못해 11차원이다. '최강희'.

TV 프로그램 〈라디오스타〉의 '넌 어느 별에서 왔니?' 특집에서 과학 커뮤니케이터 궤도 씨가 배우 최강희 씨의 매력을 과학적으로 해석했다. 우리는 흔히 일반적이지 않고 자신만의 세계에 사는 독특한 이들을 '4차원'이라고 부른다. 그런데 사실은 우리가 사는 이곳이 4차원이기 때문에 '4차원'이라는 말은 지극히 평범하다는 말과 같다는 것. 올바른 비유가 아니라고 그는 말했다.

그가 말하는 초끈이론을 바탕으로 우리가 4차원이라고 부르는 사람들은 정확하게는 그 이상의 차원에 속하며, 최강희 씨는 11차원으로 표현하는 것이 옳은 표현이라고 재조명했다. 굉장히 신선한 발상이었고 접근이었다. 아주 오래전 과학에서는 3차원 이상의 차원이 존재하지 않는다고 생각했다. 그러나 현대 과학의 발전으로, 우리는 3차원의 공간과 1차원의 시간이 합쳐진 4차원의 세계에 살고 있다는 것을 누구나 알게 되었다.

솔직히 나는 이 프로그램에 초대된 궤도 씨를 통해 안 사실이다. "아, 정말? 여태껏 난 3차원에 살고 있다고 생각했는데, 4차원이었어?" 나는 과학 분야의 전문가가 아니기 때문에 누구나 알 법한 상식 정도만 알고 있다. 어쩌면 과학에 큰 관심이 없는 나로서는 일반인들보다 모르고 지나치는 것들이 더 많을 것이다. 어찌 됐든 현대 물리학에서는 내가 믿든지 말든지, 눈에 보이든지 보이지 않든지 우주가 11차원으로 이루어져 있다고 본다.

보이지 않는 세계를 믿는 것은 직관과 상상력의 문제이기도 하지만, 우리 눈에 보이지 않는다고 해서 없는 것은 아니라는 것을 말하고 싶었다. 흔히 눈에 보이는 것만을 실제처럼 여기며 사람들은 살아가지만, 과학은 보이지 않는 차원의 존재를 증명해 내고 있으니, 자신이 보는 것이 전부가 아닌 것은 분명하다.

7일 만에 뇌사 상태에서 살아난 하버드 신경외과 의사 이븐 알렉산더의 이야기가 있다. 2020년쯤 나는 SQ 전문 강사로 몇 년째 활동하고 있었다. 당시만 해도 일반인들에게 생소했던 4차 산업과 AI(인공지능), 양자물리학, 끈 이론, 다중지능 등을 포함해 많은 현대 물리학 이론들이 다뤄졌다. 과학으로 설명하기 어려운 '임사체험'과 관련해 그의 책《나는 천국을 보았다》가 소개된 것이다. 기억을 되짚어 몇 년 전 읽었던 책을 다시 꺼내 보았다.

이븐 알렉산더는 희소한 질병에 걸려 7일간 혼수상태에 빠졌고, 뇌의 기능이 모두 멈춘 뇌사 상태에 있었다. 하지만 그가 다시 의식을 되찾고 일어났을 때, 그는 죽음이라는 것이 의식의 끝을 의미하지 않는다고 주장하며, 그의 책에 다음과 같이 기록했다. "내가 간 그곳은 실재했다. 우리가 사는 지금 이 삶이 완전히 꿈처럼 느껴질 정도로 그곳은 실제였다." 임사체험을 한 사람들의 주장을 단순한 뇌의 환상일 뿐이라고 치부했던 그가, 신경외과 권위자로서 우리의 삶이 육체의 죽음으로 끝나지 않음을 확신하게 된 것이다.

이븐 알렉산더의 이야기는 우리가 눈으로 보지 못하는 세계의 존재를 믿게 만드는 강력한 사례다. 그의 경험은 우리가 사는 4차원 현실 외에 더 높은 차원의 세계가 존재하며, 그것이 실제로 우리의 삶에 영향을 미칠 수 있음을 보여준다. 과학적으로 설명되지 않는 이러한 경험들은 보이지 않는 세계가 실제로 존재함을 암시하며, 우리가 이해할 수 없는 더 큰 현실을 탐구하도록 이끈다.

죽음 이후의 세상에 대해 여러분들이 어떤 믿음을 가지고 있든지, 그것에 대해 강요할 생각은 전혀 없다. 다만, 보이지 않는 에너지에 대한 믿음을 통해 우리의 삶을 더욱 의미 있게 만들어보자는 말을 하고 싶다. 눈에 보이지 않는 것들에 대한 최소한의 가능성을 열어둔다면, 우리의 삶에 강력한 생각과 감정, 그리고 행동의 변화를 일으킬 수 있지 않을까? 우리가 감지하지 못하는 차원과 세계도 실제로 존재하며, 우리의 현실에 영향을 미친다는 믿음과 이해는 우리의 사고방식을 확장하고, 보다 넓은 시각에서 세상을 바라보게 한다.

나는 삼십 대가 지나기까지 자신을 작은 우물 안에 가두어 놓았다. 자신을 보잘것없는 존재라고 여겼고, 가진 재능도 없다고 생각했다. 가난한 부모님 밑에서 자랐지만, 간호과를 전공하여 간호사로 직장생활을 꾸준히 할 수 있었던 것이 그나마 큰 행운이었다.

하지만 남편과 결혼한 후에도 나는 늘 생존 모드에 놓여 있었다. '넉넉함, 꿈, 비전, 여유' 같은 것들은 생각조차 할 수 없는 시스템이었다. 쳇바퀴 도는 삶에서 벗어날 수 없었고, 돈의 고통과 부채로 인해 더 빨리 달리고 더 많은 땀을 흘리며 더 고통스러운 수고를 해야만 했다. 그마저도 벗어날 수 없는, 사회가 만들어놓은 저주 시스템처럼 느껴졌다. 언제쯤에나 이 저주에서 벗어날 수 있을까.

그러던 어느 날, 나는 태어나서 성장하며 스스로 가두었던 제한을 벗어던지기로 결심했다. 새로운 의식이 열리며 내 안의 소망과 능력에 대한 빛을 보기 시작했을 때, 무엇이든 창조해 낼 힘이 내 안에 있다는 것을 하나씩 깨닫기 시작한 것이다. 물론 한순간에, 하루 만에 이뤄진 것은 아니었다. 어떤 부분은 한순간에, 또 어떤 부분은 몇 달 혹은 몇 년의 시간이 필요했다.

두 눈에서 얇은 비늘이 벗겨진 것처럼, 부정적인 사고로 가득했던 머릿속이 깨끗한 물로 씻겨 내려간 것처럼 새로워졌다. 매 순간의 변화는 분명 아주 작았을 것이다. 하지만 시간이 흐르고 달라진 결과를 보니, 내 인생은 완전히 달라져 있었다. 과거에 나는 늘 순응하며 매일을 살아냈고, 평생을 그렇게 살다 끝날 모습이었다.

그러나 이제 나는 미래비전을 위해 살아가고 있다. 그것을 위해 필요한 것을 찾는 삶을 살고 있다. 매일 같이 생존을 위해 모든 일을 뒤쫓아가는 인생이 아니라 미래비전을 작동시키기 위해 내 안에서 아이디어와 부를

창출해 내고 있다.

아침마다 일어나는 것이 힘들고 답답했다. 내 인생을 내가 살고 있는데도 무엇인가에 끌려가는 삶이 너무 고되기만 했다. 이제는 더 이상 누군가가 만들어놓은 시스템에 자신을 끼워 맞추지 않아도 된다는 사실이 나를 즐겁게 잠에서 깨어나게 한다. 스스로의 한계를 벗어나 새로운 가능성을 향해 나아가고 있다. 매일 아침, "오늘도 하루를 신나게 시작할 수 있게 해주셔서 감사해요." 하나님께 기도하며 내 안의 잠재력을 마저 깨운다.

나 자신을 믿고 내 능력을 신뢰한다. 타인과 비교하면 당장이라도 나보다 더 잘난 사람들이 수두룩하겠지만, 그 이상 생각하지 않는다. 그저 자신을 믿고, 내 능력을 격려하며 꿈을 실현하기 위해 하루를 시작할 뿐이다.

내 삶은 새롭게 재편성되었다. 이 모든 것은 보이지 않는 세계와 보이지 않는 에너지의 가능성을 믿고, 그 믿음을 기반으로 실천해 낸 용기 덕분이다. 참 신기한 것이 한 걸음 한 걸음 더 나아갈수록 새로운 가능성을 더 발견하게 된다는 것이다. 보이지 않는 세계가 얼마나 실제로 움직이고 있는지 나는 충분히 경험으로 증명해 내고 있다.

눈에 보이지 않는다고 해서 없는 것은 아니라는 사실을 우리는 모두 알고 있다. 어쩌면 눈에 보이지 않는 것들을 두 손으로 움켜쥘 용기를 내지 못하기 때문에 스스로 포기하거나 외면하고 있지는 않을까? 보이지 않는 것들을 움직여 자신이 직접 주도할 수 있을 때, 그것들은 형태를 갖추어 우리의 눈에 보이는 실체로 나타날 것이다.

"의식은 우주에서 가장 심오한 미스터리다."
– 이븐 알렉산더의 저서 《나는 천국을 보았다》 첫 페이지 문장

⑤
'가장 중요한 것은
눈에 보이지 않아!'

꿈속에서 K의 머리카락을 보았다. 여느 사람들과 특별한 것 없는 평범한 머리카락이었다. 그런데 왜 그 장면이 무언가를 말해주려는 것 같았을까? 처음에는 몰랐지만, 가만히 들여다보니 겉으로는 별다른 것 없는 머리카락 속에 유난히 촘촘한 속머리가 나 있다.

머리카락이 적거나 얇은 사람은 바람이 불면 난리가 나지만, K의 머리카락은 달랐다. 겉으로는 다른 사람들과 똑같아 보였지만, 바람이 불자 속머리의 위력과 위상이 드러났다. 순간 바람이 휙 하고 불더니 머리카락이 순식간에 휘날렸다. '와! 저게 뭐야?' 솜털 머리가 굉장히 빼곡하다. 웬만한 바람에는 끄떡도 하지 않는다.

다른 사람들은 K가 특별하다고 생각하지 않았다. 있는 듯 없는 듯 눈에 띄지도 않았기 때문에 매우 평범한 때로는 매우 심심한 사람이라고 생각했을 뿐이다. 하지만 그녀는 환경적으로 흔들릴 수 있는 상황에도 전혀 요동하지 않는 강인함을 가진 친구였다. 힘겨운 세찬 바람이 불어왔을 때, 절대 흔들리지 않는 견고한 중심을 보여줄 수 있는 사람 말이다. K와 깊은 관계를 가진 이들만이 그녀의 뛰어남과 남다른 진가를 알고 있다.

아무리 성향이 그렇다 하더라도 결과물과 성취, 성공, 성과만을 중요하게 여기는 사람이 또 있을까? 어릴 적부터 부모님과 선생님, 친구들로부터 채워지지 못했던 인정과 칭찬 욕구가 간절했는지도 모른다. 상대적으로 과정을 중요하게 여기는 주변 친구들을 보면, 공감되지 않는 것은 물론, 때로는 신기하고 희한하기도 했다. 그들의 관점에서 이해하는 것이 어려웠다. 결과물을 그들에게 주는 것이 내가 줄 수 있는 가장 값진 선물이라 생각했고, 성과를 달성하기 위해 과정은 종종 무시되고는 했다.

책 쓰기 코칭을 하면서도 나는 책을 출간하는 것이 가장 중요한 임무라 생각했다. 수강생들이 모인 단톡방에서 일상을 나누는 것에는 관심을 두지 않았다. 함께 커뮤니티를 이루고 소통하는 시간은 부차적이라 여겼기 때문이다. 목표를 향해 달리는 데 집중하자고 재촉하기만 했다. 과정에서 만들어지는 관계와 경험을 소중히 여기는 대신, 단순히 또 한 권의 책을 완성하는 데만 주력했다. 결국 과정이 끝나고 나면, 내게 남아 있는 것은 사람도, 깊은 인연도 아닌, 또 한 권의 책뿐이었다.

자연 친화적인 사람들을 보며 느끼는 감정도 새삼 흥미롭다. 꽃과 나무, 자연을 보며 감탄을 연발하는 것까지는 이해가 간다. 그들이 감성이 풍부하다는 생각이 들기 때문이다. 하지만 그들 중 일부가 자신의 시간을 헌신하고, 마음을 쏟는 모습을 보면 어떻게 그런 일에 열정을 온전히 쏟을 수 있는지 존경스럽기까지 하다. 이들의 공통점은 단순히 자연에 대한 사랑을 넘어서 자연, 동물, 사람 그리고 사물과의 관계를 매우 중요하게 생각하고 깊이 이해한다는 점이다.

나는 이들이 참 귀하고 소중하다고 느낀다. 눈에 보이지 않는 것들을 소중히 여길 줄 아는 이들을 보며 자주 잊고 지나치는 본질에 대해 다시 한번 되짚게 되기 때문이다. 나는 여전히 과정의 가치를 깊게 경험하기 위해 의지적으로 신경을 써야 하는 사람이다. 타고난 본성과 기질은 아니지만, 삶의 경험을 통해 깨달았기에 이제는 균형을 이루는 데 더 많은 유익을 얻고 있다.

> "내 비밀을 말해줄게. 별건 아니지만 말이야.
> 무언가를 볼 때는 마음으로만 봐야 제대로 볼 수 있어.
> 정말로 중요한 것은 눈에는 보이지 않거든."
> – 생텍쥐페리의 《어린 왕자》 명언

때로는 눈을 감고 마음으로 보아야 하고 찾아야 하는 것이 있다. 내가 간절히 원하는 것이 무엇인지, 진정으로 추구하는 가치가 무엇인지.

다섯 명의 예비 작가들과 함께 책을 쓰고 있다. 이 공동 저서는 "써야지!"하고 처음부터 작정하고 시작한 기획이 아니다. 개인 저서가 아닌 이상, 이런 일들은 보통 어느 날 갑자기 떠오른 아이디어에서 시작된다. 마치 음악가가 악상이 떠올라 악보에 콩나물을 그려 넣듯, 30분 만에 기획서를 완성할 정도로 기발한 아이디어가 순간 반짝해서 말이다.

이 프로젝트도 그렇게 시작됐다. 평상시와 다름없이 인스타그램 계정에 하루도 빠지지 않고 짧은 생각 글들을 게시했고, 결이 맞는 다양한 친구들과 댓글과 대댓글을 주고받으며 소통하고 있었다. 글을 쓰고 싶어 하는 사람들이 많다는 것은 알고 있었지만, 내가 그들에게 줄 수 있는 것과 그들이 내게서 필요로 할 만한 것이 무엇일까? 꾸준히 고민했다. 그렇게 고민하다 보니 결국 '책 쓰기'에 이르게 되었다.

그들이 부담 없이 시작할 수 있는 공동 저서를 기획했다. 주제를 정하고 저자들을 모아 함께 작업을 시작하는 일은 언제나 긴장되면서도 설레는 일이다. 전공 분야, 관심 분야도 다르고, 더욱이 살아온 인생과 경험, 생각도 다른 사람들이 한데 모여 하나의 책을 만들어내는 과정은 단순히 글을 쓰는 것을 넘어서는 일이라는 것을 매번 느낀다.

개인 저서를 위한 코칭과는 또 다른 집중력을 요구한다. 책 쓰는 방법과 기술은 기본이다. 다섯 명의 예비 작가들이 각자 자신의 이야기를 풀어낼 수 있도록, 그들의 머릿속에서 직접 상상을 펼치게 도와야 한다. 생생하게 상상하고 글로 표현할 수 있도록 도와야 하며, 글쓰기에 대한 두려움을 극복할 수 있도록 동기를 부여하고 자신감을 불어넣어 주어야 한다. 각 개인은 자신의 이야기를 풀어내는 것에 집중하면 되지만, 기획자인 나는 각각의 글이 모여 하나의 큰 그림을 그려내는 과정을 그들에게 실시간으로 공유해야 한다. 마치 오케스트라가 조화를 이루어 아름다운 음악을 만들어내는 것과 같다고 비유해도 될까?

이전과 다르게 나는 이번 작업을 통해 정말 많은 경험을 하고 있다. 그들은 모르고 있겠지만, 각 예비 작가들이 나에게 귀중한 경험과 지식을 쌓아준 스승과도 같았다. 우선은 이 프로젝트를 대하는 마음 자세부터 다르다. 기획출간 종이책이라는 결과물을 그들에게 주고자 한 마음은 여전히 기본값이지만, 과정 하나하나에 심혈을 기울이고 있다. 결과물을 확실하게 주겠다는 자신감은 있지만 "나만 믿고 따라오라."라는 식의 오만함을 부리지 않았다. (물론 이전에도 스스로 오만하다고 생각했을 뿐, 그들을 기만하지는 않았다.)

그들의 목소리에 귀 기울이고, 각자의 이야기를 진심으로 존중했다. 예비 저자들의 생각과 감정까지도 공유하며 함께 마음을 듣고 나누는 일이야말로 소중한 부분이라는 것을 몸소 체험하고 있다. 무엇보다 의미 있고 즐거웠던 것은 그들이 책 쓰기 과정을 통해 자신의 생각과 삶을 돌아보게 된 것이다. 글을 써 내려가며 글쓰기의 즐거움과 성장을 직접 경험하는 모습을 눈으로 보고 귀로 듣게 되었다. 참 보람되고 가치가 있는 일이다. 그동안 과정에서 얻어지는 이런 가치들을 무시하거나 놓쳐버린 것에 대해 아쉬움을 표한다.

눈에 보이는 결과물도 중요하지만, 그보다 더 중요한 것은 함께한 시간과 과정, 그리고 서로의 마음을 이해하는 일이라는 것을 이번 공저 프로젝트를 통해 깊이 체득했다. 머리로 충분히 알고 있었던 것이 이제는 경험으로 깊이 뿌리를 내린, 나에게는 사건이라면 사건인 셈이다.

'눈에 보이지 않는 것들의 실재가 1m 더 뿌리를 내렸다.'

❻
관점 차이가
행동 차이를 만든다

  머리 한 대를 얻어맞은 것처럼 깨달음이 크게 찾아온 적이 있을까? 순간 섬광이 번뜩하고 지나가면서 세상이 새롭게 보인 경험이 있을까? 반복해서 읽던 책의 내용이나 이미 알고 있던 사실들에 어느 순간, '아! 그렇구나!' 탄성을 지르며 새로운 인식을 얻게 된 순간이 있었을까? 있었다면 어떤 경우였는지, 그 이후 어떤 일이 일어났는지 잠깐 생각해보면 좋겠다.

  내 책상은 넓은 거실과 주방의 경계에 놓여 있다. 아이들 방을 주고 남편의 공부방을 먼저 챙기다 보니, 이번에도 내 공간은 거실에 세팅되었다. 문을 닫고 들어가면 내 공간에서 책을 보거나 글을 쓰는 것이 편할 텐데, 매번 무엇을 하려 할 때마다 거실에서 온 가족이 하는 일에 신경이 쓰이곤 한다. 이제는 제법 적응이 됐지만, 눈에 보이는 엄마는 늘 타깃이 되어 불러대는 소리가 끊이질 않는다.

　좋은 점도 있다. 우선, 시야가 넓게 트여 답답하지 않다는 것, 설거지하거나 집안 정리를 하다가도 언제든 책상 앞에 앉아 보던 업무를 틈틈이 볼 수 있다는 것, 과도한 집중에 피로해질 때면 잠시 소파에서 쉬었다 일어날 수 있다는 점이다. 이날도 여느 때와 다를 것 없이 나는 책상 앞에 앉아 있었고 남편과 아이들은 식탁에 둘러앉아 저녁을 먹고 시끌벅적하게 장난을 치고 있었다. 그들을 가만히 바라보다 갑자기 코끝이 시큰해지고 눈물이 핑 돌았다. 무슨 이유에서일까.

　며칠 전, 지인의 추천으로 롤랜드 벅의 저서 《가브리엘 천사를 만나다》를 읽었다. 영적인 분야를 다룬 책이었고, 8장에서 하나님이 우리 인간을 바라보는 시선에 대해 언급한 부분에서 큰 감동을 받았다. 타인에 대해서는 관대한 듯했지만 나 자신에게는 매우 엄격했던 나에게 가슴이 찡한 울림이 있었다.

　'넌 왜 이 정도밖에 못 하니? 또 남편과 아이들에게 화를 내고 실수를 했구나. 매일 노력해도 내 인생은 왜 아직도 여기일까. 지친다. 그냥 어느 정도 살면 편하지 않을까.'

　낮잠 자는 시간조차 시간을 허비하는 일이라며 자신을 스스로 질책했다. 그런 나를 하나님은 날 위해 계획하신 최고의 모습, 완전한 모습으로 바라보신다는 것이다. 사랑의 관점을 통과시켜 나를 보신다는 것이다. 그 책의 내용이 너무 따뜻하고 위로가 됐다.

그 시선으로 남편과 아이들을 바라보고 있었다.

일하고 돌아와 고된 것은 알겠지만, 집안일에 전혀 손대지 않는 남편이 짜증이 나곤 했다. 휴대전화를 손에 들고 있는 모습을 보면 '왜 저렇게 무심할까? 나 혼자 이 모든 일을 해야 하나?'라는 생각이 들면서 대화조차 피하고 싶었다. 사랑한다고 말하는 남편의 말은 내게 아무 의미도 없이 느껴져 무심한 표정으로 대꾸 없이 지나쳐버리기도 했다.

아이들은 또 어떤가. 공부하라고 말하지 않으면 공부라는 말을 잊어버리고 사는 것처럼 보인다. 휴대전화 하는 시간은 그리도 칼같이 챙기고, 그 시간이 끝나면 어슬렁거리는 모습이 답답했다. 서로 다투는 모습들을 보며 '대체 커서 무엇이 되려고 그러는지.' 하는 생각이 나도 모르게 올라왔다.

하지만 책상 너머로 보이는 그런 남편과 아이들이 이제 내 눈에 새롭게 보인다. 가장 최고의 모습과 완전한 모습으로 말이다. 부족한 면을 보며 잔소리할 거리만 찾는 대신, 신이 나를 바라본다는 사랑의 관점으로 통과시켜 보니, 이해되지 않고 부족해 보였던 모습들이 훌륭하고 사랑스러워 보인다.

남편이 온종일 일하느라 얼마나 지쳤을지 생각하니, 그 피로를 더 이해하게 된다. 예전처럼 짜증이 나기보다는 오히려 그를 위해 물 한 잔이라도 더 갖다줘야겠다는 마음이 든다. '내 몸이 지치면 설거지야 조금 있다가 하면 되지.' 싶다. 아이들에게도 마찬가지다. '휴대전화로 친구들과 소통하고, 자신만의 시간을 가지는 것이 중요하겠지.'라는 생각을 한 번 더 한다. "휴대전화 하는 시간이 끝나면 자기 할 일에 집중하자~." 부드럽게 말하며 함께 시간을 보내는 노력도 제법 한다.

관점이 달라지는 데 많은 노력과 오랜 시간이 걸린다고만 생각했지만, 순식간에 관점이 달라질 수도 있다는 것을 경험했다. 관점이 달라지니, 보는 시각이 달라지고 보이는 세상이 달라지기 시작했다. 환경과 형편, 문제를 보는 초점이 달라지고, 이전과 다른 것에 집중하기 시작했다. 그것은 나의 일상을 바꾸고 나의 삶을 완전히 바꾸는 사건이었다. 나를 둘러싼 가족과 주변이 변한 것이 아니다. 단지 나 한 사람의 관점만 달라졌을 뿐인데, 그 결과는 새로운 말과 행동의 변화들을 가져왔다.

관점의 차이가 행동의 차이를 만들어내는 또 다른 좋은 예가 있다. S는 내가 직장생활을 하며 가장 힘들었을 때, 큰 버팀목이 돼 주던 오랜 친구이다. 서울에서 직장생활을 하다 제주로 떠나오고 내 꿈을 위해 오래도록 해왔던 간호사 생활을 정리하게 됐다. 코로나로 온라인 활동이 급상승하면서 SNS를 통해 온라인 사업을 시작하기로 결심했고, 가장 먼저 그 친구에게 연락을 했다. 가슴 속에서 뜨거워진 열정과 비전을 가장 먼저 공감해 주기를 바랐고, 함께 그 일들을 시작하고 싶은 마음에 강하게 설득했다.

하지만 S의 반응은 내 뜨거운 마음과는 정반대로 당황스러울 정도로 차가웠다. 항상 선입견 없이 내 이야기를 듣고 어려움에 조언을 아끼지 않던 친구였지만, 그날만큼은 손톱만큼의 공감조차 없이 마음이 꽉 닫혀있는 듯했다. 모든 말들이 튕겨져 되돌아왔고, 나는 뭔가 모를 속상함과 언짢은 감정을 한가득 안고 통화를 끝냈다. '당분간 연락하지 않을 테야.'라고 생각하면서 말이다.

그 이후, 나는 밤낮없이 새로운 분야에서 다양한 시도와 도전들을 하며 실패를 차곡차곡 쌓아갔다. 1년 후 첫 책을 출간하고 작가라는 타이틀을 얻게 되었으며, 매년 한 권씩 책을 출간하고 있다. 의도한 것은 아니지만, 스스로가 평생 글을 쓸 사람이라는 것을 발견했기 때문이다. 그외 온라인 강의와 강연을 시작으로 새로운 기회의 문들이 열렸다.

현재는 개인 사업을 통해 콘텐츠를 만들고 기획하며, 수업과 강의를 진행하고 있다. 직장생활에서와 같은 안정적인 시스템은 아니지만, 내가 직접 모든 것을 지휘하고 주도할 수 있다는 매력이 크다. 오랫동안 소망하기만 했던, 책을 읽고 글을 쓰는 삶 그리고 누군가를 가르치고 목적을 전달하는 메신저의 삶이 통합된 지금의 생활은 큰 행복감과 만족감을 준다. 원하는 것과 내 일상이 구분되어 있지 않다. 주된 삶의 일부로 녹아들어 매일 그 일들을 하니, 매 순간이 의미 있고 풍요롭다.

반면 S는 안정적인 생활을 원했다. 자신이 좋아하고 하고 싶어 하는 일이 있었지만, 그것이 직업이 되면 오히려 하기 싫은 일이 되어버릴까 봐 걱정했다. 좋아하는 일은 단지 취미생활로만 남겨두고 싶어 했다. 그래서 그녀는 직장생활을 하면서 필요할 때 여행을 떠나고, 동호회 활동을 하며 배우고 싶었던 것들을 학원에서 배운다. 취미와 여가를 즐기는 삶과 일을 철저히 구분한 것이다. S는 지금도 예전과 동일하게 주기적으로 직장 생활에 회의감을 반복하면서도 안정적인 생활에서 벗어나지 않기를 원한다.

나는 내가 선택한 관점으로 나에게 맞는 길을 만들어갔고, 친구는 자신이 중요하게 여기는 가치와 관점 속에서 자신의 행동과 반응을 선택했다. 서로 다른 관점이 서로 다른 행동을 선택하게 했고, 우리의 다른 길을 만들었다.

어떤 삶의 궤적을 만들어가고 싶은가? '관점 차이는 행동 차이를 만든다.'는 사실을 기억하며 인생 중반기를 지나 우리들이 원하는 삶을 훨씬 멋지고 신나게 만들어 나가기를 바란다.

❼
현실과 이상 사이에서
균형을 잡는 시기

 아무도 없는 집으로 터덜터덜 혼자 걸어가는 발걸음이 애달프다. 동네에 아는 사람이라고는 전혀 없어 다행이다. 누군가 아는 척 내 이름이라도 불렀다면 금세 터져버릴 것만 같은 이상하게 찌그러진 내 얼굴을 들키고 말았을 것이다. 연년생 어린아이들을 키우며 가족과 친구 하나 없는 낯선 곳에서 절박한 마음으로 신에게 매달리고 부르짖었다. 그리고 위로와 격려, 안아주는 사랑과 다시 일어설 수 있는 용기를 가득 채운 채 집으로 돌아온다.

 집이 점점 가까워질수록 한 걸음 한 걸음마다 다리는 힘없이 너덜거린다. 공허하다. 구멍이 휑하니 뚫린 것만 같다. 현실과 이상의 격차 때문에 마음이 시려 견딜 수가 없다. 들어선 방 한편이 온통 어둠에 휩싸였다. 아이들이 깊은 잠이 들고 나면 혼자서 주르르 소리 없는 눈물을 흘리기 일쑤였다. 그땐 그랬다.

지금 나는 현실과 이상 사이에, 논두렁에 패인 것과 같은 작은 골이 있다는 걸 알고 있다. 닿을 수 있을 것이라는 확신과 기대가 가득 찬 채 말이다. 이 작은 골을 넘어가야만 하며, 넘어가는 순간 날개를 달고 말을 타고 달리듯 할 것이라는 걸 너무도 잘 알고 있다.

나폴레온 힐의 저서 《놓치고 싶지 않은 나의 꿈 나의 인생》은 내 인생의 새로운 문을 여는 데 큰 영향을 준 책이다. '내게도 놓치고 싶지 않은 꿈과 인생이 분명 있을 텐데….' 간절히 소망하는 인생에 대해 고민하기 시작했다. 그중 가슴을 가장 뜨겁게 달궜던 '꿈'과 '성공'을 내 인생 키워드로 정했다.

그의 책에서 소개된 에드윈 C. 번즈의 이야기는 그동안 내가 인생을 대했던 마음의 자세에 커다란 충격을 주었다. 번즈의 간절한 꿈은 에디슨과 함께 일하는 것이었다. 그러나 번즈는 그의 꿈을 이루기 위해 당장 무엇부터 시작해야 할지조차 알지 못했다. 번즈는 두 가지 큰 문제에 직면해 있었다. 하나는 함께 일을 하고자 하는 에디슨을 한 번도 만나본 적이 없다는 것이고, 또 하나는 에디슨 연구소가 있는 곳까지 갈 기차표를 살 돈조차 없다는 것이다.

이 정도이면 거의 불가능하다고 생각되지 않는가?

책을 내려놓고 잠시 생각에 잠겼다. 가만히 그동안의 내 삶을 돌아보니, 현실적으로 할 수 있는 상황 안에서만 꿈을 꾸고 이루며 살아왔다는 것을 깨달았다. 간절히 소망했던 것조차도 어느 정도 가능성이 다분한 "그래 그 정도면 힘들기는 하겠지만 충분히 할 수 있겠어."라는 매우 상식적인 경계 안에서만 이루어져 온 것이다.

그런데 번즈의 이야기는 전혀 달랐다. 그는 간절한 소망을 정하고 그것을 이루기 위한 방법을 찾아내고야 마는 시스템으로 움직였다. 불가능해 보이는 상황도 전혀 문제가 되지 않았다. 오히려 자신의 소망을 이루기 위해 당장 무엇을 해야 할지조차 알지 못하면서도 자신의 꿈을 현실로 만들기 위한 방법을 찾아 나선 것이다. 즉, 환경과 한계에 집중하지 않고 목적과 목표에 집중했다.

내 인생의 꿈과 성공을 위한 간절한 소망을 찾기로 결단했다. 노트에 내 가슴을 설레게 하고 뜨겁게 하는 단어부터 하나씩 써보기 시작해, 이루고자 하는 목표들을 적었다. 버킷리스트를 작성하고, 매일매일 되뇌는 원하는 삶과 꿈들을 적었다. 신기하게도, 이 책을 읽는 동안 비슷한 류의 책들이 계속 눈에 들어왔고, 내 의식이 새로운 시즌을 맞이할 준비가 되어가고 있었다.

이십 대에는 '이상'은 현실에서 닿을 수 없는 꿈일 뿐이라 생각했다. 삼십 대에는 의식은 '이상'에 이미 충분히 닿아있지만, 눈에 보이는 현실은 너무 초라한 바닥처럼 느껴져 좌절하고 마음이 허탈할 때가 많았다. 그리고 마흔이 되어 '이상' 속에 있는 보이지 않는 실재들을 하나씩 현실로 가져오는 방법을 알게 되었다. 이후로 나는 성실하고 끈기 있게 현실에 '이상'의 씨앗들을 뿌려놓기 시작했다.

밭을 갈아엎어 씨앗을 심는 일들은 생각보다 시간이 오래 걸리고 땀이 흥건해질 만큼 힘든 작업이다. 그러나 하나의 씨앗들이 조금씩 땅 위로 싹을 틔우고 자라나 내가 가꾼 좋은 땅 위를 채워가는 모습을 보게 되었을 때, 더 큰 용기와 힘을 얻게 된다.

이제 나는 마흔 중반이 되었다. 아직도 이상과 현실 사이에는 여전히 격차가 있다. 하지만 그 괴리감 속에서 슬퍼하거나 공허한 감정을 느끼지 않는다. 이제는 그 격차 또한 곧 이루어질 실재임을 경험을 통해 잘 알고 있기 때문이다. 오히려 현실과 이상 사이 그 어딘가에서 지금을 정직하게 살아내기 위해 늘 줄다리기를 한다. 현실에 너무 집중하여 안주하지 않으며, 이상만을 바라보고 현실에 무심해지지 않기 위해 균형을 이루는 일 말이다.

"아이고~ 강 작가님~ 아니, 강 대표님~"
한껏 장난기가 들어간 남편의 너스레와 함께 "푸하하하" 웃고는 한다.

이전의 이상이었던 '작가'가 되어 매일 글을 쓰고, 글쓰기로 사업도 하고 있다. 전업 작가를 향해 가는 과정이기도 하고, 수필 분야 50만 독자를 보유하는 인플루언서 작가가 되는 과정이기도 하다. 이전에는 수첩에 적으면서도 '아, 너무 가상 같지 않나? 가능한가? 남들이 보면 완전 허세 부린다고 하겠어.' 남들의 시선도 신경 쓰였지만, 아무리 긍정적 사고라 하더라도 나 자신조차 의심이 드는 건 어쩔 수가 없었다. 그때만 해도 위와 같은 꿈은 지극히 평범한 직장인이었던 나에게 현실과 수천 마일 떨어져 있는 것처럼 느껴졌으니 말이다.

점점 미래가 현재로 끌어당겨 오고 있는지, 현재가 미래로 부스터를 달고 가까이 가고 있는지는 모르겠지만, 어찌 됐든 그 격차는 좁혀지고 있다.

최근 뜸을 들였던 인스타그램을 다시 활성화하기로 했다. 1만을 달성했으니, 이제는 3만을 달성하고 인플루언서 대열에 당당히 올라서 보자는 결심이 갑자기 들었기 때문이다. 팔로워 수에 큰 의미를 두지 않아 잠시 멈췄지만, 3만 목적달성을 위한 기획을 이미 마쳤다. 6개월 이내에 한 번 이뤄보리라. 그다음은 10만이다.

나이 마흔은 인생의 굽잇길에서 현실과 이상, 현재와 미래, 타인과 나 그 사이의 전환점에 서 있는 시기이다. 이미 많은 경험을 쌓았지만, 여전히 새로운 도전을 꿈꾸며 앞으로 나아가야 할 길을 고민하게 된다. 형태가 완전히 드러나지 않은 미래의 실체를 이루기 위해 현재를 계획하며 애써야 한다. 또한 그동안 살아온 인생 과정에서 생겨난 타인과 나의 관계, 상황 속에서 균형을 맞추는 일을 감당해야 한다. 특히 남편과 아이들과 함께 의미 있는 소중한 시간을 놓치지 않기 위해서는 균형을 매번 체크하고 조율하는 것이 필요하다.

마흔이라는 전환점에서 현재의 삶을 통해 또 다른 가능성의 문을 열고 싶다. 인생의 마침표를 예쁘게 찍는 그날까지 현실과 이상의 균형을 잡으며 한 걸음씩 함께 나아가보면 어떨까. 우리의 인생을 더욱 가치 있게 만들기 위해 새로운 문을 열자! 새로운 경험이 열릴 테니까.

⑧
나는 지금 내 영혼의 소리와
얘기하는 중입니다

내 영혼의 소리는 나를 바른길로 비추고 있었다. 그 소리는 곧 양심, 직감, 그리고 깊은 곳에서 흘러나오는 내 영의 소리였다.

2024년 1월 9일, 카드 명세서를 살펴보던 나는 깜짝 놀랐다. 평균적으로 사용하던 금액에서 사백만 원이 더 오버 돼서 청구됐기 때문이다. 카드를 사용하는 우리 부부의 원칙이 있어서 정해진 수준 이상을 사용하지 않을뿐더러 사용하는 카드는 단 하나뿐이다. 내 눈을 의심하고 몇 번을 더 확인했지만, 분명 확실한 금액이었다. 가슴이 '쿵' 하고 손이 떨렸다. 바로 카드사에 문의하고 내용을 확인했다. 휴대전화 부가서비스 최대한도 결제, 사기당했다.

12월 중순에 통신사 직원 한 명을 집으로 들였다. 4년 전쯤이었던가? 코로나 당시에는 홈서비스로 휴대폰을 개통하는 것이 이상하지 않았고,

당시 인연이 되어 자신의 사업장으로 개업을 했다는 직원을 도와주기로 한 것이다. 12월과 1월, 두 번에 걸쳐 그 직원은 우리 집을 방문했고, 아무런 의심도 없이 남편과 나는 휴대전화를 건네주었다. 심지어 집으로 돌아가서 아이들에게 주라며 냉동 간식 몇 봉까지 종이가방에 고이 챙겨주었다. 총 팔백만 원이 두 번에 걸쳐 청구되었다.

말도 안 되는 상황에서 그토록 나 자신이 바보 같을 수가 없었다. 결국 사기당한 돈은 다시 되돌려 받지 못했지만, 큰 문제를 하나씩 해결해 가며 인생의 중요한 경험을 했다. 시간이 흘러가고 내가 당한 사건이 조금씩 명확해지면서 '뭔가 이상하다.'라는 느낌이 세 번 정도 왔다 갔다는 것을 깨달았다. 그것은 곧 직감과 매우 가까운 내 영혼의 소리였다.

남편을 통해 첫 방문 약속이 진행되고 있을 때, 여느 때 같았으면 브레이크를 걸고 거절했을 것이다. '왜 매장에서가 아닌, 개인적인 장소에서 만나는 거지?' 불편한 마음이 들었기 때문이다. 1월 1일 신정에 약속이 서로 어긋나는데도 불구하고 저녁에 방문하겠다고 했을 때, '굳이 왜? 쉬는 날에 이렇게 무리하게 오려고 하지?' 이상하다는 느낌이 왔다. 결국 두 번째로 방문했을 때 남편은 아파 누워있었고, 직원은 휴대전화 작업을 하던 중 "찰칵, 찰칵" 두 번에 걸쳐 사진을 찍었다. '사진 찍을 일이 뭐가 있을까? 뭘 찍은 거지?' 너무 의심스러웠지만 설마 무슨 일이 있겠느냐고 무시했다. 마음속 깊은 곳에서 경고음이 들릴 때마다 그 소리를 뭉개버린 결과, 큰 화를 불러온 것이다.

자신의 영혼의 소리에 귀를 기울이는 연습, 그 소리가 어떤 느낌인지에 대해 민감해지는 훈련이 우리에게 필요하다. 양심과 직감의 소리에 스스로가 반응할수록 점점 그 소리는 강해지고 쉽게 들을 수 있게 될 것이다. 반면, 무시하고 외면할수록 미세한 소리는 무뎌지고 희미해져 사라져 버릴 것이다.

당신도 혹시 이런 비슷한 경험을 해본 적이 있을까? 사소한 경고음과도 같은 직감의 소리를 무시했다가 나중에 후회한 적이 있는가 말이다. 그 사건을 계기로 나는 내 영혼의 소리에 더욱 귀를 기울이며 살아가기로 결심했다. 물론 모든 소리에 신경을 곤두세우고 예민해지는 것은 거절한다. 그러나 적어도 내면의 소리를 무시하지는 않기로 했다.

> "당신의 내면의 목소리를 신뢰하라. 그것은 우주의 중심이다."
> – 랠프 월도 에머슨

내 영혼의 소리와 종종 이야기를 나눈다. 언제부턴가 더 자주, 그리고 더 세밀하고 명확하게 내면과 대화하는 법을 알아가고 있다. 참 재미있게도, 마흔이 넘어서야 '당연히'라는 틀 안에서 살아왔던 내 삶의 수준을 벗어나 철학을 가지게 되었다. 거추장스럽게 '철학'이라고 할 것도 없다. 내 생각, 나의 주장, 나와 타인에 대한, 그리고 모든 물질에 대한 주관이 이전에는 없었다는 얘기다. 그럼에도 괜찮다고 생각했다. 주관이 확실한 사람들이 그저 신기할 따름이었다.

누군가에게는 당연한 일이 내게는 낯설고 감히 여겨서는 안 되는 일들인 것처럼 느껴졌다. 그래서 아주 오래도록 내 영혼의 소리를 외면하며 살았다. 이제는 그동안 모른 척 애써 외면했던 소리에 어느 때보다 더 깊고 진정성 있게 귀를 기울인다.

새벽 두세 시쯤 깨어나는 일이 자주 있다. 눈을 부스스 뜨며 화장실에 잠깐 들러 다시 눕기도 하지만, 때로는 새벽 시간을 누리고 싶어 작은방으로 조용히 문을 닫고 들어간다. 책을 펼쳐놓고 읽다 만 부분을 찾고 한 장 한 장 넘겨 가는 일, 잠시 두 눈을 감고 가만히 심호흡하며 몸과 마음을 이완시키는 일, 고요함 속에서 벽 어딘가에 초점을 멍하니 고정한 채 온갖 상상을 하며 시나리오를 짜는 일. 이 모든 순간이 나의 하루를 풍요롭게 한다.

하지만 그것보다 더 신비한 일은, 그곳은 내가 앉아 있는 공간으로부터 하늘 문까지 사닥다리가 걸쳐져 있는 것만 같다는 것이다. 나는 종종 그 비밀공간으로 통하는 사닥다리를 오르내리기 위해 필사적으로 그 시간과 공간을 찾아간다.

모든 시끄러운 소리들이 조용해지고, 모든 이들이 잠들어있는 이 시간에 홀로 일어나 우주의 고요함 속에 나를 온전히 담근다. 매번 그 사닥다리를 오를 때마다 깊숙이 숨겨져 있던 내면을 마주하게 되고, 올바로 찾아갈 수 있는 인생의 길을 배운다. 새로운 에너지와 영감, 통찰을 얻을 수 있는 영혼의 문이 열리는 것이다.

이토록 진지하게 자신의 영의 소리에 귀를 기울여 본 적이 있는가? 그렇다면 우리 각자가 이 땅에 온 목적을 향해 자신의 소리가 인도해 줄 것이라고 나는 믿는다.

때로는 우리가 인지하지 못하기 때문에 활성화되지 않는 영역이 있다. 특히나 눈에 보이지 않는 영역들에 대해서는 더욱 그러하다. 매일매일 삶 속에서 자신의 영혼의 소리에 얼마나 민감하게 반응하고 있는지 한번 돌아보라. 가만히 눈을 감고 내면을 고요히 가라앉힌 후 자신에게 질문을 해보는 것도 작은 실천이 된다.

　우리의 주의를 쉽게 산만하게 하는 카톡과 SNS 알림을 끄고 TV, 콘텐츠 영상 소비를 줄이고, 중요하지 않은 분주한 일상을 정리해 보자. 때로는 굳이 만나지 않아도 될 만남을 거절하고, 의식적으로 조용하고 고요한 자신만의 공간을 만들어보면 좋을 것이다. 그리고 질문을 던진다. 다음은 그에 대한 대답을 가만히 기다리는 것이다. 내면을 향해 귀를 활짝 열고서.

　나는 자신을 매우 훌륭하다고 생각한다. 내가 좋아하는 것, 원하는 것, 싫어하는 것과 불안해하는 것 그리고 그때마다 어떻게 자신을 대해야 하는지에 대해서도 정확히 안다. 특히나 본질적인 나에 대해, 탁월함에 대해서도 충분히 알고 사용할 줄 안다. 뛰어난 사람들이 많다는 것을 알지만, 그들과 비교하며 열등감을 갖기보다 타인들 앞에서 자신을 칭찬하며 내세우는 것도 전혀 불편함이 없다.

　처음에는 받아들이기가 어려웠다. 자신을 사랑할 수도 없었을뿐더러 다른 이들의 칭찬에도 '설마… 아니야… 그렇지 않아.' 스스로 받아들이지 않고 거절했다. 하지만 번데기가 자신의 껍질을 하나씩 탈피하듯 딱딱하고 부자연스러웠던 낡은 옷들을 하나씩 벗어내고 새로운 자아를 가진 나는 점차 자신에 대한 신뢰를 쌓았다.

　스스로를 사랑하고 존중하는 것이 더 이상 어렵지 않은 이유는 내 영혼의 소리를 듣고 이야기를 나누는 것이 편안하고 자연스러워졌기 때문이다. 내 안의 꿈틀거리는 꿈과 소망에 대해 오래도록 무심했던 습관을 버리고 마음이 이끄는 것에 관심을 두게 됐을 때, 인생의 방향은 크게 바뀌고 있다.

'나는 지금도 내 영혼의 소리와 얘기하는 중이다.' 당신의 영혼은 어떠한가.

에필로그

우리의 여름은 그 누구보다도 뜨거웠다

  여름이 시작된 어느 날, 개인적으로 좋아하는 강사라 작가의 피드 하나가 나를 한참 잡아두었다. 공저자를 모집하는 내용이었기 때문이다. 교수를 할 때부터 책을 내라는 권유가 있었고, 나 역시 언젠가는 낼 거라는 막연한 생각은 가지고 있었다. 하지만 강의는 자신 있어도 글쓰기는 자신이 없어서 우선순위에서 자꾸만 미루어 왔다. 그런데 단독 저서가 아니라 공저라면 부담감을 좀 덜어내고 작가로서의 첫 발걸음을 내어볼 수 있을 것 같았다.

  '그래! 그 언젠가가 지금이다.'라는 느낌을 믿고, 나는 작은 용기를 냈다. 물론 모르는 사람들이 만나 각자가 하고 싶은 이야기를 꺼내어 합을 맞춘다는 것은 쉬운 일이 아니다. 그렇게 모여 같이 책을 쓴다는 것은 마치 무대 위에서 서로 처음 보는 사람들끼리 앉아 갑자기 오케스트라 연주를 하는 것과 같다. 각자 무슨 악기를 잘 다루는지, 실력은 얼마만큼 되는지도 모르는 상태에서 같은 곡을 연주하는 것이다.

그런데 어쩜 이럴 수가 있을까! 처음 합을 맞춰보는 게 맞냐고!! 우리는 여러 번 연습하고 합을 맞춰본 것처럼 바로 아름다운 화음을 만들어 냈다. 강사라 작가님의 지휘 아래 각자 다른 악기를 들고 탈고하는 그 순간까지 멋진 합을 이루며 아름다운 선율을 만들어 냈다.

어쩜 이리 맘 고운 사람들로 한 팀이 되었을까. 책을 집필하며 서로의 소소한 일상을 나누며 좋은 에너지를 주고받은 공저 작가님들과의 단톡방은 감사가 넘치는 공간이었다. '여기는 사랑방이고 설렘방'이라느니 '복덩어리 식구들'이라느니 '어벤져스 원더우먼팀'이라느니 난리도 그런 난리가 없다. 인복이 터진 것 같다며 모두 감사한 마음을 드러냈다. 결이 좋은 분들과 한 팀이 되어 프로젝트를 완성해 나간다는 것은 행복 그 자체라는 걸 알게 해준 시간이다.

공저를 진행하는 하루하루가 행복이었지만 가장 뿌듯했던 순간은 기획출판으로 출판사에 투고하자마자 네 군데나 되는 출판사에서 연락이 오고, 투고하고 10일이 지났는데도 출판사 러브콜이 와서 계약이 끝났음을 정중히 전달하는 일들이 벌어졌을 때이다. 초보 작가들에게 기획출판이라는 기회가 잘 찾아오지 않는다는 현실을 고려할 때 내 책이 베스트셀러에 진입했다는 소식만큼이나 기쁘고, 감사했다.

새로운 곳을 항해하는 항해사처럼 설레는 마음으로 초고를 쓰고 수없이 퇴고했다. 살아온 시간과 경험, 그리고 그 속에서 깨달은 인생의 본질을 담아내기 위해서 최선을 다했다. 탈고한 원고를 메일로 보내는 날, 보내기 버튼을 선뜻 누르지 못했다. 마우스 위에 올려진 검지 한 번만 까딱하면 되는데, 떨리는 마음에 한참을 망설였다. 재밌는 건 다른 작가분들도 이런 내 마음과 다르지 않았다는 것이다. 각자의 인생 스토리는 다르지만, 우리의 공저는 하나로 통합 수밖에 없다. 같은 길을 걷는 동안 우리는 이렇게 서로에게 위안이 되는 존재였다. 이제는 또 각자의 길을 걸어가며 새로운 장을 써 내려갈 것이다.

끝으로 나침반이 되어 준 강사라 작가님께 감사의 마음을 전하고 싶다.

"당신과 함께하게 된 것은 행운입니다. 책 쓰는 방법부터 장 제목과 꼭지 제목을 만드는 방법까지 배운 게 한둘이 아닙니다. '성의가 무엇인지 제대로 보여준 성의 있는 작가' 강 작가님의 따뜻함과 진심에 깊은 감사를 보냅니다. 칭찬도 남다르게 하는 작가님 덕분에 때로는 춤추는 기분으로 첫 책을 출간하게 되었습니다."

여름이 시작되고 여름이 끝날 때까지 장마와 폭염을 거치며 온전히 집필에 집중했던 한여름. 불볕더위와 나의 열정 중 어느 것이 더 뜨거웠을까. 이제 독서의 계절이라는 가을의 시작과 함께 한여름의 땀방울이 맺힌 책이 출간된다. 처음 가는 길, 혼자 가기엔 두려운데 함께 했기에 멋지게 완주할 수 있었다.

인생 절반을 지나고 깨닫게 된 여섯 작가의 소중한 지혜가 한 움큼씩 담겨 300페이지가 훌쩍 넘는 묵직한 인생 에세이가 되었다. 여기에 담긴 이야기들은 단지 저자들만의 것이 아니라, 이 시대를 살아가는 이들의 공통된 고민과 성찰이기도 하다. 이 책을 읽으면서 느꼈던 감정과 생각들이 여러분의 삶에 작은 반향을 일으킬 수 있다면 더없이 기쁠 것이다.

－ 책의 무게만큼 독자들에게 힘이 되고 위로가 되며,
친구가 되는 작가이길 소망하며 차민경